HET
DODEN
HUIS

Sarah Pinborough

HET DODEN HUIS

Uit het Engels vertaald
door Carla Hazewindus

Best of YA | Van Goor

ISBN 978 90 00 36167 0
ISBN 978 90 00 36168 7 (e-book)
NUR 285/332

Uitgeverij Unieboek | Het Spectrum bv, postbus 97, 3990 DB Houten

oorspronkelijke titel *The Death House*
oorspronkelijke uitgave © 2015 Golancz, an imprint of the Orion Publishing Group, London

www.bestofyabooks.nl

tekst © 2015 Sarah Pinborough
vertaling Carla Hazewindus
omslagontwerp Craig Fraser en Marieke Oele
omslagbeeld © Image Source/Getty Images
zetwerk binnenwerk Mat-Zet bv, Soest

Voor Johannes

Bondgenoot en medeliefhebber van wijn

Met veel liefde

‘Wees gelukkig op dit moment. Dit moment is je leven.’

OMAR KHAYYÁM

1

'Ze zeggen dat je ogen ervan gaan bloeden. Eerst springen ze bijna uit je hoofd en dan gaan ze bloeden.'

'Wie zegt dat?'

'Kinderen. Ik hoorde het net.'

'Je verzint het gewoon.'

'Niet waar,' zegt Will. 'Waarom zou ik dit verzinnen? Ik heb het ergens gehoord. Eerst word je gek en dan gaan je ogen bloeden. Volgens mij gaat je hele huid bloeden.'

'Wat een flauwekul.' Dat is Louis.

'Koppen dicht en slapen.' Ik draai me op mijn zij. Ik lig niet lekker, want de ruwe deken prikt in mijn vel en ik vind de op hol geslagen fantasie van Will irritant. Mijn warme adem wasemt tegen de wol. Ik erger me aan mijn eigen irritatie. De afgelopen dagen erger ik me snel. Er zit een soort zwarte bal in mijn buik, die langzaam groter wordt. De twee jongens houden gehoorzaam hun mond. Ik ben de oudste. Ik ben de leider, de baas, de papa. In ieder geval in Slaapzaal 4. Mijn woord is wet.

Ik trek het gesteven laken omhoog en sla het over de rand van de deken. Het is hier niet echt koud maar wel kil – het soort kilte dat in de stenen en het cement van eeuwenoude gebouwen is getrokken, de spookachtige, weemoedige kilte van dingen die ooit bestonden en nu voor een deel verdwenen zijn. Wat dat betreft passen we wel hier in dit huis, denk ik, en bij die gedachte knijpt mijn maag samen. Ik ril en trek mijn knieën op tot mijn kin. Ik voel de druk op mijn blaas. Ik moet plassen. Lekker dan.

'Ik kan niet slapen van dat gedoe,' klaagt Will en hij gaapt. Ik zie hem vaag in het halfdonker in kleermakerszit op zijn bed zitten terwijl hij over de ijzeren spijlen aan het voeteneind strijkt. Hij is de jongste hier en klein voor zijn leeftijd. Hij is echt nog een jongetje.

Vanaf het bed tegenover Will, aan de andere kant van de slaapzaal, klinkt een onafgebroken gefluister. Ashley, het buitenbeetje, zit geknield op de grond te bidden. Dat doet hij elke avond zodra het licht uitgaat. Vanwege zijn geloof.

'Ik denk niet dat God luistert,' zeg ik. 'Als je bedenkt hoe we ervoor staan...'

'God luistert altijd.' Het klinkt arrogant en zijn stem snijdt als een soort zweepslag door de koude lucht. 'Hij is in alles aanwezig.'

Ik voel mijn blaas weer – ik verzet me niet langer en sla de dekens terug. De vloerplanken zijn koud aan mijn voeten – hoe koud zouden Ashleys knieën wel niet zijn? – maar ik doe niet mijn pantoffels aan. Ik ben geen oude opa.

'Dan slaat dat hardop bidden van je dus nergens op,' constateert Louis, wiens bed het dichtst bij de deur staat. Zijn haar piekt alle kanten op en onder het praten maakt hij drukke gebaren met zijn handen, ook al ligt hij in bed. 'Want als die God van jou in alles aanwezig is, dan is hij ook in jou aanwezig. Daarom zou je net zo goed in je hoofd met hem kunnen praten. Desnoods de hele nacht als je daar zin in hebt. Je hoeft geen geluid te maken, want hij kan je toch wel horen. Natuurlijk is er geen enkel wetenschappelijk bewijs dat er een soort godheid bestaat, of dat we meer zijn dan een hoop cellen en water. Die God van jou is gewoon het product van iemands fantasie, waar jij toevallig in gelooft. Dat bidden is alleen maar tijdverspilling van je.'

Het gefluister klinkt steeds harder.

'Misschien rukt hij zich af onder het bed en probeert hij het geluid te verdoezelen,' zeg ik als ik bij de deur ben. '*Flap, flap, flap*.' Ik grijns en beweeg mijn hand op en neer.

Louis grinnikt.

Will giechelt.

Ik erger me niet langer. Ik ben dol op Will en Louis. Ik wilde dat het niet zo was, maar ik kan er niks aan doen. Ik kijk nog even achterom voordat ik de deur dichttrek. Ze lijken zo klein in die grote ruimte met veel te veel bedden voor ons vieren: zes tegen elke muur. Net alsof iedereen naar huis is gegaan en wij op een of andere manier zijn vergeten.

De deur valt in het slot en ik sluip door de gang. Het is nog een heel eind naar de wc, en hoewel er ergere dingen zijn waar ik bang voor ben dan de schaduwen en leegte van dit vervallen landhuis, toch loop ik snel verder. De laatste ronde moet nog komen.

Ik ren de brede houten trap af en houd me vast aan de leuning alsof het de reling van een schip is dat moeizaam door de nachtelijke oceaan ploegt. Het is doodstil, ik hoor alleen het zachte gekraak en gekreun van het huis zelf. Ik denk aan de kinderen in de andere slaapzalen, verspreid over de tochtige vleugels van het huis, en ook aan de verpleegsters en leraren in hun kamers. En dan gaan mijn gedachten automatisch naar de bovenste verdieping. De verdieping waar je alleen met de lift kunt komen en waar de kinderen die ziek worden 's nachts naartoe verdwijnen, efficiënt verwijderd terwijl het huis in diepe rust is. Opgeslokt door de lift en naar het sanatorium gebracht. We hebben het nooit over het sanatorium. In ieder geval nu niet meer. Niemand verlaat het huis en er komt ook nooit iemand terug uit het sanatorium. Dat weten we allemaal. Net zoals we weten dat we daar allemaal ooit terecht zullen komen. Op een dag is het mijn beurt en ben ik het kind dat 's nachts verdwijnt.

Ik plas zonder de deur te sluiten en het licht aan te doen. Het is een hele opluchting, al schrik ik een beetje als de straal luidruchtig in de wc-pot klettert. Ik trek niet door – mijn moeder heeft me geleerd 's nachts niet door te trekken, en ik doe het nog steeds niet – en dan ga ik voor de spiegel staan en gaap. Mijn handen was ik niet. Dat is dus wel veranderd. Bacteriën zijn niet ons grootste probleem hier. Ook al kan ik me niet herinneren dat ze dat *hiervoor* wel waren.

Ze zeggen dat je ogen ervan gaan bloeden.

Ik leun voorover naar de spiegel en kijk naar mijn ogen. Normaal gesproken zijn ze helblauw, maar in dit vale licht lijken ze wel grijs. Ik trek mijn onderste ooglid naar beneden en ik zie de kleine adertjes aan de binnenkant. Geen bloed. Het is waarschijnlijk niet eens waar. Alleen maar die stomme, op hol geslagen fantasie van Will. Niks aan de hand met mij. Met niemand is iets aan de hand. Voorlopig dan.

'Je hoort in bed te liggen.'

Het is een zachte, niet onvriendelijke stem, maar ik schrik me rot. Moeder staat in de gang bij het raam. In het maanlicht dat door de ruit valt, licht haar uniform helderwit op. Haar gezicht is nauwelijks zichtbaar.

'Ben je niet moe?'

'Ik moest plassen.'

'Was je handen en ga weer naar bed.'

Ik laat koud water over mijn handen lopen, schiet dan snel langs haar heen en loop met twee treden tegelijk de trap op. Sinds ik hier in huis ben, is dit de eerste keer dat ze echt iets tegen me heeft gezegd. Ik wil niet dat ze iets tegen me zegt. Ik wil niet dat ze me opmerkt, alsof dat op een of andere manier een verschil zal maken.

'Moeder komt eraan,' fluister ik als ik terug ben in de slaapzaal.

'Ze slapen,' zegt Louis. Hij praat zo zacht en binnensmonds dat ik hem bijna niet kan verstaan. Dat verbaast me niet. Het is ongeveer de juiste tijd ervoor.

'Ik snap niet waarom ze ons vitamines geven voordat we naar bed gaan,' mompelt Louis onduidelijk. 'Ik snap trouwens helemaal niet dat ze ons vitamines geven.'

Ik glimlach een beetje onder mijn ruwe deken en gesteven laken. Louis, die op zijn dertiende al naar de universiteit had gekund als dit niet was gebeurd, zou een genie kunnen zijn, maar net als bij de andere kinderen ontbreekt er iets aan hem. Ik reageer niet op zijn opmerking. Het zijn geen vitamines, het zijn slaappillen. Moeder en de verpleegsters willen dat het 's nachts stil is in huis.

Gespannen wacht ik nog een minuut of tien en dan hoor ik de deurknop omdraaien en voetgeschuifel. Moeder controleert de bedden. De laatste ronde voordat het ochtend wordt. Pas als ze weg is doe ik mijn ogen open en adem weer normaal.

Het was vrijdag toen ze kwamen, en warm, warmer dan normaal. Hij was op zijn gemak van school naar huis gelopen. Hij had een blikje cola gekocht in het winkeltje op de hoek, maar de koeling deed het niet en de cola was warm en kleverig. Hij dronk hem toch op, liet vervolgens een keiharde boer en schopte het blikje weg over straat. Hij dacht aan wat er die dag was gebeurd. Meneer Settle die maar doorging over de wereldwijde instabiliteit van het klimaat terwijl de hele klas vanwege de hitte bijna in slaap viel. De toets voor geschiedenis die hij nog moest maken. De ruzie met Billy. Daar zou hij nog last mee krijgen. Hij wist niet eens meer waarom hij was begonnen, alleen dat Julie McKendrick had staan kijken en dat het net was alsof Julie McKendrick nu al een paar dagen naar hem keek, ook al kon hij dat nauwelijks geloven. Morgenavond was het feestje. Morgenavond zou alles anders kunnen zijn.

Hij moest de hele tijd aan Julie McKendrick denken. Het was te warm om te werken en ook te warm voor school. Maar het was niet te warm om aan Julie McKendrick te denken en dat ze hem misschien wel leuk vond. Hij ging zo op in zijn eigen wereldje dat het hem niet opviel dat het doodstil was op straat, dat alle kleine kinderen binnen waren, en niet zoals gewoonlijk op de stoep zaten of op hun fietsjes rondkarden. Billy en de toets speelden geen rol meer, het enige wat hem nu bezighield was de vraag of het echte liefde was wat hij voor Julie voelde of dat ze alleen maar het leukste meisje van de school was en of hij misschien met haar zou gaan zoenen. Misschien zelfs zijn hand in haar bh zou steken. Toen hij daaraan dacht kreeg hij een droge mond en begon zijn hart te bonzen. Hij vroeg zich af hoe het zou voelen, en of hij daar op het feest misschien achter zou komen. Zelfs toen hij een bestelwagen voor het huis zag staan, op de plek waar zijn vader altijd de auto neerzette als hij uit zijn werk kwam, had hij nog niets in de gaten. Het kwartje viel pas toen hij zijn moeder hoorde huilen. Maar toen was het te laat. En het was te heet om weg te rennen.

2

'Ik heb geld op een van de tweeling gezet,' zegt Louis en hij kijkt me aan. 'Doe jij nog aan weddenschappen, Toby?'

Na de gong voor het ontbijt zijn we naar beneden gegaan en zitten nu aan tafel in een vertrek met houten lambriseringen, dat misschien ooit als salon heeft gediend, maar nu onze eetzaal is. Er brandt geen vuur in de grote open haard, en de enige dingen die nog aan het verleden herinneren, zijn een met paars fluweel beklede chaise longue, die tegen een wand is geschoven, en de lichte plekken op de verschoten gele verf van de muren, waar misschien ooit schilderijen hebben gehangen. Buiten breekt de zon even door het dichte wolkendek en het licht stroomt binnen door de enorme ramen waardoor stofdeeltjes in de lucht beginnen te dansen. Ik geniet van de warme stralen op mijn gezicht en terwijl ik mijn thee drink, vraag ik me af of Moeder en de verpleegsters ook iets in de thee doen die we bij het ontbijt drinken. Ik heb wel eens gehoord dat ze dat vroeger deden bij gevangenen, omdat ze dan geen zin meer hadden om te neuken of te vechten.

Louis probeert een gebakken ei met geroosterd brood naar binnen te werken, maar de boterham is niet echt bruin geworden en het ei is kledderig. Zijn T-shirt zit onder het eiwit, maar zo te zien trekt hij zich daar niets van aan. Onze slaapzaal heeft een eigen tafel, nog steeds dezelfde tafel als toen we hier kwamen. Het is inmiddels een vaste gewoonte. Er zijn zestien tafels, en daarvan zijn er maar acht bezet, net zoveel als er slaapzalen in gebruik zijn. We praten niet vaak meer met de jongens van de andere slaapzalen, ook al zijn we nog maar met z'n vijfentwintigen. De meisjes, Harriet en Eleanor, zitten apart aan een tafel achterin. Ik weet niet precies hoe oud ze zijn, maar Eleanor is echt nog een klein meisje en Harriet is weliswaar ouder, maar ze is absoluut niet aantrekkelijk. Ze is een boekenwurm, klein en dik, en haar mondhoeken hangen bijna altijd chagrijnig naar beneden. De twee meisjes hebben zich altijd al afgezonderd en meestal vergeet ik gewoon dat ze er zijn.

'Yep,' zeg ik. 'Wie van de twee?'

'Weet ik niet. Ik kan ze niet uit elkaar houden. De ene die niet wil laten merken dat hij een snotneus heeft. Geen idee of het Ellory of Joe is. Maar goed, hij is ziek en dat probeert hij al dagen te verbergen.'

De tweeling hoort bij Slaapzaal 7. Slaapzaal 7 is net als de onze nog steeds compleet. Het is inmiddels een soort stilzwijgende competitie geworden tussen ons en hen: welke slaapzaal houdt het langst het oorspronkelijke aantal kinderen. Van alle slaapzalen telt alleen Slaapzaal 7 echt voor mij. Een van de twee identieke slungelachtige, sproetige jongens veegt zijn neus aan zijn hand af. Hij doet geen moeite om een tissue te pakken, ook al staan er papieren servetjes op tafel. Ik kijk nog eens goed naar hem. Het is niet echt duidelijk. De symptomen kunnen heel erg verschillen.

'Ik doe mee. Wedden we om twee afwasbeurten?'

'Afgesproken.' Louis lacht. 'Ik zeg dubbel of niets. Als een van hen weggaat, dan is zijn broer de volgende.'

'Hoezo?' Will komt erbij zitten met zijn tweede kom muesli. Will mag dan klein zijn, maar ik ken niemand die zoveel eet als hij. 'Omdat ze elkaar kennen?'

'Nee, dat heeft met wetenschap te maken. Ze zijn een identieke tweeling. Als een van hen het krijgt, dan is het logisch dat de andere vlak daarna aan de beurt is. Het is tenslotte iets genetisch.'

'O,' zegt Will. 'Ja, dat zal wel.'

'O, ik moet opeens ergens aan denken.' Louis staat op. Het eiwit druipt nog steeds van zijn kin en voordat ik in de gaten heb wat hij gaat doen, staat hij al bij de tafel van Slaapzaal 7 en lacht naar Jake.

'O, shit,' mompel ik.

'Jake,' begint Louis. 'Ik vroeg me net af of je me met iets zou kunnen helpen. Ik ben bezig met een soort onderzoek naar waar we allemaal vandaan komen en hoe lang de reis hiernaartoe heeft geduurd. Ongeveer dan. Om te beginnen moest ik eerst uitvogelen waar we precies zijn, maar daar ben ik inmiddels achter en ik...'

'O, dit gaat niet goed,' zegt Will en hij kijkt over de rand van zijn glas.

Ik kreun inwendig. Louis en dat stomme informatie verzamelen van hem. Niemand in het huis komt uit hetzelfde deel van het land. Dat weten we allemaal. Dus waarom is hij zo geïnteresseerd in de details? Waarom moet hij van alles het naadje van de kous weten? De afgelopen week heeft hij zich helemaal vastgebeten in het verzamelen van zo veel mogelijk gegevens van de 'huisgenoten', zoals hij ons noemt. Over het algemeen is dat niet zo best gegaan. Om te beginnen heeft hij er geen rekening mee gehouden dat mensen liegen. Ik heb zelf gelogen. En ik weet zeker dat de rest dat ook heeft gedaan. Niemand wil meer praten over de tijd *hiervoor* en zeker niet met iemand van een andere slaapzaal. In het begin heerste er nog wel een nerveuze, vriendschappelijke stemming, maar dat is helemaal voorbij. De slaapzalen vormen aparte kliekjes en we bemoeien ons niet meer met de rest.

'Wat heb jij daar verdomme mee te maken?' Jake staat langzaam op. Hij praat zachtjes – er staan verpleegsters bij het buffet – maar de dreiging is bijna tastbaar. Bestek wordt neergelegd. Hoofden worden omgedraaid.

'Ik dacht dat het wel interessant zou zijn om...' Louis het genie, het wonderkind, heeft niks in de gaten van de spanning die in de lucht hangt.

'Waarom rot je niet op?'

Jake is net zo oud als ik, maar al vanaf dag één worden er verhalen over hem verteld. Er wordt gefluisterd dat hij op een tuchtschool heeft gezeten. Hij heeft auto's gestolen. Veel van de wilde verhalen over *hiervoor,* die ik hier heb gehoord, geloof ik niet, maar bij Jake ligt het anders. De knokkels van Jakes handen zitten onder de littekens en toen we hier nog maar net waren, was er het symbool van een bende in zijn achterhoofd geschoren. Als je goed kijkt kun je nog steeds de vorm zien in zijn aangegroeide haar. Ik ben niet van plan om ruzie te krijgen met Jake. Jake is geen Billy uit de hoogste klas.

'Gaat Jake hem een dreun verkopen?' Will kijkt me aan, en het ergste is dat Ashley dat ook doet. Als ik wil dat ze respect voor me blijven houden, moet ik nu iets doen. Ik heb geen keus.

'Ik ga wel met hem praten.' Als er een of andere drug in de thee zit, dan voel ik daar in ieder geval niets van. Ik ben gespannen als ik naar de andere tafel loop. Niet dat ik bang ben voor wat er nu zal gaan gebeuren – de verpleegsters komen niet vaak tussenbeide, hoewel ze vast zullen ingrijpen als er wordt gevochten – maar voor wat me later te wachten staat. Ik ben nooit door Billy in elkaar geslagen. Het zou best kunnen dat Jake dat wel doet.

'Sorry, Jake,' zeg ik tamelijk nonchalant. 'Louis deed het zonder erbij na te denken.' Ik kijk Louis aan. 'Ga dat ei van je gezicht halen. Je ziet er niet uit.'

'Het lijkt wel alsof hij aan een lul heeft gesabbeld,' zegt Jake. Zijn tafelgenoten grinniken. Ze kijken naar Jake op alsof hij een god is.

Ik glimlach stroef.

'Klopt.' Het ergste is dat Jake gelijk heeft. Er zit een sliert blubberig eiwit aan Louis' kin geplakt.

Louis kijkt gekwetst en veegt zijn mond af. 'Dat is ei,' zegt hij.

'Hou je kop en ga zitten, Louis,' snauw ik tegen hem, en Louis, geschrokken van mijn toon, laat zijn hoofd hangen. Hij schuifelt terug naar Will en Ashley en is zich er ineens van bewust dat alle ogen in de eetzaal op hem zijn gericht. Ik kijk Jake aan en weet niet wat ik nu verder moet zeggen. 'Zoals ik al zei: sorry.' Ik draai me om en loop weg.

'Fucking debielen,' zegt Jake tegen mijn rug.

Geen debielen, Jake, fucking Defecten. We zijn hier allemaal Defecten.

Maar dat zeg ik niet. Ik ga gewoon zitten, neem nog een slok thee en hoop dat het hiermee klaar is. Zonder iets te zeggen kijken we naar de jongens van Slaapzaal 7 die hun borden afruimen. De jongste van hen, Daniel, een mollige jongen van een jaar of elf, ruimt Jakes bord af. Dan lopen ze in een rijtje achter hun leider aan langs onze tafel en trekken stuk voor stuk een gekke bek naar me, alsof ze me allemaal wel aankunnen en niet alleen Jake. Pas als ze weg zijn, kijkt Louis op.

'Je hoefde ze toch geen gelijk te geven?' zegt hij teleurgesteld.

'Hij kon niet anders,' zegt Ashley. Hij neemt een hapje van een zorgvuldig met boter besmeerde boterham. 'Omdat je zo slim bent denk je zeker dat je alles weet. Dat is niet zo. Af en toe ben je gewoon ontzettend stom.' Hij klinkt zelfgenoegzaam, hij is vast nog kwaad op Louis omdat hij hem gisteren te kakken heeft gezet tijdens zijn gebed.

'Laten we het er niet meer over hebben.' Ik wil weg uit de eetzaal. Ik zou willen dat ik vrienden was met Jake, niet omdat ik hem aardig vind, maar we zijn tenminste van dezelfde leeftijd. Als wij vrienden waren hoefde ik me niet zo vaak een soort kleuterjuf te voelen.

'Misschien krijgen we vandaag allemaal een brief,' zegt Will. 'Ze zeiden dat onze ouders ons mochten schrijven. Dat zullen ze nu toch wel gedaan hebben? We zitten hier al weken. Misschien komen ze ook op bezoek.'

'Wil je nog steeds leren schaken?' vraagt Louis. 'Ik kan het je wel leren, als je dat wilt.'

Will glimlacht, en de brieven zijn even vergeten. Ik mag dan wel de baas zijn van de slaapzaal, maar Will vindt Louis veel interessanter dan mij, en hoewel ze wat verstand betreft heel erg van elkaar verschillen, is het wel duidelijk dat Louis Will ook aardig vindt. Ik vraag me af hoe Louis' leven eruitzag voordat hij hier kwam. Omdat hij met zijn briljante verstand diverse klassen had overgeslagen, was hij altijd een stuk jonger dan zijn klasgenootjes. Hij had vast geen echte vrienden en werd natuurlijk als een halve freak behandeld. Ik denk dat Louis over schaken begon om Will af te leiden. Er komen helemaal geen brieven, en we krijgen zeker geen bezoek. Dat was wel duidelijk aan mijn moeders gezicht te zien toen ze mijn naam schreeuwde op het moment dat ze me in de bestelbus stopten. Op deze manier is niemand ervan op de hoogte wanneer het gebeurt. Dat is netter.

Voor onze ouders, tenminste.

3

Na het ontbijt hebben we les. We zijn ingedeeld volgens de groepen van onze slaapzalen en de leraren rouleren door de verschillende kamers, die misschien ooit hebben gediend als slaapkamer, eetkamer of wat dan ook in dit oude huis, maar die nu als klaslokalen fungeren. Hoewel in sommige slaapzalen nog maar een paar leerlingen zijn, blijven ze deze starre regel aanhouden en worden we niet gemengd.

Vanwege het verschil in leeftijd tussen de kinderen leren we bijna uitsluitend uit lesboeken. We beantwoorden vragen op het gebied van begrijpend lezen of we leren Frans, dat we nooit zullen gebruiken, of staren uit het raam, in afwachting van de volgende leerkracht. We hebben tien minuten pauze maar er is geen schoolplein om op rond te hangen. Het is eigenlijk meer een plaspauze. We hoeven nooit na te blijven. Het maakt de leraren niets uit als je niet werkt en gewoon zit te niksen. Maar uiteindelijk ga je toch wel aan het werk, alleen maar omdat de ochtend dan vlugger voorbijgaat. Vier uur is best lang als je alleen maar stilzit en nadenkt, en al helemaal als er geen leuke dingen zijn om over na te denken.

De leerkrachten zijn allemaal van middelbare leeftijd en dat vind ik vreemd. Maar misschien is het voor hen daardoor makkelijker om afstand tot ons te bewaren. We weten ook niet hoe ze heten – 'Zeg maar meneer of mevrouw tegen me als je hulp nodig hebt' – en volgens mij vervelen ze zich net zo erg als wij. Zonder iets te zeggen zitten ze voor de klas en wachten tot we een vraag stellen, maar als we iets niet snappen gaan we meestal gewoon verder met het volgende onderwerp. Of vragen we het aan Louis. De lesboeken die we gebruiken zijn oud, misschien wel twintig of dertig jaar ouder dan de boeken die we op school hadden, en dat is denk ik ook opzettelijk. Dit is een school, maar ook weer niet. Net zoals het leven hier eigenlijk geen leven is. In ieder geval zullen de leerkrachten, die na de lessen naar hun kamers verdwijnen, ooit weer hiervandaan vertrekken. Soms betrap ik ze erop dat ze ons bekijken alsof we wilde beesten in een dierentuin zijn. Ik weet niet goed hoe ik die blik moet omschrijven. Fascinatie of angst. Misschien wel allebei. Ze letten vast ook op bepaalde symptomen. Net als de verpleegsters. Ik vraag me af of de leerkrachten 's avonds over ons praten. Ik ben ook benieuwd of ze weddenschappen afsluiten op wie van ons de volgende zal zijn, of dat ze tegen elkaar zeggen wie ze graag als volgende zouden zien weggaan. Ik heb altijd zin om met proppen te gooien en te kijken of ik Ashleys hoofd kan raken, maar dat doe ik nooit. Afgezien van het feit dat ik geen zin heb om te klieren, denk ik ook dat ik dan de aandacht van Moeder trek. Ik wil geen lastpak zijn. Ik wil niet dat ze me ziet. Dus krabbel ik antwoorden op papier en zit de ochtend maar uit.

Na de lunch is de zon weer achter de wolken verdwenen en we haasten ons als ratten in een riool door de brede, lange gangen van het huis. Tegen een uur of twee komt de regen in bakken naar beneden uit de grijze hemel. Het is niet koud, maar het regent nu al dagen. Maar goed, ik zou toch niet naar buiten willen. Ik ben moe.

Will en Louis zitten aan een tafeltje in de gemeenschappelijke huiskamer, waar eigenlijk nooit iemand komt, met de plastic schaakstukken tussen hen opgesteld. Louis legt uitvoerig uit wat de stukken allemaal kunnen en Will kijkt nu al alsof hij er niets van begrijpt. De huiskamer is een rare plek, ouderwets, net als de rest van het huis. Er zijn planken met bordspellen in kapotte dozen en aan de zijkant staat een oude platenspeler, maar de muziek die op de grammofoonplaten staat, kennen we niet. Trouwens, wie weet hoe je een platenspeler moet bedienen? Behalve Louis en Will zijn er nog een stuk of vijf kinderen in de huiskamer. Maar niemand kijkt op als ik in deuropening blijf staan. Wat Louis betreft is dat niet zo vreemd, want als hij ergens mee bezig is, dan gaat zijn aandacht alleen daarnaar uit. We kennen elkaar nog niet zo lang, maar toch weten we best al veel van elkaar.

In de bibliotheek zit Eleanor met opgetrokken benen naast de verwarming. Twee jongens die in kleermakerszit op de grond zitten te kaarten, schenken geen aandacht aan haar. Ze heeft een dun pocketboekje met een kleurig omslag en vergeelde pagina's in haar handen, en onder het lezen friemelt ze met een pluk haar. Ze is helemaal verdiept in de wereld die het boek oproept. Ik wil ook een boek pakken, maar er is niets bij wat me boeit. Ik las *hiervoor* al niet veel – ook niet voor school – en nu vind ik het gewoon hard werken. Daar komt nog bij dat ik ook niet wil lezen over dingen die ik nooit zal doen. Dan wordt die donkere bal in mijn buik alleen maar groter.

In het handwerklokaal zit Ashley gebogen over een vel lichtbruin papier, op A1-formaat, van het soort dat wel op de basisschool wordt gebruikt, met ernaast een rijtje gekleurde viltstiften. Harriet werkt aan een schilderij van een vaas met boeken eromheen. Ze heeft het puntje van haar tong uitgestoken en is ingespannen bezig alles tot leven te brengen. Ze voegt ook nog denkbeeldige felgekleurde bloemen toe aan de vaas. Ashley kijkt op en knikt ernstig naar me, en ik vraag me af waar hij mee bezig is. Wat het ook is, ik vind dat hij het Harriet af moet laten maken. Ze kan mooi schilderen. Ik laat ze maar met rust.

Ik loop de gang op en leun dan een tijdje op een vensterbank met afgebladderde verf om door het raam naar de regen te kijken. In de tuin rond het huis is niemand. Een oude eik staat roerloos in het midden van een grasveld. Er is geen zuchtje wind, de bladeren en de takken zijn onbeweeglijk, alsof de boom me aankijkt en op iets wacht. In de stilte kan ik mijn eigen hart horen slaan, dat bozig met elke slag net iets minder dan een seconde van de tijd wegtikt. Ik wrijf in mijn ogen. Ik wil slapen. Ik vind het niet erg dat ik moe ben en me verveel. Ik verveel me altijd. Ik denk wel eens dat ik het fijn vind om me te vervelen, omdat de tijd dan langzamer gaat.

Ik moet denken aan de welving van Julie McKendricks borsten en loop naar een van de wc's en doe de deur op slot. Ik haal me haar diep uitgesneden T-shirt voor de geest en haar short, die zo kort is dat je een stukje van haar billen kan zien. Soms vind ik het vervelend dat ik me haar gezicht niet meer zo goed kan herinneren, ook al is het nog maar een maand geleden, maar dan concentreer ik me op haar borsten en kont en haar warme huid. Ik ga helemaal op in een fantasie dat ze zich bijna naakt tegen me aan drukt en dat ik mijn vingers in haar heb en haar hete adem in mijn oor voel als ze zegt hoe lekker ze het vindt en wat zij met mij wil doen en dan neemt ze mij in haar mond. Ik weet niet of Julie McKendrick ooit iemand heeft gepijpt, maar nu is ze half-Julie en ook half-porno van de films van *hiervoor,* waar ik samen met de jongens van school naar keek en om lachte en die ik ook opgewonden in mijn eentje heb gekeken. Ik denk niet dat het iets uitmaakt wat ik met haar doe in mijn fantasie. Ze komt het toch nooit te weten.

Daarna ben ik doodmoe en ik ga naar de slaapzaal, doe de deur dicht en kruip in bed. Ik ga niet onder de dekens liggen. Overdag is het altijd slaapverwekkend warm in huis, wat voor weer het ook is. Ik geeuw en mijn ogen vallen dicht. Ik luister naar het getik van de regen tegen het oude vensterglas, en laat het mijn gedachten verdrijven terwijl ik wegdoezel. Na het middageten ga ik altijd slapen. Dat is mijn vaste gewoonte en niemand stoort me ooit. Ik wil me toch niet met de andere kinderen bemoeien. Wat heeft het voor zin?

Het heeft geen zin. En dan, vlak voordat ik in slaap val: *Ze zeggen dat je ogen ervan gaan bloeden.*

Wanneer ik wakker word van de gong heb ik zo diep geslapen dat ik even denk dat ik weer op mijn oude school ben en dat het brandalarm gaat. Ik val zowat uit bed en kijk een poosje verward om me heen tot ik weer weet waar ik ben. Ik knipper met mijn ogen, nog niet in staat in actie te komen, en dan zwijgt de gong. Ik heb een droge mond en ik ben nog te duf om honger te hebben, maar ik weet dat ik nu naar het avondeten moet. Moeder en de verpleegsters zijn het grootste gedeelte van de dag nergens te bekennen, verdwenen in het huis, maar ik weet zeker dat ze elk kind in de gaten houden, ook al zien wij ze niet. Ik rek me uit en loop naar de deur. Halverwege de trap kom ik de andere kinderen tegen, die uit tegengestelde richting komen. Iedereen is opgewonden aan het kwetteren, maar ik ben nog te suf om het allemaal tot me door te laten dringen.

'We moeten op onze kamer blijven!' zegt Will. 'Tot het avondeten!' Hij vliegt me voorbij, met Louis in zijn kielzog. Door alle opwinding is mijn dufheid in één klap verdwenen. De trap dreunt van de voetstappen van kinderen die op weg zijn naar de slaapzalen, en eventjes is het huis vol leven. Op elke overloop staan inmiddels verpleegsters zwijgend toe te kijken als we langs hen heen schieten. Hun ogen volgen ons overal en in hun hoofd vinken ze onze aanwezigheid af. Maar ze glimlachen niet en zeggen ook niet iets aardigs. Daar zijn de verpleegsters hier niet voor.

Ashley komt als laatste de trap op en wanneer hij de deur van de slaapzaal achter zich dichtdoet, staan wij allemaal al voor het raam.

'Kijk,' zegt Louis. Hij staat zo dicht bij het raam dat de ruit beslaat als hij uitademt. 'Nieuwe kinderen. Daarvoor is het.'

Buiten staan twee zwarte bestelwagens geparkeerd, pal voor de ingang van het huis. Iemand staat op de trap onder een grote paraplu en we weten allemaal dat het Moeder is. Wij werden ook door Moeder ontvangen toen we aankwamen. Maar toen waren er meer dan twee bestelwagens, wel een stuk of tien, in een lange rij helemaal tot aan het elektrische, hoge hek aan het eind van de oprit.

'Nieuwe kinderen,' zegt Will ademloos en met grote ogen. We zijn eraan gewend dat we met steeds minder kinderen zijn, in plaats van dat het er meer worden.

'Kun je zien hoeveel het er zijn?' vraag Ashley, die zijn handen tegen de ruit heeft gelegd. Zijn vingers zitten onder de groene vlekken van de viltstiften. Zelfs hij is nieuwsgierig. Ook al houdt hij zich 's middags wel met andere dingen bezig, toch verveelt hij zich natuurlijk net zo erg als ik en is dit een welkome afleiding.

'Zo te zien niet zoveel,' zeg ik. Beneden schuift de deur van een van de bestelwagens open, maar omdat Moeder er met haar paraplu voor gaat staan, zien we nu niks meer.

'Waar zouden ze vandaan komen?' vraagt Louis, die nu al denkt aan die idiote gegevensverzameling van hem.

'Zo meteen krijgen ze vast het praatje te horen,' zegt Will. 'Net als wij toen.'

Hij had stijve benen toen hij uit de bestelwagen stapte. De mannen in uniform die hem bij zijn schreeuwende moeder hadden weggesleept en hem in de stoel hadden vastgebonden, hadden hem een injectie gegeven met het een of ander voordat ze wegreden. Daardoor had hij de hele rit min of meer in een waas doorgebracht. Hij had niet geslapen, maar hij had ook geen woord gezegd. Een tijdje dacht hij dat hij een soort nachtmerrie had, maar toen raakte het middel waarmee ze hem hadden verdoofd, uitgewerkt en hoewel de auto geen ramen had waardoor hij naar buiten kon kijken, hoorde hij op een gegeven moment het geronk van een zwaardere motor en voelde hij het gedein van golven. Toen de bestelwagen weer verder reed merkte hij dat er frissere en koudere lucht binnenkwam door de kieren van het portier. Een paar keer vroeg hij iets aan de mannen, maar ze reageerden niet en bleven voor zich uit kijken alsof hij er niet was. Na een poosje gaf hij het maar op.

De mannen stapten niet samen met hem uit de auto en zodra hij knipperend met zijn ogen buiten stond, gleed de deur weer dicht en reden ze weg. Hij bleef achter in de schaduw van het indrukwekkende landhuis. Achter hem stopten nog meer bestelwagens. Uit de eerstvolgende stapten drie kinderen en hij vroeg zich af of hij net zo nerveus en geschrokken keek als zij. Op de trap voor het huis stond een vrouw in een gesteven wit uniform toe te kijken, en toen de laatste bestelwagen zijn vrachtje had afgeleverd, nam ze hen allemaal mee naar binnen.

Ze kwamen terecht in de eetzaal. Vijftien vluchtelingen, maar dan zonder koffers en met geen andere kleren dan die die ze aanhadden toen ze werden opgepakt. Een allegaartje van leeftijden en types. De vrouw voor in de eetzaal wachtte geduldig tot de verpleegsters klaar waren met het uitdelen van bekertjes sinaasappellimonade, en toen iedereen zijn bekertje leeg had, vroeg ze om stilte.

'Volgens mij is er een vergissing gemaakt,' zei een jongen naast hem. 'Mijn uitslag is vast met die van iemand anders verwisseld.' Hij was een jaar of dertien, een nerd in een te groot zwart T-shirt met een sciencefictionafbeelding op de voorkant. Het bleek dat hij Henry heette en hij was de eerste van hen die 's nachts werd weggehaald. Geen vergissing mogelijk. Hij probeerde zelfverzekerd over te komen, maar omdat zijn stem trilde klonk hij alleen maar bang. Iemand achterin begon te grinniken en de rest deed mee. Ook Toby. Blikken schoten over en weer en er werden groepjes gevormd, hoewel iedereen diep vanbinnen precies hetzelfde dacht wat Henry had gezegd.

'Jullie mogen Moeder tegen me zeggen,' zei de vrouw, die niet inging *op Henry's protest. 'Jullie zijn hier omdat bloedonderzoek heeft uitgewezen dat jullie in het bezit zijn van een actief Defect-gen. Jullie zijn Defecten. Moet ik jullie nog uitleggen wat dat betekent?'*

De toon waarop ze sprak was niet vriendelijk, maar ook niet onvriendelijk, en paste precies bij de neutrale uitdrukking op haar uitgestreken gezicht. Er werd hier en daar weer zenuwachtig gegrinnikt. Ze wisten allemaal wat het betekende, ook al konden ze niet geloven dat het hun was overkomen. Toby kende niemand met een positieve uitslag van de test. Positieven waren zeldzaam tegenwoordig, had zijn moeder altijd gezegd. Het overkwam nooit iemand die je kende. Net als vliegtuigongelukken.

Moeder was nog steeds aan het woord. 'Dit is nu jullie thuis. Jullie krijgen kleren en eten en mogen meedoen aan activiteiten. Als jullie dat willen kun je spelen op het grondgebied rond het huis. Jullie krijgen klusjes te doen, net zoals bij jullie thuis, en op het rooster in de gang staat waar jullie verblijven zijn. Elke week moeten jullie je bed verschonen. Het bovenlaken gaat naar onder en het onderlaken gaat in de daarvoor bestemde waszak. 's Morgens hebben jullie les.'

'Fuck nee,' zei iemand heel hard. Nog meer lachers. Toby keek naar de jongen die dat had gezegd. De ogen van de jongen schitterden en in tegenstelling tot Henry was hij totaal niet nerveus. Zelfs de manier waarop hij stond, had iets arrogants. In de achterzak van zijn spijkerbroek zaten sigaretten. Op dat moment had Toby nog niet het symbool gezien dat in het haar op zijn achterhoofd was geschoren, maar Jake wierp zich nu al op als de leider van dit stelletje verdoemde jongeren.

'Tenzij het noodzakelijk is, zullen de verpleegsters en ik ons niet bemoeien met de manier waarop jullie je tijd besteden. Het is onze taak voor jullie te zorgen en we zullen ons best doen jullie gezond te houden zolang dat mogelijk is.'

Zolang dat mogelijk is.

Het groezemoes hield op toen de surrealistische werkelijkheid lang-

zaam tot hen door begon te dringen. Maar er was geen sprake van paniek, alleen een kleine rimpeling in een oceaan van verschrikkingen die zich voor hen uitstrekte. En dat was de eerste keer dat Toby zich afvroeg of er misschien iets in de limonade had gezeten om hen rustig te houden.

4

'Hoe heet je?' vraagt Louis.

'Hoe oud ben je?' Will zit zoals gewoonlijk in kleermakerszit op zijn bed. 'Volgens mij ben je ouder dan Toby.'

De nieuwe jongen is een verstoorder van de rust op Slaapzaal 4. Hij heeft een bleek gezicht, donker haar en donkere ogen en hij houdt zijn mond toegeknepen, waardoor zijn vierkante kaken nog hoekiger lijken dan ze al zijn. Op zijn bed liggen zijn kleren uitgestald: spijkerbroeken, T-shirts, capuchontruien. Alles in de juiste maat, want bij aankomst wordt iedereen gemeten en gewogen. De verpleegsters hebben het druk gehad vandaag.

'Tom.' De nieuwe jongen doet tijdens het spreken zijn dunne lippen nauwelijks van elkaar. 'Ik ben zeventien.' Zijn ogen worden donker als hij eraan toevoegt: 'En een half.'

'Shit,' zegt Louis.

Er valt een stilte, onderbroken door het gekletter van de regen, als het tot ons doordringt. Ik snap nu waarom deze jongen zo verbitterd is en mijn maag krimpt samen. Als het niet is gebeurd voor je achttiende, dan gebeurt het niet meer. We hebben allemaal pech gehad, maar Tom is wel de grootste pechvogel van ons allemaal.

'Vertel eens wat over de anderen,' zegt Ashley. Hij leunt tegen de radiator. Hij gaat niet op zijn keurig opgemaakte bed zitten, want hij wil dat het netjes blijft.

'Ik had nog maar zes maanden te gaan.' Tom kijkt de twee jongens niet aan, maar staart naar zijn nieuwe kleren. 'Zes fucking maanden.'

'Pech gehad.' Het is het eerste wat ik zeg. Ik mag Tom niet. Ik ken hem niet, maar ik heb nu al een hekel aan hem. Wat als door zijn komst het geluk dat we tot nu toe hebben gehad, is verpest? Dat klinkt onlogisch, maar ik ben er niet minder bang om. Slaapzaal 4 is niet meer hetzelfde als vanmorgen. De komst van Tom heeft een scheur in onze zogenaamde onaantastbaarheid veroorzaakt.

'Ja, vertel eens wat over de anderen,' zegt Louis.

'Jullie weten toch wel hoe het hier wordt genoemd?' Eindelijk kijkt Tom op. 'Het Dodenhuis.'

'Wat maakt het uit hoe ze het noemen?' zeg ik. 'Voor ons is het nu thuis.' Ik zet mijn stekels op. We hebben allemaal geleerd onze angst in de hand te houden en ermee te leven. En nu moeten we Toms angst ook bezweren.

'Zo noemen ze het in Londen. Niet alleen dit huis, maar al dit soort huizen.'

'Je komt dus uit Londen?' vraagt Louis en hij pakt een notitieboekje uit zijn zak en krabbelt er wat in. 'Welke buurt in Londen?'

'Of dat wat uitmaakt.' Een zure, verbeten mond.

'En hoe zit het met de anderen?' Will is de derde die ernaar vraagt. We doen niet expres onaardig, maar het heeft geen zin om medelijden te hebben. Medelijden heb je met iemand die het nog rotter heeft dan jij. Hier zitten we allemaal in dezelfde shit. We zijn allemaal gelijk. En Tom heeft tenminste nog de zeventien en een half gehaald.

'Er was alleen nog een meisje,' zegt Tom. 'Ze leek me wel oké.' Zijn blik dwaalt af.

'Een meisje?' zegt Will. 'Er komen hier maar weinig meisjes.' Hij vertrekt zijn gezicht in een pijnlijke grimas. 'Zouden haar ogen er ook van gaan bloeden?'

Louis begint te giechelen. Ik weet niet of hij lacht om Wills opmerking of om de geschrokken uitdrukking op Toms gezicht. En ik weet ook niet of Will dat heeft gezegd om de nieuwe jongen de stuipen op het lijf te jagen. Wrede humor, maar wel grappig.

'Laten we maar weer gaan schaken,' zegt Louis, en Will glimlacht. De nieuwigheid van de vreemdeling is er alweer een beetje af en Tom gaat hier toch niet meer weg. Er is nog tijd genoeg om hem te leren kennen, en als er niet genoeg tijd is, dan is het verspilde moeite.

'Hoe bewegen die kasteeltjes ook weer?'

'Dat zijn de torens en die mogen horizontaal en verticaal over het bord verplaatst worden...' Louis is het nog aan het uitleggen als ze de deur van de slaapzaal achter zich dichttrekken.

'Ik ga weer naar het handwerklokaal.' Ashley maakt zich los van de radiator en pakt zijn bijbel die op een ladekast ligt. Zelfs hij, met zijn christelijke gevoel voor naastenliefde, biedt Tom niet aan om hem het huis te laten zien.

En toen waren we met ons tweeën.

'Ik neem aan dat jij Toby bent,' zegt Tom.

Ik doe mijn ogen dicht. Ik heb geen zin om te praten. Eigenlijk wil ik ook niet meer slapen, maar dat toch liever dan kletsen. Ik zal aan Tom moeten wennen, maar wel in mijn eigen tempo.

'Je bent ouder dan de andere jongens,' probeert Tom weer. Ik zeg niets. Ik herinner me dat ik hoopte vrienden met Jake te worden zodat ik met iemand van mijn eigen leeftijd kon klooien. En nu is Tom hier en wil ik niks van hem weten. Maar Tom hoort niet bij ons. In ieder geval nog niet. En Jake, ondanks het feit dat hij een eikel is, wel. En Tom is ook ouder dan ik, dus ik moet uitkijken dat ik mijn positie als leider van Slaapzaal 4 niet kwijtraak. Hoewel ik heel stil en kalm op bed lig, heeft de komst van de nieuwelingen me onrustig gemaakt.

Tom houdt verder zijn mond, maar hij zucht wel heel diep en nadrukkelijk. Dan hoor ik de lades opengaan en bergt hij zijn kleren op. Hij past zich aan. Hij moet wel.

De avond kruipt voorbij en ik voel me steeds ongemakkelijker. Tijdens het eten is alle aandacht op Tom en het nieuwe meisje gevestigd. Ze heet Clara. Ik negeer haar. Haar tafel is te ver weg om haar goed te kunnen zien en ze zit trouwens met haar rug naar me toe. Ik zie alleen haar pluizige paardenstaart. Aan de meisjestafel wordt wel meer gelachen dan anders. Ik zie dat Eleanors gezicht straalt en zelfs Harriet kijkt niet meer zo sip. Jake stelt zich aan door keihard te vloeken en hoewel Tom bij ons zit loopt hij als hij een kop thee gaat halen langs de meidentafel en zegt iets tegen Clara, waarna hij een knalrode kop krijgt. Het duurt niet lang of Jake volgt zijn voorbeeld. Als Tom mocht denken dat hij recht op dat meisje heeft omdat hij hier samen met haar is aangekomen, dan valt er voor hem nog heel veel te leren over het huis. Will en Louis moeten lachen om de twee oudere jongens, die duidelijk om de aandacht van het meisje bedelen. Ik laat het gewoon langs me heen gaan. Ze is vast niet goed bij haar hoofd dat ze hier zit te lachen en doet alsof ze op vakantiekamp is of op schoolreisje. Ik doe niet mee met dat geflikflooi.

Ik richt mijn aandacht op de tweeling. Zij zijn de realiteit hier, niet een of andere stomme griet voor wie iedereen zich uitslooft. Ellory en Joe lijken als twee druppels water op elkaar. In ieder geval leken ze dat. Een van de twee – ik denk dat het Ellory is omdat hij meer jeugdpuistjes heeft dan zijn broer – zweet heel erg. Dat kan ik zelfs op drie meter afstand zien. Zijn gezicht glimt van het transpiratievocht alsof er vet op zit. Hij haalt luidruchtig zijn neus op en af en toe verkrampt zijn borst en vertrekt hij zijn gezicht alsof hij wanhopig probeert niet te gaan hoesten. Zijn broer eet ook zijn eten op, en hij is expres schuin gaan zitten zodat de verpleegsters niet kunnen zien dat hij grote happen van het bord van zijn broer neemt. Ik kijkt ernaar, gefascineerd maar ook bang. De verpleegsters kijken ook, hun ogen zijn donker en koud als de ogen van een adelaar die zijn prooi gadeslaat. De andere kinderen van Slaapzaal 7 zijn een klein stukje bij hem vandaan gaan zitten, ook al is dezelfde ziekte in hun lichaam aanwezig. Ze betrekken de tweeling niet bij hun gesprekken en doen alsof ze er al niet meer zijn. Ik ben Louis straks een paar afwasbeurten schuldig.

'Denk je dat ze hem vannacht zullen weghalen?'

Pas nu Ashley iets zegt, merk ik dat ik niet de enige ben die kijkt. Ashley doet het ook en heeft zijn lippen op elkaar geperst.

'Misschien.'

'Ik zal voor hem bidden.'

'Ja, dat helpt vast.' Ik concentreer me op mijn eten en neem een hap aardappelpuree. Ik wil niet met Ashley praten. Dat godsdienstige gedoe moet hij maar voor zich houden.

Na het eten zetten de verpleegsters een oude film op, en hoewel Louis en Will me met alle geweld mee proberen mee te krijgen, weiger ik. Ik neem een warm bad en ga daarna op mijn bed naar het plafond liggen staren. Het regent nog steeds buiten. Ik vraag me af wat er door Ellory heen gaat, of hij ook naar de film is gaan kijken. Ik krijg een wee gevoel in mijn maag als ik eraan denk dat ik me op een dag in dezelfde positie als Ellory zal bevinden. Ik wilde dat ik kon ophouden met denken. Zelfs de gedachte aan Julie McKendrick kan me niet afleiden. Het enige wat in me opkomt, is de vraag of ze nog wel weet wie ik ben of dat ze nu lacht naar Billy uit de hoogste klas en dat hij echt zijn hand in haar bh stopt in plaats van erover te dromen.

Op een gegeven moment komen de andere kinderen ook naar de slaapzaal en begint het ritueel van tandenpoetsen en wassen voordat ze naar bed gaan. Een verpleegster komt met een dienblaadje met bekertjes water en pillen, die we allemaal braaf innemen. Dan sluit ze de gordijnen, doet het licht uit en zegt ongeïnteresseerd en haastig: 'Goedenacht.'

'Clara's vader was een Zwart Pak,' zegt Will. 'Klopt toch, Tom? Een echte minister.'

'Ja, dat klopt.' Stilte, en dan klinkt er opeens gefluister. 'Waar is hij in godsnaam mee bezig?'

'Hij is aan het bidden. Niet op letten, hij houdt zo wel op. Een Zwart Pak. Best cool. Wat deed jouw vader?'

Ik weet niet of Will beseft dat hij in de verleden tijd praat, alsof onze ouders niet meer bestaan, alsof ze hun leven niet zonder ons voortzetten, in de echte wereld.

'Gewoon. Hij was in dienst bij een technische firma. Hij was vaak weg voor zijn werk.' Tom is nog maar een paar uur in huis, maar hij sluit zich nu al af. *Hiervoor* bestaat niet meer voor hem. Hij volgt ons voorbeeld en laat niet veel over zichzelf los.

'Ik vond het wel een goeie film,' zegt Louis. 'Maar ik snap eerlijk gezegd niet waarom ze hem ons lieten zien.'

'Vampiers zijn cool,' zegt Will. 'En die hond was ook cool. Maar dat stuk waarin dat beest die man dwars door zijn hoofd bijt, vond ik niks.'

'Het was gewoon een film over tieners die het eeuwige leven hebben. *Lost Boys*,' zegt Louis peinzend. 'Ze hebben iets in hun lijf waardoor ze in monsters veranderen. Ik vraag me wel eens af of Moeder een heel ziek gevoel voor humor heeft of dat ze geen enkel gevoel voor ironie heeft.'

'Ja, haha.' Will lacht, maar hij weet duidelijk niet wat ironie is.

'We kunnen allemaal in God leven,' zegt Ashley. 'Dat is echt het eeuwige leven.'

'Is hij altijd zo?' Tom steekt zijn afkeer niet onder stoelen of banken. Hij is dan wel de nieuwe jongen, maar Ashley is de echte buitenstaander.

'Helaas wel, ja.' Louis gaat onder de dekens liggen. Het geritsel van zijn gesteven laken vermengt zich met Ashleys gefluister.

'Alles goed, Toby?' Will kijkt naar me in het halfduister. 'Je bent zo stil. Ik dacht dat je de film wel zou willen zien, dan kon je ook kennismaken met het nieuwe meisje.'

'Ik ben moe.'

'Je bent altijd moe. Je slaapt bijna de hele dag.' Zijn adem stokt. 'Je bent toch niet...'

'Nee.' Ik laat hem zijn vraag niet afmaken. 'Ik ben niet ziek.'

'Gelukkig,' zegt Will. Hij plukt aan zijn deken. 'Dat zou ik niet leuk vinden.'

De toon waarop hij het zegt bezorgt me een steek in mijn hart.

'Welterusten, Will,' zeg ik alleen. Uiteindelijk is iedereen stil, zelfs Ashley, en het ademhalen wordt regelmatiger. Weer een dag voorbij. Als in rook opgegaan. Ik sluit mijn ogen.

5

Bijna twee uur nadat Moeder de laatste ronde geeft gedaan, hoor ik in het hart van het huis de lift naar beneden gaan. Ik wist dat de lift vannacht zou komen, en eigenlijk zou ik mijn hoofd onder mijn kussen willen stoppen tot het afgelopen is, maar mijn voeten jeuken om op te staan en mijn ingewanden vormen een strakke knoop om de donkere bal in mijn buik. Ik wil het zien. Kijken is beter dan hier maar blijven liggen luisteren. Ik ril van de kou als ik naar de deur sluip en die opendoe. De andere jongens verroeren zich niet, ik hoor alleen het gesnurk van Tom.

Op de overloop gaat mijn hart zo tekeer dat ik het in mijn hals voel kloppen. De lift stopt een verdieping hoger. Dan volgt het *woesj* van de metalen deuren die openschuiven, een geluid als een zucht in de nacht. Toch klinkt het raar modern in deze omgeving. Ik sluip naar het volgende tussenstuk van de trap en druk mezelf tegen de muur, die in donkere schaduwen gehuld is. Ik blijf doodstil staan. Vanaf hier kan ik de lift niet zien, maar de verpleegsters komen op de volgende verdieping langs als ze weer teruggaan naar de lift. Ik wacht, en dan verbreekt het zachte gepiep van oude wieltjes de stilte. Ellory verlaat voor de laatste keer Slaapzaal 7 en hij heeft er geen enkel besef van. Misschien wist hij wel dat dit zou gebeuren toen hij naar bed ging. Of dacht hij dat hij nog wel een dag had. Het is bijna niet voor te stellen dat er geen volgende dag meer komt.

Ik zie witte schoenen in mijn blikveld verschijnen: linnen instappers onder een wit uniform. De verpleegsters van het sanatorium rijden het bed naar de lift. Ik kan Ellory niet zien, maar ik weet dat hij in het bed ligt. Er is niemand anders ziek. In ieder geval niet zo erg als hij. De verpleegsters haasten zich niet, en nemen langzame, gelijkmatige stappen. Ellory loopt niet weg en het sanatorium ook niet. Dit zijn andere verpleegsters dan degenen die zich overdag met ons bezighouden. Dat weet ik omdat ik ze inmiddels vaak genoeg heb gezien. Het zijn Engelen des Doods, die zich alleen 's nachts laten zien om de slapende, zieke kinderen op te halen. Af en toe stel ik me het sanatorium voor als een afschuwelijk monster dat zich met ons voedt. Op een of andere manier is dat minder eng dan het afgrijselijke onbekende. Ik kan nog net zien dat het bed langs wordt gereden, maar ik blijf staan. Ik weet hoe het zal verlopen en ze zijn nog niet klaar. Ongeveer een minuut later zie ik nog twee paar witte schoenen langslopen, vergezeld van ritselende plastic zakken waarin Ellory's kleren en toiletspulletjes zitten. Er wordt niets achtergelaten wat aan hem herinnert. Hij wordt heel zorgvuldig uit onze gemeenschap verwijderd. Ik vraag me af wat ze met de kleren doen. Hebben wij kleren aan die ooit gedragen zijn door een vorige lichting kinderen? Is er in dit huis ergens een opslagruimte waarin alles aanwezig is voor kinderen van uiteenlopende lengte en zwaarte? De liftdeuren sluiten zich weer en ik adem trillend uit terwijl de adrenaline door mijn lijf giert.

Vaarwel, Ellory. Leuk dat ik je niet heb gekend.

Ik moet bijna overgeven en heb een zure smaak in mijn mond. Ik wil naar de badkamer om een glas water te halen. Ik draai me om en dan valt mijn blik op de overloop van twee verdiepingen hoger. Tussen de spijlen hangt een dikke sliert, die zweeft in het licht als zeewier in een ondiepe poel. Dit is zo onverwacht dat ik bijna een kreet slaak, en mijn mond valt open. Het is haar. Er is nog iemand anders wakker. Ik verstijf en van het ene op het andere moment denk ik niet meer aan Ellory, zijn ziekte en het verschrikkelijke niets dat boven op ons wacht. Het zijn gedachten die ik niet onder woorden kan brengen, maar die zijn verpakt in de bal in mijn buik en ik krijg er die zure smaak van op mijn tong. Al die gedachten zijn nu uit mijn hoofd. Er is nooit iemand anders wakker.

De schaduw beweegt. Het haar wordt teruggetrokken. En de trap kraakt. Ik ren terug naar mijn slaapzaal en gluur door een kier in de deur. Er loopt iemand langs. Wie is dit? En wat gebeurt er? Nog een verandering: eerst Tom, nu dit. Ik sta op het punt weer in bed te stappen en daar ook te blijven, maar dan besef ik dat ik niet moe ben, en waarom zou ik verdomme naar bed gaan? De nachten zijn van mij.

Ik tref haar aan in de keuken. Ze heeft een plakje kaas en ham in haar hand en maakt een boterham.

'Wil je ook?' vraagt ze, alsof het de gewoonste zaak van de wereld is dat we hier om twee 's nachts in het donker staan. Ik geef geen antwoord en kijk haar aan vanuit de deuropening. Buiten giert de wind om het huis en fluit onder de spleet onder de achterdeur door.

Ze smeert een dikke laag boter op een witte boterham. 'Ik mag nooit boter van mijn moeder. Niet goed voor de heupen, en zeker niet als je danseres bent. Maar nu neem ik het gewoon. Volgens mij zijn dikke dijen niet meer mijn grootste zorg, denk jij van wel?' Ze lacht als ze de boterhammen op elkaar legt en dan lenig op het roestvrijstalen werkblad van de keukentafel springt om haar sandwich op te eten. Ik kan het niet goed zien, maar volgens mij zit haar gezicht vol met sproeten. In ieder geval heeft ze mooie witte tanden en haar dikke, rode haar valt een beetje pluizig over haar schouders.

Ik kijk naar haar sandwich en mijn maag trekt samen. Ik heb niet langer het overzicht over de nachten. Ik moet me nu ook nog zorgen maken om de fouten die iemand anders maakt. Ze volgt mijn blik.

'Maak je niet druk, ik ben heel voorzichtig geweest en ik zal alles opruimen. Ze zullen niet merken dat ik hier ben geweest.'

'Je kwam hier samen met Tom aan,' zeg ik.

Ze knikt. 'Arme Tom. Hij is zo kwaad op alles.' Ze wiebelt met haar benen en onder haar nachthemd tekent zich haar slanke, gespierde lijf af. Ze heeft roze nagellak op haar teennagels. Een overblijfsel van *hiervoor*. Ze straalt een en al energie uit. Ze neemt nog een hap en kijkt me aan. Ik had ook wel zin in een boterham of iets anders gehad, maar door haar schuld heb ik geen trek meer.

'Je hebt de vitamines niet genomen,' zeg ik. Ik heb een stap in de keuken gezet, maar ik vertik het om dichterbij te komen. Ik ben kwaad, maar ze schijnt het niet in de gaten te hebben. Ze lacht even. Warm, hartelijk. Wat mankeert haar? Weet ze soms niet waar ze terechtgekomen is?

'Vitamines, mijn reet. Mijn moeder slikt al jaren "vitamines". Ze neemt ze meestal in met een slok whisky.' Ze legt haar boterham neer. 'Waarom heb jij ze niet genomen?'

Ik heb geleerd om de pillen snel tussen mijn bovenlip en tandvlees te stoppen zodat de verpleegsters het niet merken. Dat heb ik geoefend met doperwten tijdens het eten. Ik heb de pillen verzameld in een stukje wc-papier dat ik in een van de knoppen op het voeteneind van mijn ledikant heb verstopt. Ik herhaal elke avond het vaste ritueel. Eigenlijk zou ik de pillen gewoon door de gootsteen moeten spoelen, maar ik gebruik ze ook een beetje om de dagen te tellen. Om te kijken hoe lang ik zal overleven.

'Ik hou van de nachten,' zeg ik.

'Wat zullen we dan eens gaan doen?' Ze grijnst weer, opgetogen en een beetje ondeugend. 'Het huis is nu van ons.'

'Doe jij maar wat je wilt. Verkloot het alleen niet voor mij.'

De glimlach verdwijnt van haar gezicht. 'Maar het is veel leuker als...'

'Ik meen het.' Plotseling haat ik haar. Ze heeft het recht niet om nu wakker te zijn. Dit is míjn tijd. De bal binnen in mij schiet naar mijn tong en produceert een stortvloed aan venijnige woorden. 'Dit is niet meer dat perfecte leventje van je, met die chique vader en een groot huis en alles wat je wilt. Je bent net zo Defect als wij allemaal. Je kunt hier wel zitten lachen en geintjes maken en denken dat het allemaal zo leuk is, maar jij wordt ook ziek, net als Ellory, net als ik en de rest van die stomme sukkels hier. Je bent niet bijzonder. Dus blijf bij me uit de buurt en wen er maar aan.'

Ik kijk haar nijdig aan en sta te trillen en te hijgen van woede. Ze schommelt niet meer met haar benen. Haar glimlach is verdwenen. Ik draai me om, want ik wil niet meer naar haar kijken. Ik wil me geen klootzak voelen. Het huis is groot genoeg. Ik hoef haar niet meer te zien. Misschien neemt ze vanaf nu wél haar pillen omdat ze weet dat ze hier 's nachts niet welkom is.

'Nee,' zegt ze zacht en gekwetst als ik wegloop. 'Volgens mij moet jíj eraan wennen.'

Trut, denk ik. Stomme trut. Wat de fuck weet zij er nou van?

Zijn test was na gym op een dinsdag, en hij was er blij mee, om twee verschillende redenen. Ten eerste scheelde het tien minuten algemene natuurwetenschappen – misschien twintig als hij heel langzaam terugliep – en ten tweede deden ze de test altijd in alfabetische volgorde, zodat Julie McKendrick tegelijk met hem aan de beurt was. Minpuntje was dat Billy Matthews daar dan ook zou zijn, dus was er weinig kans dat hij een gesprekje met Julie kon beginnen, zelfs als hij een interessant onderwerp kon bedenken. Maar hij kon natuurlijk wel naar haar kijken, en dat was beter dan niets.

In de gang naar het kamertje van de verpleegster was het warm. Het zonlicht kwam keihard door de ramen naar binnen. En hoewel Toby net had gedoucht in het gymlokaal, was hij aan het zweten toen hij aansloot bij de rij van kwekkende kinderen van allerlei leeftijden. Niemand keek angstig. De tests waren tenslotte routine. Hij keek de rij langs, maar hij zag Julie niet. De moed zonk hem in de schoenen. Gisteren hadden Julie en hij onder wiskunde – dat was het enige vak dat ze gemeenschappelijk hadden – nog met elkaar gekletst. Het was hem gelukt om een tijdje te ouwehoeren over de saaiheid van algebra, zonder over zijn woorden te struikelen en ook maar één keer naar haar borsten te kijken. En toen hij een opmerking over meneer Grey maakte, moest ze om hem lachen en zei ze dat hem geestig vond. Misschien zou het feit dat hij de grappenmaker van de klas was, eindelijk vruchten afwerpen.

'Hé, Toby.'

Ze stond achter hem met Amanda. Amanda's achternaam begon niet met een M. Ze spijbelde zeker omdat ze met Julie mee wilde. Amanda en Julie waren allebei blond en knap, maar Amanda had niet dat extra dingetje dat Julie had. Bovendien had ze kleinere borsten en waren haar benen te dun.

'Hoi.' Het leek wel alsof er lijm in zijn keel zat. Hij stopte zijn hand in zijn broekzak om een beetje nonchalant over te komen, maar intussen had hij het idee dat alle botten in zijn lijf niet meer deden wat ze moesten doen. 'Waar kom je vandaan?'

'Engels. En dit is een test.'

'Uitslag.' Hij keek over Julies perfecte schouder en zag Billy aan komen slenteren en achter in de rij gaan staan. Kut.

'Amanda geeft zaterdag een feestje. Je woont toch in de buurt? Kom je ook?'

Amanda draaide met haar ogen, maar Jullie leek het niet in de gaten te hebben. Toby had zo'n heet hoofd gekregen dat hij het idee had dat hij zou ontploffen. Een uitnodiging voor een feestje, van Julie in eigen persoon. Een cool feestje. Alles aan Julie en Amanda was cool.

'Ja hoor. Volgens mij heb ik niet echt iets anders,' zei hij. Hij was van plan om met Jonesy op het speelveldje te gaan hangen, maar Jonesy kon wel wachten. Het kwam nog even bij hem op om Jonesy mee te nemen, maar dat skipte hij ogenblikkelijk. Jonesy was helemaal niet cool genoeg voor een feestje bij Amanda. Toby zelf trouwens ook niet, maar hij was wel gek als hij zoiets aan zijn neus voorbij liet gaan.

'Natuurlijk heeft hij niets anders,' zei Amanda lijzig. 'Alsof hij óóit iets heeft.'

'Hou op, Mandy.' Julie trok zich niks aan van het gebits van haar vriendin en glimlachte naar hem. Echt alleen naar hem. Zij had een gave huid en haar ogen straalden onder de mascara en eyeliner, die coole meisjes droegen, ook al werd er nog zo vaak gezegd dat ze het eraf moesten halen. Toby vroeg zich af of het mogelijk was dat je meer van iemand kon houden dan hij van Julie McKendrick hield.

'Leuk,' zei ze. 'Ik zie je daar. Vanaf een uur of acht.'

Hij knikte omdat hij niet nog iets durfde te zeggen en keek toen weer recht voor zich uit. Hij hoorde Billy praten en de beide meisjes lachen, maar het maakte de indruk alsof ze dat alleen deden om Billy een plezier te doen. Zijn hele lichaam tintelde van de opwinding. Een feestje met Julie. En ze had echt gevraagd of hij wilde komen. Hij kon niet wachten om het aan Jonesy te vertellen.

Hij grijnsde nog steeds als een halvegare toen hij naar binnen liep om bloed te laten prikken. Het leven lachte hem toe.

'Dubbel of niet, weet je nog?' zeg ik als we na het ontbijt weglopen. Louis gaat naar het rooster om zijn naam door te strepen en die van mij in te vullen, maar ik houd hem tegen. 'Het is nog niet helemaal zeker.'

Dat is alles wat er 's ochtends over Ellory wordt gezegd. Clara en ik zijn dan wel de enigen die hebben gezien dat hij werd weggereden, maar niemand is verbaasd over zijn verdwijning. De jongens van Slaapzaal 7 zagen er geschrokken uit toen ze de eetzaal binnen kwamen, maar behalve Joe keken ze daarna weer net zo arrogant, en met name Jake gedroeg zich uitdagend. Aan hun tafel staat één stoel minder en de andere kinderen zijn een beetje naar elkaar toe geschoven. Zelfs alle tekenen van Ellory's afwezigheid zijn verwijderd.

We staan nog bij het mededelingenbord als Slaapzaal 7 langs ons heen naar boven loopt. 'Beschouw het maar als ingevuld,' zegt Louis terwijl hij naar Joe kijkt. De achtergebleven helft van de tweeling ziet er verslagen uit, zijn schouders hangen en zijn ogen zijn roodomrand. Het lijkt alsof er vlekken op zijn gezicht zitten, maar dat kan ik niet goed zien vanwege al die jeugdpuistjes

'Wat staan jullie nou te kijken?' snauwt Jake tegen ons. Ik haal mijn schouders op en reageer verder niet. Dat hoeft niet. De magische cirkel van Slaapzaal 7 is doorbroken.

Nu is alleen Slaapzaal 4 nog compleet.

6

Buiten is het opgehouden met regenen, maar er hangt nog steeds een druilerige mist over alles, alsof er in de wolken is geprikt en ze langzaam leeglopen en op de grond zakken. Tom kijk uit het keukenraam terwijl ik de laatste borden van het middageten afspoel en bij de rest aan de zijkant zet.

'Ben je er klaar voor?' zeg ik en ik veeg de hete damp van mijn gezicht. Tom pakt een bord en begint het af te drogen, maar zijn blik is op de tuin gericht. Ik weiger naar buiten te kijken, maar dat valt niet mee omdat het raam pal boven het aanrecht is en de meisjes goed in het zicht aan het spelen en lachen zijn. Eleanor zit met een boek op een boomstronk, maar ze leest er niet in. Ze kijkt naar Clara, die Harriet probeert te leren hoe ze een handstand tegen de muur van ruwe stenen moet maken. Het lukt Harriet voor geen meter, maar er wordt uitbundig gelachen als ze op haar hoofd staat en Clara probeert Harriets wild zwaaiende benen te pakken en ze recht te houden.

Ze gaan verder met de radslag. Clara wentelt met rechte, sterke armen en benen perfect over het gras. Ze heeft inderdaad sproeten op haar neus en haar haar is net glanzend roodkoper, dat fel afsteekt tegen alle andere kleuren die in een grijze sluier zijn gehuld. Als ze op haar hoofd staat, kruipt haar shirtje op en wordt haar strakke, bleke buik heel even zichtbaar. Ik hoor Tom slikken.

'Misschien is ze wel turnster,' zegt Tom. Ik hoef niet te vragen wie hij bedoelt. In elk geval niet Harriet, die met haar logge lichaam het nieuwe meisje probeert na te doen.

'Ze is danseres.'

'Hoe weet jij dat?' Tom kijkt me onderzoekend aan.

Ik haal mijn schouders op en voel me ongemakkelijk. 'Dat heb ik zeker iemand horen zeggen.'

Twee nachten geleden, tijdens onze eerste ontmoeting, ben ik behoorlijk grof tegen Clara geweest, maar ze heeft toch niet besloten om de slaappillen in te nemen, en ook al was ik van plan bij mijn besluit te blijven en haar te ontwijken, toch lukt dat niet erg als je weet dat er 's nachts nog iemand wakker is. Eerlijk gezegd heb ik haar min of meer geschaduwd. Ik wachtte tot ze uit een bepaald deel van het huis was en ging er dan zelf naartoe om te kijken of ze niets had verplaatst wat achterdocht kon wekken. Afgelopen nacht wilde ik naar de speelkamer gaan – toen ik 's nachts nog in mijn eentje was vond ik het fijn om op een zitzak bij het raam te zitten en naar de lucht te kijken – en zag haar opeens door een kier in de deur. De platenspeler stond aan, maar ik hoorde alleen het gekras van de naald. Clara had een grote koptelefoon op haar hoofd en danste op de muziek. Haar lichaam was ontspannen en ze had haar ogen dicht. Ze was in haar eigen wereld, zich niet meer bewust van haar omgeving. Door de open gordijnen viel het maanlicht op de vloer, en het vormde een soort spotlight waar ze doorheen bewoog. Het was niet zozeer een bepaalde dans, ze bewoog op het ritme en glimlachte terwijl ze haar armen omhoog deed en met haar heupen draaide. Alles op de maat van de muziek, die ik niet kon horen.

Ik had een kurkdroge mond en was in de war. Eerst wist ik niet waarom. Het kwam niet door haar blote benen en armen of de contouren van haar lichaam door haar nachthemd. Dat deed me wel iets, meer dan ik wilde toegeven, maar ik voelde de bal in mijn buik groter worden. Toen drong het tot me door. Jaloezie. Dat voelde ik. De zure appel van de afgunst. Ze glimlachte en was helemaal happy. Ze genoot van de vrijheid die de muziek haar gaf. Hoe kon ze nou blij zijn?

Op een geven moment zette ze de platenspeler uit en verliet de speelkamer. Ik wachtte in het donker tot ze de trap op was gelopen en ging toen de speelkamer in om te kijken waar ze naar geluisterd had. Het was een album van een paar generaties geleden en ik had er nog nooit van gehoord. Aarzelend raakte ik de koptelefoon aan en toen draaide ik me abrupt om. Ik wilde niet naar die muziek luisteren. Ik liet me er niet door meeslepen. Ik weigerde er nieuwsgierig naar te zijn.

Ik ging weer naar bed, maar ik bleef onrustig. Ik probeerde aan mijn ouders te denken en toen aan Julie McKendrick, maar ik bleef de angst voelen die zich in me had genesteld. Ik hoorde steeds maar de piepende wieltjes van Ellory's bed dat naar de lift werd gereden, ik zag steeds maar Henry's smekende gezicht voor me. *Volgens mij is er een vergissing gemaakt,* en ik kon alleen maar denken dat ik niet dood wilde en in dat verschrikkelijke niets verdwijnen, nu niet en nooit niet.

'Hoe weet je dat?' vraagt Tom nog een keer, waardoor ik uit mijn gedachten word gerukt. Ik kijk uit het raam.

'Ik geloof dat ik de meisjes dat hoorde zeggen,' zeg ik. Ze heeft het recht niet om zo zorgeloos te zijn. Niemand heeft het recht. Ik veeg het roestvrijstalen aanrechtblad schoon terwijl Tom het laatste bord afdroogt, en dan verschijnt uit het niets een verpleegster om ons werk te controleren. Ze knikt goedkeurend om aan te geven dat onze taak erop zit en dan mogen we weg.

Ik wacht niet op Tom, die nog steeds naar de tuin staat te kijken, en ik besluit om terug te gaan naar Slaapzaal 4 en in bed te kruipen.

Als ik halverwege de eerste trap ben, zie ik Ashley door de gang lopen en even later blijft hij stilstaan voor de deur van Moeder. Ik wacht even. Sinds de eerste dagen dat we hier waren, gaat niemand meer naar Moeder toe om iets te vragen. Ze weet toch nergens antwoord op, en als ze dat wel zou weten, dan vertelt ze dat niet aan ons. Bovendien heeft ze ons duidelijk gemaakt dat ze zich alleen met ons zal bemoeien voor zover het haar taak is. Waarom zou iemand de aandacht van Moeder willen trekken? Moeder neemt alle beslissingen in huis en soms vraag ik me af of zij ook beslist wie de volgende is die naar het sanatorium wordt gereden. Ik weet niet wat er in het eten zit dat we krijgen. We willen allemaal niets liever dan onder de radar blijven.

Ashley haalt een keer diep adem en dan klopt hij drie keer op de deur. Hij klemt de rol papier die hij bij zich heeft nog wat vaster onder zijn arm. De rol bestaat uit vellen in verschillende kleuren, allemaal van stevig papier van afficheformaat. Ik zie dat er iets op de binnenkant is geschreven, maar ik kan niet lezen wat er staat. Ik leun over de balustrade om het beter te kunnen zien, maar dan gaat de deur van Moeders kamer open en stapt Ashley naar binnen.

Ik ga nog niet weg. Boven aan de brede, oude trap is mijn slaapzaal met mijn bed. Het zou me niets moeten kunnen schelen wat Ashley bij Moeder doet. Het kán me ook niets schelen, maar toch wil ik het weten. Ik loop nog twee treden op en dan blijf ik weer staan. Ik kijk naar de plek waar Ashley net nog heel zenuwachtig stond. Mijn voeten tintelen in mijn gympen en ik weet niet of ik nou door moet lopen of teruggaan. Ashley is nu in de kamer van Moeder. Er gaat van alles door mijn hoofd. Ik wil me niet bemoeien met andere kinderen – wat zou dat voor zin hebben? En afgezien van Will en Louis, die ik niet kan ontwijken omdat ze zo dicht bij me in de buurt zijn, ben ik er tot nu toe heel goed in geslaagd om me alleen met mezelf bezig te houden en verder iedereen links te laten liggen. We gaan allemaal in ons eentje dood, dus kan ik ook beter alleen leven. Er is hier trouwens toch niets te doen.

Maar Ashley is nog wel in het kantoor van Moeder en ik wil weten waarom. Hij zag er niet ziek uit en als hij wel ziek zou zijn, dan zou hij toch echt niet naar Moeder lopen om haar dat te melden. En wat moest hij met die rol papier? Hij zal geen lijst met klachten over het huis hebben gemaakt. Zelfs een eigenwijze eikel als Ashley zou niet zo stom zijn. Of zou hij dat wel doen? Heeft dit iets met de slaapzaal te maken? Misschien is het toch iets wat mij aangaat.

Ik loop weg van de donkere, gapende trap, die zich als een scheve ruggengraat door het enorme huis wentelt, en loop weer dezelfde weg terug. In de hal is niemand te bekennen en ik kijk door de diverse gangen om te zien of er niemand aan komt. Dan druk ik mijn oor tegen de deur van Moeders kantoor. Ik hoor gemompel, maar ik kan niet verstaan wat er gezegd wordt. Ik hoor geen boze stemmen, maar Moeder klinkt nooit boos, blij of overstuur, dus dat zegt niets. Ze is gewoon Moeder, beheerst en onpersoonlijk. Het zou me niet verbazen als er onder haar huid alleen een netwerk van metaal, draadjes en een processor zit.

Ik blijf daar niet staan, ik heb toch al het gevoel dat ik aan het spioneren ben – wat ook zo is – en ik wil hier echt niet betrapt worden. Ik tref Will en Louis aan in de speelzaal, ergens in een hoekje, ver uit de buurt van de jongens bij de platenspeler. Die struinen door de antieke collectie platen, op zoek naar iets wat ze herkennen of leuk vinden, en kibbelen ondertussen over wat de volgende plaat moet zijn.

'Ik zag Ashley het kantoor van Moeder binnen lopen. Wat doet hij daar?'

'Kijk nou! Ze heeft zichzelf net aan die tak omhooggetrokken. Hoe flikt ze dat?'

Het schaakbord staat klaar – en te zien aan de weinige witte stukken speelt Louis met zwart – maar de beide jongens zitten er niet achter.

'Laten we buiten met de andere jongens gaan spelen.' Will staat te trappelen van ongeduld. 'Het regent niet.'

'Jake is ook buiten.'

'Jawel, maar Tom ook.'

Tom is nog maar een paar dagen hier en hij hoort nu al bij de groep. Wat Will en Louis betreft tenminste.

'Hij is verliefd op haar. Hij probeert heel cool te doen.'

'Gaat hem niet lukken.' Gegrinnik.

'Ik zei,' ik probeer hun aandacht weer te trekken, 'dat Ashley in het kantoor van Moeder is. Enig idee waarom hij daar is?'

Eindelijk draaien ze hun hoofd naar me om. 'Nou nee,' zegt Will. 'Ik heb hem niet gezien.'

'Heeft hij soms iets geks gezegd?'

'Niks gekkers dan anders.' Plotseling verschijnt er een lach op Louis' gezicht als tot hem doordringt dat er iets in mijn dagelijkse patroon is veranderd. 'Je slaapt niet. Laten we de tuin in gaan.'

Ik kreun. 'Waarom? Er is daar geen fuck te doen.'

'Clara is in de boom aan het klimmen. Kijk.' Will wijst uit het raam alsof ik het kan zien vanuit de deuropening.

'Ik hou jullie niet tegen als jullie als kleine jongetjes willen gaan spelen.' Misschien had ik gewoon naar bed moeten gaan en me niet druk moeten maken over wat 'dominee' Ashley aan het doen was.

'Maar we zijn toch ook kleine jongetjes?'

'Donder dan op en ga spelen. Waar hebben jullie mij voor nodig?'

'Kom nou mee, dat is leuk!' zegt Will. 'Wij met z'n allen. En het regent niet...'

'Het is ook niet echt stralend weer.'

Louis kijkt naar zijn schoenen. Een van zijn veters is los, maar dat heeft hij blijkbaar niet in de gaten. De schoenen waren nieuw toen hij hier aankwam – zijn moeder had ze net voor hem gekocht, klaagde hij de eerste avond – maar nu is het bruine leer geschaafd en gekreukeld. Het is me een raadsel hoe hij het voor elkaar heeft gekregen dat die schoenen zo afgetrapt zijn, want de meeste dagen lopen Will en hij alleen maar als geesten door het huis te dwalen. Maar Louis is nu eenmaal erg onhandig, zijn hersens werken namelijk zo snel dat zijn lichaam ze niet bij kan houden. Hij krijgt een rood hoofd, steekt zijn handen in de zakken van zijn spijkerbroek en dan kijkt hij me aan en haalt zijn schouders op. 'Jake is buiten,' zegt hij weer. Dit keer iets zachter en vol gêne.

'En Tom ook,' zeg ik. Dit is een test. Tom is ouder dan ik.

'Ja, dat is zo, maar...' Louis trekt zijn ene schouder zo hoog op dat hij bijna tot zijn inmiddels rode oor komt. 'Tom zal ons nooit... je weet wel. Ons beschermen.'

'Alsjeblieft, Toby,' zegt Will. Ze kijken me allebei hoopvol aan.

Ik kijk van de een naar de ander en vraag me af hoe het in vredesnaam komt dat ik met hen ben opgescheept. Ik zucht. Voordat ik ga slapen, wil ik weten wat er met Ashley en Moeder aan de hand is, dus moet ik tot die tijd maar afleiding zoeken.

'Tien minuten,' zeg ik, en volgens mij lijk ik nu net mijn vader. 'Niet langer.'

'Fuck! Hij zegt ja!' zegt Louis. Dat lelijke woord klinkt heel raar uit zijn mond.

'Dank je, Toby.' Will trekt zijn trui al aan en zijn stem klinkt gesmoord. Als zijn hoofd boven de hals van de trui uit komt straalt hij: 'Kom mee!'

Ik loop achter ze aan door de gang naar de achteringang en vraag me af waarom ze nu ineens zo graag naar de tuin willen. Waarom zijn we daar niet eerder naartoe gegaan als het er zo leuk is? Misschien ben ik niet de enige die zijn kop in het zand steekt. Ik doe dat door de hele dag te slapen; misschien doen de anderen dat door binnen te blijven. Misschien komt buiten de echte wereld op je af en daar horen we niet meer bij. Maar misschien komt het wel gewoon omdat het steeds regende.

Als ik naar buiten loop, wens ik dat mijn hersens voor eventjes zouden ophouden met zich dingen afvragen. Ik moet meer thee drinken bij het ontbijt.

'Moet je kijken hoe hoog ze al is,' zegt Will als we naar de boom slenteren. Vanuit het huis leek de boom niet zo heel erg groot, maar nu we in de vochtige tuin staan is hij enorm. De knoestige stam is zo dik dat we met zijn drieën onze armen eromheen moeten slaan om elkaars vingertoppen te kunnen aanraken. Het hoge gras glinstert heldergroen en nat onder onze voeten en ik voel het vocht door de stof van mijn gympen komen. Maar het is niet koud. De hoge muren om de tuin houden elk zuchtje wind tegen. Ik loop niet snel en Louis en Will passen zich aan mijn tempo aan. Als het alleen Jake en een paar andere jongens van Slaapzaal 7 waren geweest, was ik niet naar buiten gegaan, maar de meiden zijn er ook, en ook nog een paar andere kinderen. Blijkbaar mengen alle kinderen zich plotseling weer.

Hoog in de boom zit Clara op een tak. Ze kijkt een beetje omhoog en haar bovenlijf gaat half schuil achter de bladeren. Dat iedereen hier is, komt door haar. Meiden zijn altijd het probleem. Het is alsof ze een geheime kracht hebben die gaat werken als ze een jaar of veertien worden. Will en Louis denken vast dat ze er ongevoelig voor zijn, maar ze staan hier intussen maar mooi bij de boom. Ik denk aan Julie McKendrick en die mengeling van angst, onbeholpenheid en nerveuze opwinding als ze bij me in de buurt was.

De tuin is een stuk groter dan ik had gedacht, bijna net zo groot als het huis, en strekt zich aan weerskanten ervan uit. Aan de linkerkant staan twee roestige schommels. Joe zit op een daarvan een beetje lusteloos met zijn benen te zwaaien, en schopt graspolletjes omhoog als zijn te lange benen de grond raken. Hij heeft zijn hoofd gebogen en zijn kaken op elkaar geklemd. Ik wil niet naar Joe kijken, want dan hoor ik weer dat afschuwelijke gepiep van de wieltjes in de nacht.

Iemand heeft een voetbal gevonden en Jake en Tom schoppen hem over en weer naar elkaar terwijl Daniel, een klein, dik jongetje, om hen heen rent en probeert mee te doen.

'Hierheen, Jake! Deze kant op!' roept hij buiten adem en met een knalrood hoofd van de inspanning. Misschien heeft hij het idee dat hij er nu wel een beetje bij hoort omdat Ellory er niet meer is en Joe zich afzijdig houdt. Jake schopt de bal naar hem toe, expres veel te hoog, waardoor die over Daniels hoofd vliegt en vijf meter verderop tegen de muur knalt. Het jongetje rent erachteraan en Jake staat erbij te lachen. Het is niet erg aardig om iemand zo uit te lachen, maar het is wel zo dat Daniels dikke kont half over zijn spijkerbroek hangt en zijn bilspleet te zien is als hij zich bukt om de bal op te rapen. Ik moet bijna ook lachen.

Ik blijf uit de buurt van de boom en de andere jongens. Er is hier ruimte genoeg en ik heb geen zin om met ze mee te doen. Maar Will kijkt omhoog door de takken van de eik.

'Hoe kan het dat je zo hoog bent geklommen?' vraagt hij aan Clara, die met haar benen schommelt.

'Ze nam een sprong en hees zichzelf toen op,' zegt Eleanor. Harriet en zij lijken net een soort boomwezens of bosnimfen zoals ze daar ieder aan een kant van de boom staan te gluren. 'En toen is ze gewoon verder geklommen.'

Will neemt een sprong, maar hij komt niet eens tot de laagste tak. 'Louis, kun je me misschien helpen?'

'Het is te hoog.'

Het is ook hoog. Misschien niet voor Tom, Joe en mij, maar echt wel voor de andere jongens. Als ik naar de takken kijk, snap ik waarom Tom en Jake geen poging hebben gewaagd. Als het ze zou lukken om zonder een modderfiguur te slaan op de eerste tak te komen, wordt het daarna lastig omdat de volgende takken dunner zijn. Als je te zwaar bent, dan breken ze, en Clara moet wel heel sterk zijn dat ze zo hoog heeft kunnen springen.

'Als we het niet proberen, komen we er niet achter,' zegt Will. 'Toen nou, til me op, dan trek ik jou zo meteen omhoog. Ik ben nog nooit in een boom geklommen.'

Louis aarzelt. 'Ik ben niet zo goed in tillen.'

Jake raapt de voetbal op en stopt hem onder zijn arm. Hij slentert naar de boom en gooit de bal naar Tom, die achteruitdeinst. Al die uitsloverij slaat nergens op, want Clara kijkt niet eens naar beneden. Ze tuurt in de verte.

'Vanaf hier kan ik de zee zien,' zegt ze. Ze zit met haar benen gespreid over de tak, volkomen op haar gemak, alsof ze maar een halve meter boven de grond zit. Ze houdt zich niet eens vast en doet de bladeren opzij zodat ze een beter uitzicht heeft. 'Het is heel mooi.'

'Hoe ver is de zee hiervandaan?' roept Louis.

'Niet zo ver. Volgens mij zijn er kliffen. Maar ik zie geen huizen. We zijn hier de enigen.'

'Klopt,' zegt Louis. 'Er is verder niemand op het eiland.'

'Hoe weet je dat?'

'Twee kinderen hebben geprobeerd weg te lopen,' komt Jake tussenbeide, om Clara's aandacht te trekken. 'Maar ze zijn gepakt. Ze konden nergens heen.'

'En hoe ging het verder?' vraagt Clara, die nog steeds naar het uitzicht kijkt.

'Het ging verder met Moeder,' zegt Jake. 'Ze gooide een munt op en ze moesten kop of munt kiezen. Kop won. De jongen die munt had gezegd ging meteen naar de lift. Waar alle andere kinderen bij waren werd hij schoppend en schreeuwend ernaartoe gesleept, terwijl hij haar smeekte de andere jongen te nemen. Hij is nooit meer naar beneden gekomen. Hij was niet ziek of zo. Moeder zei dat het een les was.'

We kennen dit verhaal allemaal, hoewel niemand van ons hier was toen het gebeurde. De jongens die al in het huis waren toen we aankwamen, hebben het ons verteld, net zoals zij het weer hadden gehoord van de jongens die voor hén aankwamen. Ik weet niet eens of het wel waar is, maar niemand, zelfs Jake niet, zou het erop wagen te vluchten als je nergens heen kunt. En het klinkt wel als iets waartoe Moeder in staat zou zijn.

'Misschien moet ik ook maar naar boven om even te kijken,' zegt Jake. Volgens mij wil hij niet verder over dit onderwerp doorgaan. We denken allemaal al genoeg aan het sanatorium, en het is niet nodig om er ook nog eens over te praten. Hij grijpt de onderste tak en blijft er als een chimpansee aan bungelen. Hij doet heel nonchalant, maar ik zie dat hij probeert uit te vogelen of hij zichzelf omhoog kan slingeren zonder voor paal te staan.

'Ik zou het maar niet proberen,' zegt Clara. 'Deze tak is nogal dun.'

'Joe is aan het niezen!' schreeuwt Daniel.

Ik was dat dikke jongetje helemaal vergeten, maar nu staat hij bij de schommels. Hij heeft zijn broek opgetrokken, maar zijn buik steekt er nog overheen en hij wijst naar Ellory's tweelingbroer. 'Jake, Joe is ziek!'

'Hou je bek, kuttenkop,' snauwt Joe, waarop het dikke ventje schreeuwend naar de groep terugrent.

'Hij is ziek!'

'Laat hem met rust,' zegt Harriet en ze komt van achter de boom vandaan. 'En loop niet zo te gillen.' Van dichtbij is haar gezicht minder onaantrekkelijk – niet echt knap, maar ze kijkt in elk geval niet zo zuur. 'Straks horen de verpleegsters het nog.'

'Ik zei alleen tegen Jake...'

'Lazer op, Daniel,' zegt Jake en hij laat zich op de grond zakken. 'Je hoeft mij geen dingen te vertellen.'

Piggy, denk ik. Die Daniel is net Piggy uit het boek dat ik gebruik voor de les begrijpend lezen. Piggy wil ook zo graag bij de coole jongens horen. En dat gaat hem nooit lukken.

'Ik zei: lazer op.'

Louis heeft gefascineerd naar de woordenwisseling staan kijken en zijn gezicht klaart op als Daniel met hangende schouders en in zichzelf mompelend naar binnen loopt. Maar wanneer Jake hem aankijkt, slaat Louis wel zijn ogen neer. De sliert eiwit op zijn gezicht blijft zowel letterlijk als figuurlijk aan hem kleven.

'Is dat een kastanjeboom?' vraagt Will, en hij kijkt naar een andere boom, met laaghangende takken bij de rechtermuur. 'Mijn opa speelde altijd een spelletje met kastanjes met me toen ik nog klein was.' Heel even betrekt zijn gezicht. 'Heb jij wel eens met kastanjes gespeeld, Louis?'

'Nee.'

'Het is makkelijker dan schaken.' Hij trekt aan Louis' mouw. 'Kom op. Er liggen misschien wel grote bij.'

'Ik doe ook mee!' Eleanor schiet achter de boom vandaan, en met haar boek nog in haar hand rent ze op hen af.

Harriet blijft daar even besluiteloos staan en loopt dan naar de schommels. Ze gaat op de schommel naast die van Joe zitten en zonder iets te zeggen glimlacht ze flauwtjes naar hem. Hij reageert niet.

Tussen Jake en Tom heerst een duidelijke spanning. Ze lijken net twee cowboys uit een oude film, die allebei niet als eerste willen weglopen. Ik sta op het punt me om te draaien en weer naar binnen te gaan als Clara iets zegt.

'De zee is zo mooi. Ik ben benieuwd hoe die er 's nachts uit zal zien.' Ze buigt zich voorover door de takken en houdt haar hoofd schuin zodat ze me kan zien. Haar rode haren hangen als een waterval van vuur langs de ene helft van haar gezicht. 'Jij niet, Toby?' Ze glimlacht. Jake en Tom kijken allebei pissig naar me. Ik geef geen antwoord en we kijken allemaal naar haar als ze lenig als een kat weer uit de boom klimt. Ze kijkt nog steeds naar mij en ik zou willen dat ze dat niet deed. Het lijkt wel alsof er elektriciteit in de lucht hangt tussen Jake, Tom en mij, en dat komt door haar.

'Ik weet waar ik drank en peuken kan halen,' flapt Jake eruit.

'Waar dan?' vraagt Tom. 'Hier in huis?'

Clara blijft me aankijken, met haar handen in de zakken van haar spijkerbroek en haar heupen iets naar voren. Ze daagt me uit. Ze lacht me uit. Plotseling voel ik me opgelaten en ook een beetje stom, zonder te weten waarom. Ik ga niet met Tom en Jake knokken om een meid die ik niet eens zo aardig vind.

'Ja,' gaat Jake verder en hij begint steeds luider te praten. 'Uit de lerarenkamer. Een paar van hen stonken naar sigarettenrook. Maar ze hebben ook drank. Ze vervelen zich hier natuurlijk te pletter. Ik ook trouwens.' Hij kijkt Clara aan. 'Wat vind jij?'

Eindelijk beloont ze hem met een blik en haalt haar schouders op. 'Nou, als je iets op de kop kunt tikken, dan doe ik mee.'

Jake grijnst als een wolf.

'Ik zal je helpen.' Tom wil niet buitengesloten worden. 'Jij ook, Toby?'

Jake kijkt me aan en Clara ook. Ik zou willen dat ik binnen was gebleven of twee minuten later naar boven was gegaan zodat ik niet had gezien dat Ashley het kantoor van Moeder binnen ging. Ik denk aan de jazz en de blues die ik af en toe uit de afdeling van de leraren hoor komen als ik 's nachts door het huis dwaal. Jake heeft waarschijnlijk gelijk. Ik zou me ook bedrinken als ik hier vastzat terwijl het niet nodig was.

'Weet nog niet.'

'Hé!' klinkt het vanaf de achterdeur, en even later waggelt Daniel over het gras naar ons toe.

'O, fuck, wat hebben we nou weer?' mompelt Jake en plotseling heb ik met hem te doen. Hij is ook een soort kinderjuf.

'Jullie moeten even komen kijken!' Daniel grijnst van oor tot oor. Het is wel duidelijk dat hij er erg happig op is om weer bij Jake in een goed blaadje te komen. 'Allemaal!'

7

Zodra we de hal binnen lopen zien we boven de gong een poster hangen die met kleefpads op de muur is bevestigd.

'Er zijn er nog meer,' zegt Daniel, nog steeds buiten adem. 'Eentje in de speelkamer en nog een op de overloop.'

'Wat de fuck is dit?' zegt Jake en hij haalt me de woorden uit de mond. Dus hier was Ashley mee bezig. De tekst is zorgvuldig met zwarte viltstift aangebracht.

De kerk is geopend!
Laatste kamer op de tweede verdieping
Naast de kamers van de verpleegsters
Dienst: elke avond om 19.30
Iedereen is welkom!

Rond de keurig geschreven tekst staan kinderlijke tekeningetjes van engeltjes en kruisen, en aan de onderkant hangt een klein briefje.

Vanavond bidden we voor Ellory.

'Jezus christus,' zeg ik, en Louis schiet in de lach, want dit klinkt wel erg toepasselijk.

'Misschien houdt hij dan eindelijk op met bidden in onze kamer,' zegt Tom.

Daar heeft hij een punt. Maar ik zie nog steeds Jakes ongelovige grijns en ik haat Ashley om dat stomme vrome gedoe van hem. Joe staart zonder iets te zeggen naar het briefje onder aan de poster.

'Laten we gaan kijken,' zegt Will, nieuwsgierig als hij is. Heel even zijn al onze ruzietjes vergeten en we lopen de trap op. De meisjes hebben ook niks gezegd, maar lopen toch met ons mee en we laten een spoor van natte voetafdrukken op de houten treden achter. Wat moeten we anders gaan doen?

'Daar is het!' zegt Daniel, alsof we dat zelf niet in de gaten hebben. In de schemerige lange gang is onder één deur een streep licht te zien. Ik ben hier nog nooit geweest tijdens mijn nachtelijke tochten, want het is te dicht bij de kamers van de verpleegsters. Een verstandige keus van Ashley. Zelfs Jake zou het wel uit zijn hoofd laten om hier te komen, want Ashley hoeft maar een gil te geven om de aandacht van de verpleegsters te trekken.

'Kom binnen, kom binnen,' zegt Ashley als we in de deuropening staan. Ik ben niet van plan een voet over de drempel te zetten, maar Harriet en Eleanor dringen zich langs me heen, net als Will en Louis. In plaats van bedden zijn hier twaalf stoelen in rijtjes van drie neergezet en vooraan staat een bureau waar Ashley een beddenlaken overheen heeft gelegd. Blijkbaar is hij nog maar net klaar met het neerzetten van de stoelen, want het zweet staat op zijn voorhoofd. Hij lacht blij. 'Iedereen is welkom.'

Er wordt gegniffeld en dan verflauwt zijn lach een beetje en houdt hij zich maar bezig met een stapel papier die ergens op een stoel ligt.

'Je bent echt een freak,' zegt Jake.

Daniel moet lachen. Ik kijk achter me en zie Clara teruglopen door de gang. Ik denk dat ze niet van kerken houdt, maar volgens mij houdt ze ook niet van onze agressie. Misschien zal ze het beter snappen als ze hier een week is.

'Wat een mooi raam,' zegt Harriet en ze kijkt omhoog. Ze heeft gelijk. Een prachtig boograam in het midden van de muur.

'Daarom wilde ik ook deze kamer,' zegt Ashley. 'Het is net een kerkraam.' Hij zwijgt even. 'Je mag het wel beschilderen, als je dat wilt. Moeder zal er geen bezwaar tegen hebben.'

'Moeder en jij zijn nu dikke vriendjes, hè?' zegt Jake. 'Maar dat verandert helemaal niks, hoor.'

Ashley reageert niet.

'Je bent nog steeds Defect,' valt Daniel Jake bij. 'Je bent nog net zoals wij.'

'Weet ik heus wel,' zegt Ashley.

'Laat hem de pest krijgen,' zeg ik. Ik kan Ashley wel doodslaan dat hij dit heeft gedaan, maar hij hoort nog steeds bij onze slaapzaal. 'Hij blijft hier gewoon in z'n uppie. Dat is beter dan dat hij probeert zich aan ons op te dringen.' Ik draai me om en loop weg. Tom komt met me mee.

'Laat hem de pest krijgen,' herhaalt hij, en daardoor weet ik dat ik nog steeds de baas ben in Slaapzaal 4. Iedereen gaat daarna zijn eigen weg. Will en Louis rennen samen weg om te zoeken naar een draad voor het spelletje met de kastanjes en ik ga naar onze slaapzaal. Slapen. Ik moet slapen.

Vannacht is het nog kouder en de kilte kruipt als een onzichtbare mist door de oude stenen. Op mijn sokken dwaal ik in het donker door het huis, ook al kan ik daardoor uitglijden op de gladde houten vloer, en met een klap onderuitgaan, waardoor de verzorgster worden gealarmeerd. Ik ben langer in bed gebleven dan normaal, omdat ik me afvroeg of ze Joe zouden komen halen, maar ik hoor de lift niet rommelen alsof het de lege maag van het sanatorium is, en verder is het stil in huis.

In de verlaten keuken smeer ik boter op een boterham en eet die op terwijl ik door het raam naar de eik kijk, die zich als een grote zwarte vlek tegen de maanverlichte hemel aftekent. Op de begane grond is het stil, en er is ook niemand in de speelkamer. Ik vraag me af of Clara eindelijk heeft besloten om net als iedereen de slaappil in te nemen en zich niet meer 's nachts buiten te wagen. Eigenlijk zou ik me daardoor opgelucht moeten voelen, maar gek genoeg heb ik een hol gevoel in mijn buik. Ik overweeg om muziek te luisteren met de koptelefoon op terwijl ik naar buiten kijk, maar ik laat het maar. Ik ben Clara niet. Ik vind het een lullig idee om daar in m'n eentje in het donker te staan dansen, en bovendien wil ik kunnen horen of er iemand aan komt.

Ik loop terug naar boven en ga in de richting van Ashleys kerk. Toen hij terugkwam op de slaapzaal had hij zo'n zelfvoldaan lachje om zijn mond en hoewel niemand hem iets vroeg over die stomme kerkdienst, was hij duidelijk erg tevreden over zichzelf. Eigenlijk heb ik zin om de stoelen stuk te slaan, maar ik weet niet waarom. Misschien verplaats ik ze alleen, dat zal hem ook vast de stuipen op het lijf jagen.

Als ik dichter bij de deur kom, zie ik een flakkerend lichtje en ik weet meteen dat Clara me voor is geweest. Maar deze keer ga ik niet terug. De nacht is nog steeds van mij, zij is hier de indringer. Als er iemand weg moet, dan is zij het.

'Waar heb je die kaars vandaan?'

Ze staat met haar rug naar me toe en probeert in het gele vlammetje iets te lezen op een stukje papier. De kaars staat op een schoteltje, boven op het met een laken bedekte bureau, dat heel erg zijn best doet om op een altaar te lijken.

'Die stond hier al. Ik heb alleen lucifers uit de keuken meegenomen.' Ze schrikt niet eens. Heeft ze me horen aankomen of kan het haar gewoon niet schelen? Ze draait zich een beetje naar me toe, nog steeds met haar blik op het papiertje gericht.

'"Voor Ellory,"' leest ze voor. '"Dierbare broer van Joe, zoon van Mary en Stephen en lid van Slaapzaal 7. Hij zal alle tranen van hun ogen afvegen. En de dood zal er niet meer zijn. Niemand zal nog verdrietig zijn, treuren of pijn hebben. Want de eerste dingen zijn voorbij. Openbaring 21, vers 4." Best mooi, als je erover nadenkt. Maar wel treurig.'

'Ga me niet vertellen dat je gelooft in dat God-gedoe,' zeg ik.

Ze schudt haar hoofd en haar rode haren glanzen in het kaarslicht. 'Nee, ik geloof in de natuur. We gaan dood, we rotten weg, we zijn voedsel voor de aarde en de planten en de insecten en dat is het.'

'Lekker dan,' zeg ik en ik probeer nonchalant te klinken, alsof het me niks doet, maar ik krijg een raar gevoel in mijn maag van wat ze zegt en ik zou willen dat ik in de keuken was gebleven.

'Maar we zijn nog niet dood.' Ze haalt haar schouders op. 'Wat dat betreft verschillen we niet van andere mensen.'

'Nou, we zijn behoorlijk anders. Daarom noemen ze ons ook Defect.' Het is wel duidelijk dat ik dit sarcastisch bedoel, maar het lijkt alsof ze dat niet merkt.

'Nee, we zijn niet zoveel anders. Voor iedereen is elke dag een nieuwe dag. Niemand weet wat er de volgende dag zal gebeuren.' Ze glimlacht en haar ogen stralen. 'Misschien wordt er morgen wel een geneesmiddel voor ons ontdekt. Of misschien slaat morgen de bliksem wel in dit huis en verbranden we allemaal. Misschien wordt Londen morgen door een aardbeving getroffen en zijn al mijn vrienden van school eerder dood dan ik. Snap je?'

Ik moet lachen, ik kan er niks aan doen. Op een of andere manier klinkt het wel logisch, het is een stuk wrakhout waar je je aan kunt vastklampen in een zee van angst.

Ze kijkt weer op het papiertje. 'Maar dat geldt niet voor Ellory.' Ze fluistert het bijna. 'Harriet is naar de dienst geweest. Ze zei dat van Slaapzaal 7 alleen Joe aanwezig was. Dat is triest, vind je ook niet? Ze hadden erheen moeten gaan om Joe te steunen.'

'Zo werkt dat niet.' Mijn glimlach is verdwenen. Ze snapt niet hoe het hier in huis toegaat. Ze denkt nog steeds dat het hier net als *hiervoor* is. En dat is niet zo. Ik weet niet of ik wel het verschil zou kunnen uitleggen, ook al zou ik mijn best doen. Je moet het ondervinden. Ik wil iets gemeens zeggen, iets vals, maar dan hoor ik een bel rinkelen van achter de deur die toegang geeft tot de kamers van de verpleegsters. Ik verstijf en mijn hart gaat tekeer.

'Hè?' zegt Clara. 'Wat is er?'

'Dat is een wekker.' Ik schiet langs haar heen en druk de kaars uit met mijn vingers om te voorkomen dat je de walm ruikt. Zonder erbij na te denken pak ik haar bij de hand. 'Kom.'

We racen door de gang, en als we naar de trap rennen horen we overal geluiden. Zelfs de verpleegsters in het sanatorium en Moeder zijn op.

'Wat gebeurt er?' fluistert Clara en we drukken ons tegen de donkere muur.

'Weet ik niet.'

'Hierheen, vlug.' Ze pakt me bij mijn arm en we rennen de volgende trap op. Haar slaapzaal is dichterbij dan die van mij en ze trekt me naar binnen en doet de deur dicht. Harriet en Eleanor verroeren zich niet als we buiten adem naar het achterste deel rennen. We zijn net op tijd, want we horen zware voetstappen voorbijgaan.

Door het raam schijnt een fel licht en wielen knarsen over het grind. Clara's slaapzaal ligt verder van de hoofdingang dan die van mij, maar toch zijn we heel voorzichtig als we door een kier tussen de gordijnen kijken. We kunnen nog net zien dat een grote vrachtwagen voor de deur parkeert. De koplampen schijnen als twee manen door het donker. De motor blijft lopen als de chauffeur eruit springt en naar de achterkant loopt. Het harde geluid van ijzeren deuren die opengaan. Stemmen.

'Wat is dit?' fluister ik. Het zullen echt niet nog meer nieuwe kinderen zijn, zeker niet in zo'n vrachtwagen. Wij zijn allemaal in zwarte bestelwagens hiernaartoe gebracht.

'Het zijn vast goederen,' zegt Clara. We staan zo dicht naast elkaar dat ik haar lichte wimpers kan zien. Ze heeft haar mond een beetje open en als ze praat beslaat haar adem de ruit. 'Het huis ligt op een verlaten plek. Alle spullen moeten hier per vrachtwagen worden aangevoerd. Heb je dit wel vaker gezien?'

Ik schud mijn hoofd. 'Dit is voor het eerst.'

'Hoe lang zal het uitladen duren?'

'Wel een tijdje. Het is een grote vrachtwagen.'

'Dan zitten we hier vast tot die vrachtwagen weggaat en iedereen weer in bed ligt.'

'Tenzij ze niet meer naar bed gaan, en dan zijn we de lul.'

'Laten we ons daar maar druk over maken als het zover komt.' Ze rilt. 'Ik heb het koud.'

Ze trekt het gordijn dicht, loopt naar haar bed, slaat de dekens terug en stapt erin. Ze heeft gelijk. Als je hier zo stilzit is het hartstikke koud. Op de onbezette bedden liggen geen dekens, dus blijf ik daar maar een beetje onhandig staan omdat ik niet weet wat ik moet doen.

'Hé, schiet eens op,' fluistert ze. 'Kom erin.'

Ik ben blij dat het donker is en ze mijn gezicht niet kan zien als ik naast haar op het smalle matras ga liggen. Ik weet dat ik een knalrood hoofd heb. Ik weet niet waar ik mijn armen en benen moet laten en ik heb een droge mond. Zonet had ik het nog ijskoud en nu gloeit mijn huid. Ze schuift nog een stukje opzij om me wat ruimte te geven, en daar liggen we dan zij aan zij naar het plafond te kijken. Haar dikke haarbos past niet helemaal op het kussen en kriebelt in mijn gezicht. Het voelt zacht en bijna warm.

'Zo is het beter,' zegt ze. 'Vind je ook niet?' Ik heb nog nooit met een meisje in bed gelegen. Door de opwinding en angst gebeuren er allerlei dingen in mijn lijf waar ik geen controle over heb. Ik haal zo stil mogelijk diep adem. Dit is echt een stomme reactie. Mijn rechterzij ligt tegen haar linker en haar tenen raken mijn enkel aan. Haar huid voel idioot warm aan door mijn pyjama en dan bedenk ik dat ik in weken niet meer zo dicht bij iemand ben geweest. Ik voel haar lichaam lichtjes bewegen als ze langzaam, regelmatig en volkomen ontspannen ademt. Terwijl ik moeite moet doen om de lucht uit mijn longen te persen.

'Toen ik nog klein was,' fluistert ze, met haar hoofd tegen het mijne, 'tot mijn tien of elfde, wilde ik altijd naar kostschool, eentje alleen voor meisjes. Ik las al die stomme kinderboeken waarin ze tot midden in de nacht aan het keten waren, zich niet aan de regels hielden, vrienden voor het leven maakten en avonturen beleefden. En nu ben ik daar. Al is het niet helemaal zoals ik me het had voorgesteld. Grappig hè?'

Ze kijkt weer naar het plafond, en daardoor voel ik me iets minder onzeker. 'Ik denk dat je nergens beter vrienden voor de rest van je leven kunt maken dan hier,' zeg ik. 'Dat is zo zeker als wat.' Ik zeg het luchtig en ze begint te giechelen. Heel even ben ik bijna weer de oude Toby, de grappenmaker van de klas, ook al is dit wel de allerzwartste humor.

'Daar kun je wel eens gelijk in hebben,' zegt ze. 'Maar het is wel een gek idee.'

'Raar dat je niet op een chique kostschool hebt gezeten,' zeg ik omdat ik het over iets ander wil hebben. 'Ik heb gehoord dat je vader een Zwart Pak is.'

'O, ik zat echt wel op een chique school,' zegt ze. Ze draait een haarlok om haar vinger en trekt hem recht omhoog. De haren zijn zo lang dat ze haar bleke arm bijna helemaal moet strekken. 'Een van de allerbeste, natuurlijk. Maar ik was daar niet intern. Als je iemand naar kostschool stuurt, kun je die niet de hele tijd in de gaten houden, en ik moest de perfecte dochter worden. Als ze me hadden weggestuurd, had ik de kans gekregen om mezelf te zijn.' Ze glimlacht. 'Maar ze zijn er wel voor gestraft, vind je niet? Nu zit ik hier opgesloten en ik ben ook nog eens Defect. Arme pappie. Je had zijn gezicht moeten zien toen ze me kwamen halen. Het was het bijna allemaal waard. Ik denk dat hij op dat moment al bezig was te verzinnen hoe hij dit naar buiten zou brengen. Waarschijnlijk heeft hij iedereen verteld dat ik ben omgekomen bij een tragisch ongeluk, en dat heeft hij net zo lang volgehouden tot hij het zelf geloofde.' Ze blijft even stil.

En ik maar denken dat ze een verwend prinsesje was.

'Je vader lijkt me een eikel.'

'Hij is politicus. Dat zijn toch allemaal eikels?' Ze zucht. 'Vroeger was hij anders. Tot mijn vijfde was hij heel lief, mijn moeder ook. Ze verwachtten alleen te veel van mij.' Ik kijk even opzij. Haar gezicht is gespannen en ernstig als ze eraan terugdenkt, maar dan verdwijnt de frons tussen haar wenkbrauwen. 'Hoe was jouw school?' vraagt ze.

'Niks bijzonders,' zeg ik. Meteen zie ik Jonesy, Billy en Julie McKendrick voor me. 'Heel gewoon. Saai vooral.' Ik wil er niet aan denken. Ik herinner me de lange, warme dagen, voetballen en een beetje hangen. In deze koude nacht, zelfs met Clara naast me en mijn buik die tintelt en buitelt op een manier die ik niet kan beheersen, zou ik er alles voor overhebben om daar weer te zijn. Als ik gezond en wel naar huis kon gaan, zou ik zonder er één seconde over na te denken meteen weglopen en hen allemaal achterlaten om hier te sterven. Binnen een paar dagen zou ik me hun namen niet eens meer herinneren.

Ze zeggen dat je ogen ervan gaan bloeden.

Volgens mij is er een vergissing gemaakt.

Buiten horen we nog steeds de motor van de vrachtwagen draaien en mensen over het grind heen en weer lopen. 'Die vrachtwagen is hier met de boot gekomen, net als wij,' zeg ik. 'Als er een weg was geweest, hadden ze die wel genomen. Louis heeft bedacht dat we op een eiland zitten. Volgens mij heeft hij gelijk.'

'We moeten een keer op verkenningstocht gaan. Over de muur klimmen.'

Ik draai ik mijn hoofd en staar haar aan. 'Ja, hoor.'

'Ik meen het.' Haar ogen stralen. 'Waarom niet? Er komt toch niemand achter?'

'Heb je niet gehoord wat Jake zei over die twee jongens die probeerden weg te lopen?'

'Ja, maar wij lopen niet weg. We gaan gewoon een tijdje naar buiten en dan komen we weer terug. En wij worden niet gepakt.'

Onze gezichten zijn zo dicht bij elkaar dat onze neuzen elkaar bijna raken. Mijn maag maakt weer een salto en het gevoel schiet door naar mijn kruis. Ik weet wat daar gebeurt en ik wil dat het ophoudt. Ze is een heel gewoon meisje. Niet eens hot zoals Julie McKendrick. Tot twee uur geleden vond ik haar niet eens aardig. En misschien vind ik haar nog steeds niet leuk. Ze heeft wel iets weg van een wezen dat op de bodem van een roerloze oceaan leeft, en modder opwerpt als ze beweegt, waardoor alles vertroebelt en je niks meer kunt zien. Tot zij kwam was het leven hier in huis heel overzichtelijk. Zij zorgt ervoor dat dingen veranderen.

'We moeten morgenavond gaan.' Het klinkt alsof ze het echt meent. 'Van uitstel komt afstel. Leef in het moment, je weet wel, dat soort dingen.'

'Je bent geschift,' zeg ik.

We blijven zo een poosje zwijgend naast elkaar liggen en dan doezelen we weg. Wanneer ik mijn ogen weer opendoe kleurt de hemel grijs en is de vrachtwagen verdwenen. Het is stil in huis. Ik stap heel voorzichtig uit bed omdat ik Clara niet wakker wil maken, en dan draai ik me nog even om en trek de dekens over haar heen zodat ze het niet koud krijgt. Ze glimlacht slaperig en dan kruipt ze er weer lekker onder en doet haar ogen dicht.

'Ik zei het je toch?' zegt ze zachtjes.

'Wat heb je gezegd?' fluister ik.

'Dat het leuker is met z'n tweeën.'

Ik ga terug naar mijn slaapzaal. Ik zie geen enkel teken van de verpleegsters of Moeder en ook niks van hun nachtelijke activiteiten. Het huis is weer volkomen onaangeroerd, afgesloten van de wereld. Mijn bed is koud en voelt vreemd onwennig als ik mijn sokken uittrek en onder de dekens kruip. Clara is gek, denk ik, en het is een krankzinnig idee om over de muur te klimmen. Maar mijn hart bonst en ik kan niet slapen.

Hoewel Clara elke nacht op is geweest sinds ze hier is, heb ik bij het ontbijt voor het eerst het gevoel dat we een geheim delen in plaats van dat ik de pest aan haar heb omdat ze mijn geheim van me heeft afgenomen. We kijken elkaar niet aan als de kinderen van de andere slaapzalen binnenkomen. Maar ze lacht en maakt wel grappen met Tom als hij naar het buffet gaat terwijl zij daar staat. Als hij terug naar onze tafel loopt, heeft hij een rood hoofd en lijkt hij heel tevreden met zichzelf, en op een of andere manier ben ik daardoor ook heel tevreden met mezelf.

'Wil iemand melk?' vraagt Tom.

'Waarom heb je melk gepakt als je er geen zin in hebt?' vraagt Louis.

'Hij is verliefd op Clara.' Will grinnikt.

'Niet waar,' zegt Tom. 'Ik pakte het zonder erbij na te denken.'

'Ja hoor.'

Tom heeft nu zo'n knalrood hoofd dat het lijkt of hij koorts heeft.

Ik zeg er niks over. Wat Will net zei, had ik al lang bedacht.

'Hé, moet je Joe zien,' zegt Louis en hij knikt naar de tafel van Slaapzaal 7. Ik draai mijn hoofd om en Tom gaat verzitten op zijn stoel om te kijken. Drie van de overgebleven kinderen van Slaapzaal 7 zitten aan het ene eind van de tafel en Joe zit in zijn eentje aan de andere kant. Ze zijn aan het kwekken alsof hij niet bestaat. Jake in het midden, met Daniel – die straalt omdat hij naast Joe mag zitten – rechts van hem. Links van Joe zit een zwarte jongen die Albi heet en in zijn vrije tijd in de muziekkamer jazz speelt op een saxofoon. Als de verpleegsters het nog niet hadden gemerkt dat Joe ziek is, dan moeten ze het nu zeker zien.

Zijn kamergenoten hebben Joe niet alleen buitengesloten, maar hij zit er ook lusteloos bij en lepelt met tegenzin een kom muesli leeg. Hij vertrekt zijn gezicht als hij slikt en zijn neus zit zo potdicht dat hij bij het kauwen door zijn mond moet ademen. Het is net alsof ik Ellory weer zie, alleen is er nu niemand om Joe in bescherming te nemen.

'Leg de afwashandschoenen maar klaar, Toby.' Louis neemt een hap van zijn geroosterde boterham. 'Je hebt nog een paar afwasbeurten voor de boeg.'

Ik hoor een stoel over de grond schrapen en als ik opkijk, zie ik dat Ashley is opgestaan. Even denk ik dat hij nog wat brood of iets anders gaat halen, maar dan pakt hij zijn bord en zijn theekop. Zijn mond vormt een dunne streep.

'Ben je klaar met eten?' vraag ik. Hij geeft geen antwoord. Met een kaarsrechte rug loopt hij naar de tafel van Slaapzaal 7. Daar houden de drie jongens op met praten en ze staren hem aan, maar hij doet net alsof hij hen niet ziet en gaat tegenover Joe zitten.

'Waarom kan hij nou nooit eens normaal doen?' zegt Will kreunend. 'Zo meteen krijgen wij gesodemieter met Jake. Waarom doet hij dit?'

'En waarom tijdens het ontbijt?' grom ik. Mijn goede humeur is in één klap verdwenen. 'Ik heb geen zin in dit soort shit 's morgens.'

Aan de andere tafel glimlacht Joe dankbaar naar Ashley en hij gaat weer iets meer rechtop zitten. Als mijn blik naar Jake glijdt, zie ik dat Daniel en Albi hem verwachtingsvol en met glanzende ogen aankijken, ervan overtuigd dat hij de beuk erin gaat gooien. Hier geldt echt het recht van de sterkste. In dit huis is geen ruimte voor medelijden met de zwakkeren, en bovendien is het de schuld van Joe's tweelingbroer dat Slaapzaal 7 niet meer compleet is. Jake klemt zijn kaken op elkaar en hij wil opstaan, maar dan komt plotseling Harriet aangelopen en gaat op de enige nog onbezette stoel aan het hoofdeind van de tafel zitten, met Joe links van haar en Ashley rechts. Ze heeft een bord met een stapeltje geroosterde boterhammen meegenomen dat ze tussen hen in op tafel zet, en ze glimlacht naar de beide jongens.

Jake werpt een blik in de richting van Clara en Eleanor, die nog steeds bezig zijn met hun ontbijt, en daarmee verdergaan alsof er niets eigenaardigs gebeurt. Mijn hart slaat op hol, en we kijken allemaal. Dit is niet zoals het hoort. Dat is al zo vanaf het moment dat Henry huilend en smekend tekeerging toen hij ziek werd. Het is makkelijk om de kinderen die ziek worden links te laten liggen. Als Ashley de enige was geweest die naar Joe was gegaan, had Jake er wel iets over gezegd, en ik had hem zijn gang laten gaan, maar nu is er een van de meisjes bij en dat maakt een verschil. En zeker omdat Clara hier nu is. Uiteindelijk gaat Jake weer verder met zijn ontbijt en schenkt de twee nieuwkomers aan tafel geen aandacht meer. Het is alsof de hele eetzaal opgelucht ademhaalt.

'Waarom deed hij niks?' zegt Louis met een frons.

'Tom is niet de enige die verliefd is op dat nieuwe meisje,' zeg ik. Tom kijkt me kwaad aan en Will gniffelt. Ik heb geen trek meer in eten en ben weer in de war. Er veranderen dingen. Ashley heeft nu zijn kliekje Gelovigen. Ook al zal het op niks uitlopen en krijgen steeds meer mensen de pest aan hem, er gebeurt wel iets. Het is niet alleen Clara die iets in beweging zet. Maar ik wil dat alles hetzelfde blijft. Als er niets verandert, merk je niet dat de tijd verstrijkt.

'Laat ze doodvallen,' zeg ik. 'Beter dat hij daar gaat zitten met zijn vrome gedoe. Misschien kan hij ook naar Jakes slaapzaal verkassen.'

'O, als dat zou kunnen.' Will grijnst boosaardig. 'Al dat bidden.' Af en toe zou ik weer net zo oud als Will willen zijn. Hij is nog te jong om het allemaal te begrijpen.

Het is alweer kouder geworden en de leraar zit met een dikke wollen trui aan in de klas op ons te wachten. Hij ziet er vermoeid uit, en ik vraag me af of hij vannacht ook zijn bed uit moest om te helpen met het uitladen van de vrachtwagen. Als we de klas in lopen en op onze plaats gaan zitten, blijft Will nog even achterin staan om zorgvuldig iets op de radiator te leggen.

'Ik laat mijn kastanjes drogen,' zegt hij als hij ziet dat we naar hem kijken. 'Dan worden ze harder.'

'Dat heb je me niet verteld,' zegt Louis een beetje gepikeerd.

'Vergeten. Maar nu weet je het – je moet ze drogen om ze harder te maken.'

Louis haalt onmiddellijk twee kastanjes uit zijn broekzak en legt ze op de andere kant van de radiator.

Will kijkt hem grijnzend aan. 'Je kunt toch niet van me winnen.'

'Jongens, nu allemaal gaan zitten,' zegt de leraar. 'Begrijpend lezen vanmorgen.' Hij gaat zitten en wacht tot we onze schriften en lesboeken uit de bureautjes hebben gepakt en dan glijdt zijn blik naar het raam. Meestal blijft hij een poosje zo zitten en staat dan op en loopt met iets van tegenzin langs onze tafeltjes om te controleren wat we aan het doen zijn. Ik weet niet eens of hij wel een echte leraar is. Een echte leraar zou er toch iets meer werk van maken. Het wordt al snel stil in de klas en ik hoor alleen nog het geritsel van bladzijden en het krassen van pennen op papier. Ik zit een beetje te krabbelen op de achterkant van mijn boek en dan merk ik dat ik golven en de zee heb zitten tekenen. Ik denk aan straks. Gaan we dat echt doen? Stel dat we worden gepakt. Misschien is Clara aan het eind van de dag van gedachten veranderd. Ik weet niet of ik dat nou wel of niet zou willen.

'Ga aan je werk.'

De leraar kijkt naar mij.

'Sorry.' Ik buig mijn hoofd en kijk naar het uittreksel en de vragen die voor me liggen. In *Heer van de vliegen* heeft Piggy geen fijne dag.

Na het eerste uur hijst de leraar zich uit zijn stoel en doet zijn ronde door de klas. Als hij zich over me heen buigt, ruik ik sigarettenrook, vermengd met aftershave. Hij is oud. Nou ja, in ieder geval ouder dan ik ooit zal worden. Zijn baardje is bijna helemaal grijs en er schemeren kale plekjes doorheen. Hij is zeker over de veertig. Hij knikt en loopt dan verder. Hij doet nauwelijks moeite om te verbergen dat dit allemaal nergens op slaat.

'Ga je nou elke maaltijd bij Joe zitten?' vraagt Louis aan Ashley aan het eind van de eerste twee uur, als de leraren van klaslokaal wisselen en we onze zinloze pauze van tien minuten hebben. 'Waarom doe je dat? Hij is ziek.'

Ashley kijkt niet eens op. 'Ik loop niet meer aan de andere kant van de weg voorbij.' Alleen al de manier waarop hij dit zegt, irriteert me. Bovendien heeft zijn stem iets jankerigs en praat hij door zijn neus.

Will kijkt me vol verwarring aan. 'Wat bedoelt hij daarmee?'

'Allemaal shit uit de Bijbel,' zegt Louis. 'Hij is gestoord.'

'Niemand hoeft bang te zijn als hij alleen is,' zegt Ashley en hij slaat zijn wiskundeboek open.

Ik zou hem wel een dreun willen geven voor dat stomme gedoe. Iedereen is bang in zijn eentje. Het is dat onze slaapzaal niet meer compleet zou zijn, maar anders zou ik het helemaal niet erg vinden als Ashley de volgende is die ziek wordt. Echt niet.

’s Middags slaap ik zoals gewoonlijk, zo houd ik me aan mijn schema en blijf ik uit de buurt van iedereen. Ik wil niet aan Clara of de vorige nacht denken, maar ik probeer mijn hoofd leeg te maken en me over te geven aan mijn vermoeidheid. Dat lukt en ik word pas vlak voor het avondeten wakker, en daarna ga ik in bad. Ik heb vanmorgen al gedoucht, maar als ik me opsluit in de badkamer, hoef ik tenminste niet naar de speelkamer en de kerk, en ook niet toe te kijken terwijl Joe steeds zieker wordt. Ik blijf in bad liggen tot het water bijna koud is en dan inspecteer ik mijn lichaam om te zien of er iets is veranderd. Ik ken elke sproet en oneffenheid op mijn huid. Ik voel onder mijn oksels of er bultjes zitten. Ik controleer mijn voetzolen. De klieren in mijn nek. Alles voelt normaal. Voorlopig.

Als ik terugga naar de slaapzaal, zitten Louis, Will en Eleanor daar kastanjes aan een draadje te rijgen. Tom ligt in zijn bed en probeert de puzzels in een beduimeld boek uit de bibliotheek op te lossen.

‘Wat doen jullie hier?’ Ik heb alleen een handdoek om en had niet verwacht dat er iemand zou zijn, en zeker niet een van de meisjes.

‘We kunnen niet in de speelzaal,’ zegt Louis en hij probeert een gaatje in de bruine kastanje te maken. Ik kijk Eleanor aan en dan raapt ze vlug al haar spullen op. Ze laat haar verfrommelde pocketboek liggen.

‘Will, je mag dit wel lezen. Ik heb het uit. Het is echt goed,’

‘Cool, bedankt.’ Will straalt. ‘Slaap lekker.’

Eleanor gaat snel weg en de deur gaat dicht. Ik ontspan.

‘Als Ashley en Harriet aan de tafel van Slaapzaal 7 blijven zitten, kan Eleanor wel bij ons komen. En Clara ook.’ Will kijkt me hoopvol aan. Ik kijk kwaad terug.

'Joe is over een dag of wat verdwenen en dan komt Ashley weer terug bij ons.'

'Boffen wij even,' zegt Louis, die een wollen draad met een dikke naald door het gat in de kastanje probeert te wurmen.

Ik heb nooit wol of naalden in de speelkamer gezien. Aan wie hebben ze dit gevraagd? Aan Moeder? Zijn ze soms vergeten waarom we hier zijn?

'Het was maar een ideetje,' mompelt Will.

'Een stom idee.' Ik trek mijn pyjamabroek aan. Ik hoef me niet aan te kleden. In ieder geval nu nog niet. Ik voel een trilling van opwinding door mijn buik gaan en heel even is mijn angst totaal verdwenen. Maar gek genoeg vind ik dat juist weer eng. De donkere bal in mijn buik is het anker dat me op mijn plaats houdt. Ik moet dat accepteren. Het heeft geen zin om iets anders te willen.

'Hoezo kun je niet in de speelkamer?' vraag ik.

'Jake,' zegt Louis alsof dat een afdoend antwoord is. 'Hij heeft zelfs Tom eruit geschopt.'

'Vooral Tom,' voegt Will eraan toe. Hij houdt zijn kastanje omhoog. 'Ik ben klaar.'

'Maar waarom? Omdat Ashley bij hem aan tafel is gaan zitten?' Ik weet zeker dat Jake daarom wraak wil nemen.

'Nee, hij heeft ook alle kinderen van de andere slaapzalen eruit gegooid. Een paar van hen hebben spelletjes meegenomen naar de muziekkamer, maar wij vonden het beter om hiernaartoe te gaan.'

'Hij is daar met Clara,' zegt Tom. 'Ze kijken naar een grappige film.' Hij houdt zijn blik gevestigd op de puzzel, maar hij is duidelijk pissig. 'Ze wilden niemand erbij hebben.'

'Ik wist niet dat ze hem aardig vond,' zeg ik luchtig, en ik ga maar eens flink mijn voeten afdrogen. Ik wil niet dat ze zien dat ik rode vlekken in mijn gezicht krijg. Jake en Clara die samen naar een film zitten te kijken. Is dit een soort date? Ik zou het zelf wel als een date beschouwen. Ik heb er een raar gevoel over.

'Ze moesten samen afwassen. Ze kwamen onder het zeepschuim en lachend binnen.' Louis laat zijn kastanje tegen die van Will ketsen, maar Wills kastanje blijft heel. 'Ik vind Clara leuk. Het is hier niet meer zo saai met haar erbij.'

Daar kan ik niks tegen inbrengen.

'Ik dacht dat de afwasbeurten per slaapzaal gingen,' zegt Tom. 'Hoe kan het dan dat ze dat samen met hem doet?'

Ik zou wel een blik op het rooster willen werpen. Kijken of Jake iemand onder druk heeft gezet om met hem te ruilen zodat hij samen met Clara kon afwassen. Ik ga op mijn bed liggen en hoor Louis en Will praten en lachen als ze de kastanjes tegen elkaar aan laten ketsen, en intussen vraag ik me af wat er beneden in de speelkamer gebeurt. Heeft Jake nou zijn eigen geheim met Clara? Vindt ze hem leuk? Terwijl ik dagenlang heb gewild dat ze zou opdonderen, voel ik me nu op een of andere manier verraden, en dat klopt niet. Ik denk aan Julie McKendrick en Billy en vraag me af of dit ongeveer hetzelfde is. En dan bedenk ik nog iets waardoor elk gevoel van jaloezie verdwijnt: stel je voor dat ze hem vertelt over wat er 's nachts gebeurt. Zal ze tegen hem zeggen dat hij geen pillen meer moet innemen? Alle opwinding die ik voelde verdwijnt als ik eraan denk dat Jake vannacht in de keuken opduikt en dan met Clara ervandoor gaat. Jake kan geen geheim bewaren, dat is nog het ergste. Als zij het hem vertelt, dan weet straks iedereen het.

Ik doe mijn ogen dicht. Misschien kom ik vannacht wel niet opdagen. Ik kan me gewoon terugtrekken in mijn eenzame bubbel. Clara is trouwens niet eens zo mooi. Ze kan de pot. Jake kan de pot op. Ze kunnen allebei de pot op.

8

'Niet de boterhammen pletten!' fluistert ze van boven. 'Kom!' Ze zwaait haar been over de muur en verdwijnt aan de andere kant. We hebben een oude tuinbank tegen de muur gezet. De kale plekken in het gras onder de poten geven aan waar we hem weer neer moeten zetten als we straks terugkomen. Ik ga op de rugleuning staan en pak de rand van de bakstenen muur vast. Mijn armen heb ik al heel lang niet meer echt ingespannen en ze schieten bijna uit de kom, maar uiteindelijk weet ik me ver genoeg omhoog te hijsen om mijn benen over de muur te kunnen zwaaien. Ondanks de kou zweet ik me suf als ik me aan de andere kant op de grond laat vallen en het duurt even voordat de felle pijn in mijn schouders een beetje wegtrekt. Ik verwacht min of meer dat er plotseling schijnwerpers op ons worden gericht en dat Moeder met een munt naar ons toe komt rennen en schreeuwt: 'Kop of munt? Kop of munt?' Maar er gebeurt niks, er is niets anders dan duisternis en knisperend frisse lucht.

'Waar zijn we nu?' Ik tuur door het duister.

'Laten we maar de weg aflopen. Misschien komen we dan bij een pad dat naar zee loopt. Die is die kant op, dat heb ik gezien. Het kan niet erg ver zijn.'

Ik kijk achterom naar het huis. Alles is stil.

Het was niet makkelijk om buiten te komen, maar het is ons ook niet onmogelijk gemaakt. Louis had gelijk, we zitten op een eiland. Dat is geen verrassing. Ze willen natuurlijk niet het risico nemen dat we weer onder de mensen komen als er iets misgaat waardoor de ziekte zich kan verspreiden. Hier is daar geen kans op.

'We moeten niet te lang weg blijven.' Ik neem een sprintje om haar in te halen terwijl zij zonder enige angst over het dikke gras naar de middenstreep van de weg loopt.

'We hebben een paar uur de tijd, paniekvogel. Maak je niet zo druk.' Ik zie de flits van haar witte tanden als ze lacht. 'Vind je het niet heerlijk om vrij te zijn?'

Zodra we het gladde asfalt onder onze voeten voelen, komt de maan, die laag aan de hemel staat, achter de wolken tevoorschijn en verspreidt een sprookjesachtig, helder licht over de wilde natuur om ons heen. Ik zuig mijn longen vol met de koude, frisse lucht. Mijn hele lichaam tintelt en ik zou wel als een of andere gek willen rennen, springen en gillen. Ze heeft gelijk, het is heerlijk. Heel even kan ik alles achter me laten: het huis, de Defectie, de angst. Op dit moment zijn wij gewoon twee mensen die 's nachts op avontuur gaan.

We lopen een paar minuten door zonder iets te zeggen. Wanneer het huis achter ons bijna uit het zicht is verdwenen, hoor ik iets. Water dat over kiezelstenen beweegt. De gelijkmatige ademhaling van de golven van de slapende zee. Het zout prikkelt in mijn neus en overheerst de koude lucht en de kruidige geur van de heidestruiken.

'Kijk daar!' Clara blijft staan en wijst. 'Is dat een pad?' Ze pakt mijn ijskoude hand en we rennen van de weg naar een kalkachtige richel die dwars door de overhangende struiken loopt. De wind steekt op en de roep van de zee wordt luider. We komen bij de rand van een lage klif en de natte kiezels op het strand beneden wenken ons in het maanlicht.

'Wees alsjeblieft voorzichtig,' mompel ik, maar ze laat mijn hand los en loopt naar voren. Ze klautert door een donkere spleet in de grillige, steile kalkrots naar beneden. 'En wacht op me!'

'Slome duikelaar.' Ik hoor haar lachen en ik grijns. Het is een echte grijns, een ouderwetse Toby-grijns. Terwijl ik voorzichtig naar voren loop en mijn oren bijna bevriezen in de ijskoude zeewind, voel ik me goed. Echt goed. We zijn buiten, we zijn alleen en ons geheim is nog steeds niet uitgelekt. Wat er ook in de speelkamer is gebeurd, ze heeft het in ieder geval niet aan Jake verteld. Toen ik vannacht eindelijk in de keuken belandde, en mezelf wel kon slaan omdat ik toch was komen opdraven, verwachtte ik hen daar allebei aan te treffen. Kwaad als ik was had ik mijn vuisten klaar en was in staat ze te vermoorden omdat ze iets van me hadden afgepikt wat eerst alleen van mij was en nu van iedereen. Maar alleen Clara stond in de keuken. Ze had een paar truien over elkaar aangetrokken en pakte boterhammen in in vetvrij papier. Geen Jake. Geen verraad.

Ik klauter naar beneden en probeer Clara bij te houden terwijl boven me de rand van de klif uit het zicht raakt. Ik wil aan niemand denken, niet aan Jake of Will of Louis, aan helemaal niemand. Die horen bij het huis, bij Moeder, bij de verpleegsters, het hongerige sanatorium en de angst. Het is raar om dat zwarte vuur niet meer te voelen branden in mijn buik. Ik voel me lichter. Ik weet dat het rotgevoel weer terug zal komen, maar op dit moment voel ik dat ik leef en ik wil dat niet verpesten.

Dan voel ik de kiezels onder mijn voeten en met haar haren wapperend om haar gezicht pakt Clara mijn hand vast. Ze heeft kleine maar sterke handen en mijn hart bonst hevig terwijl we lachend over de rotsachtige grond en het zand naar de witte branding rennen, die naderbij komt en zich weer terugtrekt in het eindeloze zwarte water voor ons. Buiten adem en met gloeiende wangen blijven we staan om over het water uit te kijken. De zee is kalm, en de uitgestrektheid is betoverend. De natuur is mooi. Het leven is mooi. Het overweldigende mysterie van alles doet bijna pijn en terwijl ik Clara's hand stevig vasthoud prent ik mezelf in: ik leef, op dit moment, en op deze plek.

We lopen maar een klein eindje het strand op, want we willen niet te ver van het pad afdwalen. Terwijl Clara op zoek is naar schatten in het zand, zie ik plotseling een spleet in de rotswand, een smalle, gapende opening. 'Kijk!'

Clara laat de schelp die ze aan het bekijken is in het zand vallen – vanzelfsprekend weten we allebei dat we niets mee naar het huis kunnen nemen – en loopt achter me aan als ik door de opening kijk. Erachter ligt een prachtige, gewelfde grot met een tapijt van slib, zand en aangespoeld wrakhout. Zodra we binnen zijn hebben we geen last meer van de wind en mijn prikkende gezicht wordt meteen warm.

'Wat is dit mooi,' zegt Clara. In de plotselinge stilte weerkaatsen haar woorden tegen de wanden. 'We moeten die kaars in Ashleys kerk hiermee naartoe nemen of er een paar zoeken in de voorraadkast in de keuken. En ook wat kussens en spulletjes uit de speelkamer. Dan maken we hier ons eigen geheime nachthol van.'

Ik kijk naar de slierten zeewier aan mijn schoenen. 'Dat wordt niks. Als het vloed wordt komt het water hier binnen. Dan spoelt alles weg.' De wanden zijn vochtig en glibberig van het zeeschuim, maar aan de ingang van de grot liggen een paar rotsblokken en daar gaan we op zitten om onze boterhammen op te eten en naar de zee te kijken.

'Echt prachtig, vind je niet?' zegt ze kauwend.

'Nou en of.'

Ze kijkt me aan met een gelukzalige glimlach. Het brood blijft bijna in mijn keel steken als ik het door probeer te slikken. Ik bedoelde niet het strand of het water. De wind en het zout hebben dikke, doffe pijpenkrullen in haar rode haren gemaakt, een beetje zoals dreadlocks. Ze heeft een blos op haar wangen en haar ogen schitteren. Hoe bestaat het dat ik niet heb gezien hoe mooi ze is?

'Je lijkt wel een meermin,' flap ik er zomaar uit. 'Zo eentje die 's nachts op het strand komt en in deze grot zit en zich afvraagt hoe het zou zijn om een mens te zijn. Maar dan komt de vloed op en wordt ze weer meegevoerd naar haar volk in de diepte van de zee.' Ik weet niet waar ik die woorden vandaan haal. Ik wilde dat ik mijn mond had gehouden. Ze gaat me uitlachen. Maar dat doet ze niet. Ze kijkt me even aandachtig aan en dan eet ze haar boterham op.

'Wat een mooi idee,' zegt ze wanneer ze haar mond leeg heeft. Ze kijkt weer naar buiten, waar de met sterren bezaaide hemel de fluisterende zee raakt. 'Het is betoverend. Ik zou best een meermin willen zijn.'

'We moeten zo weer terug.'

'We gaan hier nog een keer naartoe,' zegt ze.

'Reken maar.' Ik hoef niet achterom te kijken om te weten waar de grot zich bevindt. Die kan ik zo terugvinden.

Als we bij de weg komen, nemen we even de tijd om het zand uit onze schoenen te schudden en van onze kleren te vegen. De verpleegsters met hun arendsogen mogen niet merken dat we buiten zijn geweest. Nadat we elkaars rug hebben afgeklopt en de nacht alweer bijna in de ochtend overgaat, lopen we een stukje verder bij het huis vandaan om de omgeving die we nog niet hebben verkend te bekijken. Het eiland is niet erg groot, misschien iets meer dan een kilometer in alle richtingen. We zien geen huizen. Het zou kunnen dat er een paar huizen zijn die uit het zicht liggen, maar dat is niet waarschijnlijk. Wie zou hier moeten wonen? Wat moet je hier doen?

'Kom eens hier,' zegt Clara zacht. Eerst zie ik niet waar ze naar kijkt, maar dan zie ik verf glanzen tussen een grasheuveltje en de top van een klif.

'We moeten terug, Clara.'

'Wacht nog heel even.' Ze rent een stukje om een beter uitzicht te hebben en ik loop achter haar aan. 'Daar meren de boten van het vasteland aan,' zegt ze als een klein huisje en een brede, stevige pier, die een stuk de baai in steekt, in zicht komen. 'Kijk, daar is het begin van de weg.' De helling naar de zee loopt daar minder steil naar beneden en een vlak stuk slingert zich naar de boten tot de heuvel waarop we nu staan. 'Denk je dat er iemand in dat huisje woont?' vraagt ze. 'Een soort poortwachter?'

Zoals zij het zegt krijg je eerder het idee dat we in een sprookjeskasteel wonen dan in een Dodenhuis. 'Zou kunnen. Ik denk dat ze wel iemand nodig hebben om de boot binnen te loodsen.' Dat verzin ik maar. Ik weet helemaal niks van boten.

'We moeten erachter zien te komen wanneer er weer een boot met goederen aankomt.' Ze glimlacht niet en heeft haar ogen nadenkend toegeknepen. 'Op die manier kunnen we ontsnappen. Ergens naartoe gaan waar niemand ons kent en ons eigen leven leiden.'

Ik weet niet wat ik hierop moet zeggen. Er gaan te veel gedachten door mijn hoofd om me op een daarvan te kunnen concentreren, maar zo dicht in de buurt van het huis komt er toch eentje bovendrijven. We kunnen zo veel plannen maken als we willen, maar we moeten eerst maar eens zorgen dat we nog leven als de volgende boot aankomt.

'Kom,' zeg ik en ik trek als een klein kind aan haar arm. Ik wil niet gepakt worden. Ik wil geen kop of munt doen met Clara.

De zon scheen warm en zijn rug kriebelde vanwege het opgedroogde zout op zijn huid. Gillend en joelend waren ze de zee in gerend. Het water was zo koud dat zijn moeder zelfs een paar keer vloekte terwijl ze hem achternazat, en hij schaterde het uit toen ze in de golven dook om er maar eerder 'door' te zijn.

Hij was dertien, en misschien al een beetje te oud om het leuk te vinden dat hij met zijn ouders op vakantie was. Maar in ieder geval hoefde hij niet meer naar school en het waren twee heerlijke weken geweest. Lange dagen aan het strand, het uitstapje naar het zwemparadijs, de kermis, het circus, suikerspinnen, ijsjes, patat en slenteren door de met keitjes geplaveide steegjes met winkeltjes vol souvenirs en handgemaakte sieraden, en tearooms waar je thee kon drinken en gebakjes eten. In het huisje dat ze hadden gehuurd was een ligbad en een hele plank met dvd's, en als ze geen kaartspelletje speelden zaten ze elke avond samen op de bank en keken films tot ze in slaap vielen.

Toen Toby nog een klein jongetje was, had hij af en toe wel eens naar een broertje – of zelfs een zusje – verlangd om mee te spelen, maar dat gevoel had hij al lang niet meer. Hij kon zich niet voorstellen dat er nog iemand bij hun gezin hoorde, of dat zijn vader een ander kind door het haar streek, zoals hij dat bij Toby deed, of dat zijn moeder ook zo liefdevol naar iemand anders zou glimlachen dat ze er een rimpeltje van in haar neus kreeg. Dit waren zíjn ouders, alleen van hem, en hij had geboft met ze. Zij hielden van hem en hij hield van hen, ook al zou er de komende jaren wel iets veranderen aan de manier waarop hij zijn liefde voor hen liet blijken. Nu al was hij geïnteresseerd in 'coole' dingen en wilde hij soms liever met zijn vrienden rondhangen dan met zijn ouders. Maar op deze vakantie was volwassen worden nog heel ver weg en wilde hij niets liever dan hier samen met zijn vader en moeder zijn.

Het was de laatste dag en terwijl zijn vader op een ligbed een oude spionagethriller lag te lezen, gingen Toby en zijn moeder naar het strand om schelpen te zoeken, die ze mee naar huis zouden nemen.

'Hé, Toby!' riep zijn moeder. Hij was aan het pootjebaden aan de vloedlijn en genoot van het zand dat tussen zijn tenen door stroomde als een golf zich terugtrok. Hij keek naar de schittering van het zonlicht op het water en dacht aan alles en niets, zoals je dat doet wanneer het warm is en er geen wolkje aan de lucht is, en ook niet in je hoofd.

'Kom eens hier, ik heb iets gevonden.'

Ze gaf hem een zwart, leerachtig geval in zijn handen. Het was vierkant en had een soort uitsteeksel aan elke hoek. 'Wat is dit?' vroeg hij en hij veegde het zand er af.

'Dit noemen ze wel een meerminnentasje. Ze zeggen dat zeemeerminnen dit achterlaten wanneer ze aan land zijn geweest. Als een handtasje dat ze hebben verloren. Zeemannen zochten daar vroeger naar op het strand. Volgens hen brachten ze geluk.'

'Zeemeerminnen bestaan niet,' zei Toby.

'Wat weet jij daar nou van?'

'Dat weet toch iedereen!' Hij was dertien. Te oud om te geloven in alle wonderen uit zijn kindertijd. Hij wist dat de Kerstman niet bestond. Dat de tandenfee niet bestond. Het enige waar hij nog een beetje in geloofde, was in monsters onder zijn bed, en dan alleen 's nachts in het donker als hij niet kon slapen. 'Maar wat is dit nou echt?'

Zijn moeder liet haar schouders een beetje hangen, omdat haar opgroeiende zoon haar schattige verhaaltje niet meer geloofde. 'Het is een soort zakje voor visseneitjes. De kleine visjes blijven er net zo lang in tot ze groot genoeg zijn om zelf te kunnen zwemmen. Maar ik vind het verhaal over de meerminnen leuker.'

Toby bleef nog een poosje naar het eierzakje kijken en intussen liep zijn moeder weer verder.

'Hé, mam,' riep hij.

'Wat is er?'

'Misschien moeten we dit terugleggen waar je het hebt gevonden. Voor het geval de zeemeermin ernaar op zoek gaat.'

Ze lachte naar hem met een grote grijns waardoor ze meer op een tiener leek dan op een oude vrouw van in de dertig. Toby was blij. Hij had de liefste moeder van de wereld en hij geloofde ook in sprookjes, als zij dat wilde.

'Laten we papa gaan halen en nog een ijsje eten. Ik weet zeker dat ze bij dat tentje smaken hebben die ik nog niet heb geproefd,' zei ze toen

ze het meerminnentasje in het natte zand begroef. 'Dit is onze laatste dag. We gaan net zoveel snoepen tot we misselijk zijn. Afgesproken?'

'Afgesproken.'

Het was een perfecte afsluiting van een perfecte vakantie.

9

De volgende nacht vinden we de vogel. We zijn na onze tocht weer over de muur binnengekomen en hebben de bank netjes teruggezet op het grasveld. Maar op het moment dat we door het schuifraam in de keuken het huis in willen klimmen, zien we hem naast de grote zwarte containers bij het zijhek liggen. Zijn ene vleugel hangt er vreemd bij en er zit een wond in het midden. Als Clara hem oppakt zien we dat hij nog ademt en zijn lijfje voelt warm aan onder al die veertjes. Even weten we niet wat we met hem zullen doen, maar dan trek ik mijn hoody uit en wikkel hem erin.

'Laten we hem ergens verstoppen. Maar we moeten wel snel zijn.'

Als een wervelwind gaan we door de keuken. Clara vindt een doos waar eten in heeft gezeten waar we de vogel in kunnen doen. Ik doe wat brood in een beetje melk op een schoteltje, pak nog een schoteltje met water en dan nemen we hem mee.

Het is doodstil in het huis en we lopen net zo lang op onze tenen door de gangen tot we een afgelegen kamer vinden waar een oude, niet-gebruikte klerenkast tegen de muur staat. Op de onderste plank maken we een huisje voor de vogel en Clara veegt zorgvuldig de wond schoon voordat ze de vogel erin zet.

'Het is nog een jonge vogel,' zegt Clara. Ze pakt een stukje in de melk geweekt brood en houdt het voor zijn snavel om hem te laten eten. 'Arm kleintje.'

'Hij is vast in een soort shock,' zeg ik. 'Als we hem hier rustig laten liggen komt hij wel bij. Het is hier in ieder geval warm.'

'Stil maar, vogeltje,' fluistert Clara. 'We zullen je wel beter maken, en dan kun je weer naar je moeder.' Ze aarzelt even. 'Laten we hopen dat hij een betere moeder heeft dan wij.' Ze kijkt me aan en ziet de verwarring op mijn gezicht. 'Harriet zei dat jouw moeder een rotwijf was.'

Ik haal mijn schouders op. Ik wil er niet over praten. Ik was vergeten dat sommigen van ons het nog steeds over dit soort dingen hebben. Maar toch: Clara heeft met Harriet over mij gepraat. Dat geeft me best een goed gevoel.

'Hoe zullen we hem noemen?' vraagt Clara als we de deur van de klerenkast dichtdoen en opstaan.

'Verzin jij maar iets. Trouwens, misschien is het wel een zij.'

'Georgie dan maar?' zegt Clara. 'Dat kan voor een hij én een zij. We moeten overdag maar om beurten naar hem gaan kijken. Ik moet weer afwassen, dus doe jij de ochtend, oké?'

Ik heb helemaal niet meer gedacht aan het afwassen met Jake en ik voel een klein steekje van jaloezie door me heen gaan, maar dan bedenk ik dat Jake niets weet over de boot, de vogel en de grot.

'Prima.'

'Goed dan. Tot morgennacht!' Ze grijnst, slaat haar armen om mijn nek en geeft me een zoen op mijn mond. Dan draait ze zich om en gaat terug naar haar slaapzaal. Ik sta daar verbijsterd en net zo verdoofd als de vogel die ik in mijn trui heb gewikkeld. Mijn lippen tintelen. Mijn hoofd bonst. Ze heeft me gezoend.

Tegen de tijd dat ik in mijn bed kruip, heb ik mezelf ervan overtuigd dat ik niet goed bij mijn hoofd ben en dat het niets betekent. Het was niet eens een echte kus of zo. Het was een vriendschappelijk gebaar. Tóch heeft ze me gezoend. En dat is genoeg om mijn angst te bedwingen als Joe's droge hoest de ochtendstilte verscheurt.

10

'Wat zijn ze verdomme aan het doen?' vraag ik.

De afgelopen paar dagen is de temperatuur flink gedaald en ik heb me warm ingepakt voordat ik naar buiten ging, maar toch heb ik een druipneus als ik me buk om in de grond te wroeten. Ik kan me niet herinneren dat het ooit zo koud is geweest en ik zou het liefst weer naar binnen gaan en de hele middag slapen. Ik heb drie wormen gevonden en die zitten in een wc-papiertje gewikkeld in de zak van mijn jack. Ik hoop dat ik ze niet plet voordat ik naar Georgie kan glippen om ze aan hem te voeren.

'Hij wordt gedoopt,' zegt Louis.

'Ze zitten de hele tijd in de kerk. Ze praten over Bijbelverhalen en dat soort dingen.' Will trappelt met zijn voeten om warm te blijven. 'Jij hebt ook nooit iets in de gaten.'

Ik reageer daar niet op. Het is waar. Ik lette nooit zo op de anderen, maar dat was iets anders. Nu denk ik voortdurend aan Clara en de vogel en wat er 's nachts zal gebeuren. Alle andere dingen lijken onwerkelijk. En dat bevalt me prima. Het is alsof ik geen deel meer uitmaak van het huis. En op dit moment denk ik voornamelijk aan de vogel.

'Ik kan me niet voorstellen dat Joe beter wordt door hier in die klotekou te staan en water over zijn hoofd gegoten te krijgen.'

'Een doop is niet bedoeld om iemand te genezen,' zegt Louis. 'Maar daarmee bereid je iemand voor op de ontmoeting met God, of zoiets.'

'Er zijn er nog meer.' Bij de schommels staat een groepje kinderen, onder wie Ashley, Joe en Harriet, plus verschillende jongens van andere slaapzalen, die ik wel van gezicht ken, maar met wie ik nooit heb gesproken.

'Wakker worden, Toby,' zegt Will. 'Ashley heeft nu zijn eigen bende.'

'Dat kun je niet echt een bende noemen, meer een stelletje halfzachte watjes.'

Joe gaat op een van de schommels zitten en de andere kinderen buigen hun hoofd terwijl Ashley iets mompelt. Ik kan niet verstaan wat hij zegt, maar hij trekt er een ernstig gezicht bij en hij heeft zijn ogen dicht. Joe's gezicht is vlekkerig van de koorts en zijn haar glimt van het zweet.

Ashley praat nu iets harder en Joe doet zijn hoofd achterover. 'Ik doop je in de naam van de Vader, de Zoon en de Heilige Geest.' Ashley giet drie scheutjes water uit een fles over Joe's gezicht. De omstanders glimlachen naar elkaar alsof dit een of andere wonderbaarlijke manier is om Defectie te genezen, en dan staat Joe op van de schommel en neemt Harriet zijn plaats in. Ik had niet gedacht dat Joe nog dunner kon worden, maar hij is nu zo mager dat zijn kleren om zijn lijf slobberen.

'Waarom hebben ze hem nog niet naar het sanatorium gebracht?' foeter ik. Het lijkt alsof Joe al heel lang ziek is. Ik wil niet geconfronteerd worden met de ellendige realiteit van dit huis. Ik wil niet zien wat ons allemaal te wachten staat. Niet nu. Niet na die zoen.

'Dat is toch wel duidelijk?' Ik had niet gemerkt dat Tom bij ons is komen staan. Naar de uitdrukking op zijn gezicht te oordelen, vind hij dat gedoop net zo walgelijk als ik. 'Wat voor ziekte hij ook heeft, het is niet iets waarvoor hij weg wordt gehaald.'

We kijken hem alle drie aan. Zelfs Louis met zijn superbrein had daar niet aan gedacht.

Tom haalt zijn schouders op. 'Ik snap het wel. Hij heeft verdriet om zijn tweelingbroer. Natuurlijk is hij daardoor ziek geworden. Toen mijn broer doodging kreeg ik de zwaarste griep die ik ooit heb gehad. Ik kon twee weken mijn bed niet uit.' Hij rilt en draait zich om. 'Ik ga weer naar binnen. Albi leert Joe wat dingetjes op de gitaar. En ik krijg drumles van hem.'

'Meisjes vinden drummers niks. Dat weet je toch?' Ik flap het er zomaar uit. Ik weet niet of hij me heeft gehoord, maar hij reageert in elk geval niet.

'Wist jij dat Tom een dooie broer had?' vraagt Louis.

'Die arme moeder van hem.' Wills gezichtje straalt een en al treurigheid uit.

'Dat interesseert niemand ene fuck.' Het klinkt harder dan mijn bedoeling is. Waarom zou Tom ons dit vertellen? Ik hoef dat soort dingen niet te weten. Ik wil geen medelijden met hem hebben. En ook niet met Joe. Ik wil helemaal niet aan ze denken.

Ik krijg niet de kans om de wormen naar boven te brengen. Als we met verkleumde handen en voeten naar binnen gaan nadat we naar die idiote vertoning van Ashley hebben gekeken, gaat de gong en moeten we allemaal naar onze slaapzaal, waar de verpleegsters op ons wachten. Dit geldt ook voor Ashley en zijn God, die hij met zich meedraagt als een of ander schild dat hem tegen alles kan beschermen.

'Bloedonderzoek,' zegt de verpleegster. Ze trekt haar plastic handschoenen aan en maakt de eerste spuit klaar. Wij zijn doodsbang. Waarom willen ze ons bloed onderzoeken? We zijn allemaal Defect, dat weten ze toch? Zijn we dan een soort proefkonijnen? Worden we bestudeerd zodat zij het beter kunnen begrijpen? Met bonzend hart kijk ik naar de verpleegster. Ze is helemaal niet zo oud, een jaar of dertig, denk ik. Onder haar kapje pieken fijne rode haartjes uit. 'We moeten controleren welke vooruitgang jullie boeken,' zegt ze alsof ze mijn gedachten heeft geraden.

Als ze de naald in Ashleys arm zet, zie ik Will helemaal wit worden en hij knijpt zijn ogen stevig dicht. Louis zit vlak naast hem en houdt zijn hand vast. Ik weet niet of deze twee jongens thuis broers of zusjes hadden, maar nu is het net of ze broers van elkaar zijn.

'Ik weet niet of "vooruitgang" wel het juiste woord is.' Ik probeer de spanning een beetje weg te nemen, ik wil niet dat Will bang is. Ik wil zelf trouwens ook niet bang zijn. 'Krijgen we een medaille als onze genen nog meer verrot zijn dan die van iemand anders?' Ik glimlach naar de verpleegster als ze naar me toe komt. Het is mijn brutaalste Toby-grijns, maar ze kijkt niet eens op. 'Het hoogste cijfer? Een diploma in Defectie?' Ik knipoog naar Louis en Will en op hun gezichten verschijnt een heel klein lachje.

'Stil zitten,' zegt ze alleen als ze mijn arm afbindt en de naald erin gaat. Ik zie mijn bloed in het kleine buisje stromen, dik en rood. Het ziet er volkomen normaal uit. Niet anders dan bij alle onderzoeken, schrammen en sneetjes van de afgelopen jaren. Ik kan me niet eens herinneren dat ik er ooit naar gekeken heb. De laatste keer dat ik werd getest was ik met mijn gedachten bij het feestje van Julie McKendrick. Als mijn achternaam met een andere letter was begonnen, had ik misschien toch naar dat feestje gekund voordat ze me hierheen sleepten. Dan had ik nog een paar normale dagen extra gehad.

'Ik haat naalden,' zegt Will. 'Ik dacht dat ik nooit meer een naald in me hoefde.'

'Ik ga wel als volgende,' zegt Tom. 'Jij bent na mij en daarna Louis, oké?' Will knikt. Er gaat een klein steekje door mijn hart. Als de verpleegster klaar is met Tom, zit Will bijna te hyperventileren. Tom pakt het boek dat Eleanor aan Will heeft gegeven en slaat het open waar er een hoekje van een pagina is omgevouwen. 'Zal ik iets voorlezen?'

'Je vindt het vast stom,' zegt Will. 'Het is een kinderboek.'

'Ik wil het wel horen,' komt Louis tussenbeide.

'Ik ook,' zegt Ashley, en ik voel bijna iets van sympathie voor hem.

'Lees maar een stukje voor, Tom,' hoor ik mezelf zeggen. We zijn nu familie, ook al doen we krampachtig alsof we dat niet zijn. We zijn Slaapzaal 4. We vormen een eenheid.

'Oké, daar gaan we.' Tom haalt even diep adem en dan begint hij te lezen: 'Dit moet wel een enorme klerenkast zijn! dacht Lucy, en ze liep steeds verder terwijl ze de jassen opzij schoof om plaats voor haar te maken. Opeens hoorde ze iets onder haar voet kraken. Zouden dat nog meer mottenballen zijn? dacht ze, en ze bukte zich om ze aan te raken. Maar in plaats van de harde houten vloer van de kast, voelde ze iets wat zacht, poederig en heel koud was. "Dit is raar," zei ze en ze deed nog een paar passen."' Tom kijkt naar Will. 'Wie is Lucy?' De verpleegster is klaar met de injectiespuit. Ze wacht tot Will naar Tom kijkt.

'Dat is een meisje. Omdat het oorlog is, is ze samen met haar twee broers en haar zusje vanuit de stad naar een groot huis op het platteland gestuurd.' Zijn gezicht vertrekt en ik zie dat Louis in zijn hand knijpt.

'Een beetje zoals wij,' zeg ik. Will knikt. Zijn onderlip trilt, maar de verpleegster doet het zo snel mogelijk en dan is de naald weer uit Wills arm. Ze plakt een etiketje op zijn bloedmonster en zet het bij de andere.

'Lucy is de jongste van de vier kinderen,' zegt Will en hij haalt zijn neus op. Tom geeft hem het boek terug en Will kijkt ernaar als Louis' bloed wordt afgenomen. Hij zit nog te trillen. Ik weet nog dat ik me totaal niet druk maakte over het halfjaarlijkse bloedonderzoek op school. Voor Will was dat vast anders. Vijf maanden hoefde hij er niet aan te denken, en dan volgde er een maand waarin hij er natuurlijk steeds meer tegen op ging zien.

De verpleegster pakt haar spullen in en loopt naar de deur. Dan blijft ze staan en draait zich om.

'Dat is een mooi boek,' zegt ze. 'Mijn oma heeft het me voorgelezen toen ik klein was.' En dan is ze verdwenen. Wij blijven met open mond achter. De verpleegsters zeggen nooit dat soort dingen tegen ons. Nooit.

'Volgens mij wordt hij beter,' zegt Clara als Georgie de laatste van de lichtelijk geplette wormen opeet die ik 's middags heb opgegraven. We zijn vannacht niet over de muur geweest. Er hangt een dikke, ijskoude mist over het eiland en hoewel het best leuk zou zijn geweest om daardoorheen te lopen, willen we liever bij de vogel blijven. Zijn doos staat nu boven op de dekens die we van onze bedden hebben gehaald om warm te blijven, half op mijn been en half op dat van Clara.

'Ik ben bang dat het op is,' zegt ze, als het vogeltje zijn snaveltje opendoet en piept omdat het meer wil. Ze kijkt me aan. 'Hij vindt wormen echt veel lekkerder dan brood.'

Ik strijk over zijn kleine, warme kopje. Zijn veertjes voelen zacht aan en hij trilt en bibbert niet meer zoals toen we hem in de doos stopten. Mijn hoody zit nog steeds om hem heen gewikkeld, maar hij is niet meer bang voor ons. Zijn kraaloogjes schieten tussen Clara en mij heen en weer, en als hij snapt dat er echt geen eten meer is, gaat hij in zijn warme nestje liggen. We hebben zijn vleugel nog een keer schoongemaakt met warm water en zeep en toen probeerde hij zich niet eens los te wurmen. Ik denk dat hij tam aan het worden is, in ieder geval voor ons. Volgens mij voelt hij zich wel goed en hij eet, dus misschien heeft Clara gelijk en wordt hij wel beter. Dat geeft me een warm gevoel. Nog een barst in de muur die ik om mezelf heb opgetrokken sinds ik in dit huis ben. Ik word weer 'mezelf'. Eigenlijk wil ik dat niet. Ik moet dat onderdrukken, maar als ik hier 's nachts met Clara ben, kan ik het niet tegenhouden.

'Konden we de verpleegsters maar om een zalfje vragen om op die wond te doen,' zegt Clara. We zijn op zoek geweest naar een medicijnenkastje, maar dat hebben we niet kunnen vinden. Het enige wat we vonden waren een paar blauwe pleisters in de keuken.

'Je weet best dat dat niet gaat.' Ik aai weer over het kopje van de vogel.

'Had jij vroeger een huisdier?' vraagt ze.

'Nee.'

We hebben onze kussens achter ons gestopt om een soort bank te maken, maar ik voel nog steeds de kou erdoorheen komen. Ik trek de dekens een beetje omhoog en Clara leunt tegen me aan. 'Mijn moeder was allergisch voor dierenharen,' leg ik uit. 'En jij?'

'Alsjeblieft niet, zeg. Een huisdier. Al die rommel in huis.' Ze heeft een scherpe, bekakte stem opgezet. Ze doet haar moeder na. 'Geen sprake van. Modderige pootafdrukken en overal haren.' Ze lacht. 'Dat had ik nog gesnapt als mijn moeder zelf het huis schoonmaakte, maar dat hoefde ze niet eens.' Als ik haar zo hoor praten, zou ik willen dat ik een hekel had aan mijn moeder. Dat zou het allemaal een stuk makkelijker voor me maken. Maar ik denk alleen maar aan al die dingen die ik nooit tegen haar heb gezegd. Lieve dingen.

'In ieder geval hebben we nu wel een huisdier,' zeg ik. Alsof Georgie het ermee eens is zet hij zijn veertjes op aan zijn ongedeerde kant.

'Ik wil hem niet tam maken. Hij moet alleen beter worden en dan wegvliegen. We verplegen hem.'

'Ik vraag me af waarom ze iets tegen ons zei. Ze zeggen nooit wat tegen ons.' Toen Clara het woord 'verplegen' gebruikte, moest ik opeens weer aan de verpleegster denken. Tot vandaag waren de verpleegsters alleen maar 'de verpleegsters'. Maar nu is een van hen een echt iemand. Na de bloedafname bleef Will in zijn boek lezen tot het licht uitging, terwijl Louis af en toe nieuwsgierig over zijn schouder meekeek. Volgens mij deed Louis er een paar seconden over om een pagina te lezen, terwijl het ongeveer een eeuwigheid duurde voordat Will ritselend de volgende pagina omsloeg. Het is geen dik boek, maar ik denk dat Will nu meer heeft gelezen dan *hiervoor*. Hij leest niet alleen omdat Eleanor het een mooi boek vindt, maar ook vanwege de verpleegster. Het boek is verbonden met dat moment. Wie had ooit gedacht dat een paar woorden van een volwassene zo'n verschil konden maken?

'Ik denk dat ze medelijden met ons heeft.' Clara zegt het zacht en voor het eerst merk ik dat ze ook nadenkt over onze situatie. 'Voor hen moet het ook vreemd zijn. Ik ben benieuwd op welke manier ze worden uitgekozen.'

'Ik dacht steeds dat ze gewoon psychopaten met een diploma waren. Je weet wel, zonder gevoel.'

Ze giechelt. 'Misschien geldt dat voor Moeder. En ook voor de verpleegsters in het sanatorium boven. Zouden ze wel eens feesten? De verpleegsters en de leraren die samen uit hun dak gaan. Dat zou echt een te gekke verkleedpartij opleveren.' Ze schiet weer in de lach. 'Dan trekken ze elkaars kleren aan en gaan vieze spelletjes doen.'

Ik krijg het plotseling heet en voel me niet op mijn gemak. Clara is een meisje. En meisjes praten niet over dat soort dingen die je op internet ziet. Ik krijg een knoop in mijn maag bij het idee dat Clara wel eens naar porno heeft gekeken.

'Wijs haar een keer voor me aan.'

'Wie bedoel je?'

'De verpleegster, suffie.'

'Tuurlijk.' Ik zou niet weten hoe dat moet. Overdag spreken Clara en ik elkaar nooit. 'Als ik haar zie. Maar je bent de hele tijd bij Jake.' Ik heb het gezegd voordat ik het weet, en er gaan nog steeds beelden door mijn hoofd van Clara die naar porno kijkt. Meisjes denken niet aan seks. In ieder geval niet op dezelfde manier als jongens.

'En jij ligt de hele tijd in je bed. Je moet niet zoveel slapen. Ik weet dat ze iets in ons eten en drinken doen om ons rustig te houden, maar dat wil niet zeggen dat je maar de hele tijd moet liggen maffen. Je bent nog erger dan een blower.'

Ik snap niet waarom zij niet langer slaapt, want ze blijft toch bijna de hele nacht op. Als we naar bed gaan slaapt ze denk ik maar een uur of drie.

'Het is wel veiliger op deze manier,' gaat ze verder.

'Veiliger?'

'Ik wil niet dat ze op ons gaan letten. En als we te veel met elkaar praten, zeggen we misschien iets verkeerds. Ik wil geen dwangvoeding krijgen met hun "vitamines".'

Ze heeft gelijk. Het zou niet best zijn als anderen iets opvingen – en nog erger als dat een van de verpleegsters was. Weliswaar heeft maar een van hen een keer iets gezegd, maar luisteren doen ze allemaal. De verpleegster die iets tegen ons heeft gezegd, vind ik nog het meest verdacht. Waarom zou ze aardig willen doen? Wat wil ze daarmee bereiken? Ik zet haar uit mijn hoofd.

'Klopt. Maar Jake is zo'n lul.'

'Niet waar.'

'Misschien niet tegenover jou, omdat hij verliefd op je is.' Dat laatste komt uit mijn mond op zo'n akelig, klagerig toontje dat mijn tenen er krom van gaan staan. Ik wilde dat ik mijn bek kon houden. 'Voordat jij hier was, was hij echt wel een lul. Hij probeerde het hier voor het zeggen te krijgen.'

'Hij is oké,' zegt ze. 'Volgens mij had hij ook *hiervoor* een rotleven.'

Ik denk aan haar liefdeloze ouders. 'Jij ook.'

'Maar dat leven van hem was andere shit. Ellendiger.'

'Zou kunnen.' Ik vraag me af of dit huis zoveel anders is dan een tuchtschool. Jake was vast nog jong toen hij daarnaartoe ging. Misschien van Louis' leeftijd. Dan zou hij daar echt niet de baas hebben gespeeld.

Maar hij is daar wel weg. De donkere bal in mijn buik wordt groter. 'Toch is hij een lul,' mompel ik.

'Het lijkt wel alsof je jaloers bent.' Ze draait zich naar me toe en kijkt verbaasd. 'Ben je jaloers op Jake?'

Dit gaat helemaal niet goed, vanbinnen krimp ik ineen, maar toch haal ik onverschillig mijn schouders op. 'Waarom zou ik jaloers zijn? Ik vind het gewoon een eikel.'

'Misschien heb je wel gelijk,' zegt ze. 'Maar waarom zou je je tijd verspillen met een hekel aan mensen hebben? We kunnen net zo goed proberen om aardig tegen elkaar te doen.'

Hier weet ik niks op te zeggen. Eerlijk gezegd zie ik het nut er niet van in om de kinderen hier aardig te vinden. Maar wat me dwarszit is dat ze niet ingaat op mijn opmerking dat Jake verliefd op haar is. Misschien weet ze dat al en is ze ook verliefd op hem. Ik moet maar ophouden met denken aan die stomme zoen. Het was trouwens toch geen echte. Meer een vriendschappelijke. En wat kan mij het trouwens schelen?

Georgie tjilpt en hipt dan vanuit de doos op mijn schoot. Dan houdt hij zijn kopje schuin en kijkt naar ons. Ik moet lachen, ik kan er niks aan doen.

'Zie je wel?' zegt Clara. 'Hij is het met me eens.'

'Of misschien vindt hij Jake ook wel een eikel.'

De vogel houdt zijn kopje schuin de andere kant op en tjilpt twee keer. Nu lachen we allebei. Uit verveling begint Georgie aan de dekens te pikken.

‘Die eerste nacht dat ik wakker bleef, wist ik dat als er nog iemand niet sliep, jij dat zou zijn.’ Ze kijkt glimlachend naar de vogel. ‘Ik zag je bij het avondeten. Jij was de enige die naar me keek alsof ik een idioot was. De anderen staarden alleen maar naar me omdat ik het nieuwe meisje was. Je kwam ook niet naar de speelkamer om naar de film te kijken. Verder iedereen wel. Zelfs die arme Ellory. Iedereen was benieuwd naar de nieuwe kinderen, Tom en ik.’ Ze praat zacht, peinzend.

Alles wat ze zegt gaat als een elektrische schok door me heen. Ik dacht dat ze me helemaal niet had opgemerkt voordat we elkaar in de keuken tegenkwamen.

‘Ik was blij dat jij het was,’ gaat ze verder, terwijl ik naar haar luister en mijn hart net zo snel slaat als dat van het vogeltje en mijn huid weer gloeiend heet wordt. ‘Ook al was je woedend dat ik daar was. Het zou niet hetzelfde zijn geweest met iemand anders.’

‘Ik was niet woedend, ik was alleen…’ stamel ik.

‘Je was wél woedend. Je wilde niets liever dan een hekel aan me hebben.’ Ze glimlacht naar me en mijn maag maakt een salto. ‘Maar ik wist dat ik je wel over de streep kon trekken.’

‘Ja, om me vleugellam te maken,’ zeg ik om grappig zijn, maar ik heb een droge mond en mijn keel zit dichtgesnoerd. Ik stik bijna.

‘Georgie is vleugellam, jij niet.’

We zijn een poosje stil. En kijken allebei naar de vogel met zijn hangende vleugel die rond hipt in de schemering. Hij is zo licht dat ik hem niet eens voel door de dekens.

‘Heb je wel eens een echt vriendinnetje gehad?’ vraagt ze.

Bijna zeg ik: ‘Natuurlijk wel, een heleboel,’ maar dan besef ik waar we zijn en hoe stom ik de leugens vind die ik al heb opgehangen en dat het geen nut heeft.

‘Niet echt. Ik ging af en toe wel met een meisje om, maar dat was niet serieus.’

‘Dus er heeft nooit een meisje je hart gebroken?’

Het is raar om over dit soort dingen te praten. Jonesy en ik hadden het nooit over meisjes – niet echt. Alleen een beetje vaag over wat je wel of niet met ze had gedaan of wat je wel of niet met ze zou doen.

'Niemand die bijzonder voor je was?'

Ik denk aan Julie McKendrick. Een droommeisje. Een schim. 'Nee,' zeg ik. 'En jij? Echte vriendjes?' Ik weet niet eens wat ze daarmee bedoelt. Wat is een 'echt' vriendje of vriendinnetje eigenlijk? Is dat iemand met wie je 'het' hebt gedaan?

'Met mijn vader in de buurt? En op een meisjesschool?' Ze schudt haar hoofd. 'Ik denk zo'n beetje hetzelfde als jij. Een stuk of twee die het probeerden. De meeste jongens die de goedkeuring van mijn ouders hadden, vond ik helemaal niks.'

'Maar nu heb je Jake tenminste,' zeg ik. Ik word niet goed als ik denk aan Jake en haar samen. Ik vind het erger dan wat dan ook sinds ik hier in huis ben. Ik vind het absoluut erger dan het idee dat Julie McKendrick voor Billy zou kiezen. Julie lijkt voor mij niet eens meer echt.

'Ja, dat is waar,' zegt ze.

Ik voel me ellendig. Ik zou willen dat we in de mist naar de grot waren gegaan. Ik zou willen dat we nooit dit gesprek hadden gevoerd. Was ze maar nooit hier in huis gekomen. Ik wil gewoon in mijn eentje terug naar de slaapzaal. Opeens begint ze keihard te lachen.

'Jezus. Wat heb jij af en toe toch een bord voor je kop.' Ze draait zich naar me toe en kijkt me aan. 'Ik vind Jake aardig, maar ik ben niet verliefd op hem. Ik vraag niet aan Jake of hij een vriendinnetje had.'

Ik staar haar aan. Mijn hoofd is helemaal leeg, mijn hersens werken niet meer. Ik hoor alleen een soort krankzinnig gezoem als mijn bloed door mijn lijf raast door al deze emoties. Voordat ik iets kan zeggen – niet dat ik iets weet te zeggen – buigt ze zich naar me over en trekt me aan mijn pyjamajasje naar zich toe. Ik weet niet wat ik moet doen en mijn neus stoot tegen de hare en dan houdt ze haar hoofd schuin en kust me.

Dit is niet als zoals de vorige zoen. Ondanks mijn angst dat ik er niks van terechtbreng, voelt het alsof ik ga ontploffen. Ik beef over mijn hele lichaam. Met mijn ene hand raak ik haar warme gezicht aan en mijn andere hand leg ik zenuwachtig om haar middel. Ik voel haar nachtpon rimpelen en kreuken. Ze ruikt naar frisgewassen katoen met iets levends en aards erin gewikkeld. Haar tong is heet, hij smaakt nog naar tandpasta en kronkelt om die van mij. Ik weet niet hoe lang we kussen, het kan een minuut zijn maar ook een eeuw en wanneer we elkaar eindelijk loslaten ben ik buiten adem en staat mijn lichaam in de fik.

'Wauw,' zeg ik schor.

'Je kunt goed zoenen.' Ze giechelt.

'Jij kunt er ook wat van,' zeg ik, en ik probeer mezelf weer in de hand te krijgen. We worden afgeleid door gepiep tussen ons in.

'O, arme Georgie!' Toen we zaten te zoenen zijn de dekens over hem heen gevallen en nu steekt ergens tussen onze benen alleen zijn snaveltje eruit. Als Clara hem voorzichtig oppakt en weer in zijn doos zet, beweegt hij zijn kopje alle kanten op, schudt zo goed en zo kwaad als het kan zijn veertjes en piept alsof hij ons een standje geeft dat we hem zijn vergeten. We lachen allebei. Ik voel me goed. Ik voel me geweldig. Ik voel dat ik leef.

'We moeten naar de slaapzaal,' zegt ze.

Ik knik.

'Pak je spullen en ga maar. Ik zet hem wel terug.' Ik ben een beetje in paniek. Ik heb mijn pyjama aan en ik ga niet opstaan waar ze bij is. Als we dit gisteren in de grot hadden gedaan, had ik tenminste nog mijn spijkerbroek aan, waardoor het minder duidelijk zou zijn.

'Weet je het zeker?' Ze kust me weer, kort en teder deze keer, maar het heeft hetzelfde effect op mijn lijf. 'En serieus, je ben echt wel knapper dan Jake. En grappiger.'

'Jij ook.'

Ze lacht weer. Ik vind het een heerlijk geluid. Ik vind het ook heerlijk om te zien hoe haar haar zo wild om haar gezicht valt. Ik vind het heerlijk dat ze zo veel energie heeft. Maar het allerheerlijkste is om te weten dat ze me leuk vindt.

Ze rolt haar dekens op, pakt haar kussen en loopt naar de deur. Ik kijk haar na. Die blote benen van haar maken mijn verlangen alleen maar heviger. Ze blijft in de deuropening staan.

'Gek hè?' zegt ze. 'Jij bent mijn eerste echte vriendje. En je zult ook mijn laatste zijn.' Het klinkt weemoedig. 'Raar, maar wel mooi. Alsof het zo moest zijn.'

En dan is ze weg, verdwenen in de gang. Ik blijf trillend als een rietje achter, eenzaam in de nacht. 'Vriendje.' Ze heeft gezegd dat ik haar vriendje ben.

11

'Ik hoorde twee jongens uit Slaapzaal 2 erover praten in de speelkamer,' zegt Louis. 'Ze zeiden dat het een wonder was, en dat ze zich misschien ook lieten dopen.'

'Wat een stom gelul,' zegt Tom nijdig.

We staan in de hal en kijken naar de nieuwe poster. Die schittert ons tegemoet met allemaal felle kleuren en opgeplakte glitter in de hoeken. Waar haalt Ashley die troep vandaan? Waarom is er überhaupt lijm en glitter in huis aanwezig? Wie houdt zich nou bezig met dit soort dingen? Op de poster staat in grote, kunstzinnige letters met zwierige krullen aan het eind: *Dankdienst voor Joe's herstel*, waardoor ik me afvraag of Harriet zich nu met de posters bemoeit. Ik geef Tom gelijk. Het is onzin. Het is helemaal geen wonder. Joe is gewoon van zijn griep af.

'Zullen we dat ding van de muur halen voordat Jake het ziet?' zegt Will.

'Waarom?' Jake onderneemt niets tegen de kerk van Ashley. Hij is niet achterlijk. Hij weet dat Moeder ervan op de hoogte is. En wie interesseert het nou wat Jake vindt? En als hij Ashley te grazen wil nemen, dan is dat Ashleys probleem en niet het onze.

'Waarom zijn mensen zo stom?' zegt Tom. Ik haal mijn schouders op. Ik ben er trouwens niet echt met mijn gedachten bij, ik denk alleen maar aan Clara en dat ze tegen me zei dat ik haar vriendje ben. Ik moet mijn best doen om een grote, tevreden grijns te onderdrukken.

'Zet het uit je hoofd, en ga je met iets anders bezigouden. Een film kijken of zoiets.'

'Ik denk dat ik naar de muziekkamer ga.' Tom zegt het een beetje langs zijn neus weg, maar ik weet dat hij ernaartoe gaat omdat Clara daar is. Ik moet mijn tong afbijten om er niet uit te flappen dat hij zijn tijd verspilt omdat ze míjn vriendinnetje is.

'Jij gaat zeker slapen?' zegt Will.

'Kweenie.' Ik ben namelijk helemaal niet moe. Ook al zou dat wel moeten. Ik moet me echt beheersen niet met mijn voet te tikken vanwege alle energie die in me borrelt. 'Hoezo?'

'Gisteren hebben we een oud bordspel ontdekt. Het heet Colditz. Echt vet.'

'Nooit van gehoord.' *Hiervoor* speelde ik alleen bordspellen met Kerstmis, en dan nog uitsluitend wanneer mijn oma op bezoek kwam.

'Het is hartstikke leuk, maar het is nog leuker als je het met meer dan twee mensen speelt.' Louis en Will kijken me allebei aan, maar ik zie aan hun gezichten dat ze niet veel hoop hebben dat ik mee ga doen.

'Oké, kom op dan.' Waarom ook niet? Anders ga ik toch maar op bed liggen en eindeloos de uren aftellen tot iedereen slaapt en ik weer bij Clara kan zijn. Als ik hieraan denk voel ik me echt een watje, maar ik kan er niks aan doen. In ieder geval gaat de tijd sneller als ik met Louis en Will meespeel.

Het blijkt best een leuk spel te zijn en ik moet lachen om Louis en Will. Voordat we er erg in hebben, is het tijd voor het avondeten. Will kijkt om zich heen of hij de verpleegster ziet, maar ze staat niet bij het buffet met eten. Vanmorgen was ze er wel en hij glimlachte tegen haar toen hij brood ging halen en hij wist zeker dat ze naar hem knipoogde. Ik weet niet of dat echt zo was, maar zolang Will dat gelooft, maakt het toch niets uit? Hij is nog jong. Hij mist zijn moeder. Hij is de enige die dat heeft opgebiecht, al vanaf het moment dat Henry ziek werd. Henry's afschuwelijke geschreeuw heeft ervoor gezorgd dat we niet meer over onze moeders praten.

Afgezien van de angst die het heeft veroorzaakt, kan ik me niet meer zo veel details herinneren van wat er met Henry is gebeurd. Het lijkt ontzettend lang geleden, ook al is het maar een paar weken. Volgens mij hebben ze daarna nog meer weet-ik-veel-wat in ons drinken gedaan. De volgende morgen zaten we in ieder geval zo suf als een konijn aan het ontbijt. Ik vraag me wel eens af waarom ze ons niet de hele tijd onder de middelen houden. Misschien bestuderen ze ons als ratten in een laboratorium. De uitverkorenen. De zeldzame Defecten. Overblijfselen uit een gruwelijke tijd waardoor de wereld bijna verging.

Van dit soort gedachten raak ik meestal in paniek – de angst voor het donkere niets, de angst voor het sanatorium, de verandering, de zekerheid dat ik niet meer zal bestaan – maar nu gebeurt dat niet. Gek genoeg heb ik alleen maar zin om te lachen. Ze letten niet goed op. Ze weten niks van Clara en mij en Georgie. Net alsof we aan hen zijn ontsnapt. Ik leef, ik ben gelukkig en dat is het enige wat telt.

Als het tijd is om naar bed te gaan zie ik Ashley met een voldaan gezicht rondlopen. En daar heeft hij alle reden voor. Hoewel ik me aan mijn gebruikelijke schema heb gehouden en na het avondeten een hele tijd in bad heb gezeten, hoorde ik van Louis en Will dat er bijna niemand in de speelkamer was om naar de film te kijken.

'Ik heb gehoord dat er iemand ziek is in Slaapzaal 3,' zegt Tom tegen Ashley, die zorgvuldig zijn handdoek over de stoelleuning drapeert. 'Ga je hem genezen, Jezus?' voegt hij er pesterig aan toe.

'Zoiets zeg je niet. Dat is oneerbiedig.' Ashley kijkt Tom niet eens aan. 'Ik heb trouwens niet gezegd dat ik hem heb genezen. Ik zei alleen dat hij weer beter was geworden.'

'Het is alleen oneerbiedig als je gelovig bent,' zegt Louis die half heeft geluisterd terwijl hij over Wills schouder meeleest.

'Maar je vertelt je volgelingen niet dat het géén wonder was.' Tom kijkt dreigend. Meestal ben ik degene die kwaad wordt om deze shit, maar Tom is me nu voor.

'Ik zeg ook niet dat het wel een wonder is.'

'Hij had gewoon griep. Ik vind het walgelijk dat je doet alsof je hem hebt genezen. Je geeft die kinderen hoop zodat ze in die onzin van je gaan geloven.'

Will duikt met zijn hoofd in zijn boek. Hij kan niet tegen ruzie. Hij maakt wel grappen over mensen en hij lacht Ashley ook wel stiekem uit, maar hij gaat rechtstreekse confrontaties uit de weg.

'Jij zegt dat ik doe of ik hem heb genezen, maar dat beweer ik helemaal niet. Ik wilde alleen maar vieren dat hij weer beter is. Wat is daar verkeerd aan? En wat is er mis met hoop, als mensen daardoor niet meer zo bang zijn?'

Ashley is verstandiger dan ik had gedacht, ook al werkt die eeuwige kalmte van hem me op mijn zenuwen en zou ik hem het liefst een dreun geven. Tom zo te zien ook.

'Omdat het flauwekul is. Dat weet je zelf ook. Je geniet er gewoon van dat je nu macht hebt. Het zielige jongetje dat geen vriendjes had merkt dat er opeens naar hem wordt geluisterd.'

'Wat kan jou het nou schelen wat ik doe? Waarom maak je je daar zo kwaad over?'

'Laten we hierover ophouden,' zeg ik. Ik ga rechtop zitten en kijk hen allebei aan. 'Niet meer over nadenken. Allemaal tijdverspilling. We moeten proberen om zo veel mogelijk lol te hebben.'

Even blijft het stil. Will kijkt op van zijn boek.

'De brombeer die de hele dag slaapt, is knetter geworden,' zegt Louis uiteindelijk en Will giechelt. 'Wat denk je dat Will en ik aan het doen zijn? Al vanaf de eerste dag?'

Ik schiet in de lach. 'Misschien ben ik een beetje traag van begrip.'

Tom mompelt iets onverstaanbaars en kruipt in zijn bed. Hij kijkt niet blij, maar in ieder geval valt hij Ashley niet meer lastig. Ik voel mee met Tom. Ik snap wel waarom hij zo kwaad is. Voordat Clara kwam was ik ook zo. Misschien was ik nog wel kwader. Soms is woede het enige wat helpt tegen angst. Als Clara en de nachten er niet waren, dan had ik Ashley nu al een klap voor zijn kop gegeven. Ik weet waarom Tom een hekel heeft aan de kerk: om dezelfde reden als ik. Niet vanwege het geloof in een of andere god, maar omdat je er met je neus op wordt gedrukt dat het einde nabij is. Je wordt gedwongen te denken aan wat er *hierna* komt. Het is al moeilijk genoeg om niet al te veel na te denken over *hiervoor* en denken aan *hierna* is eng. Als je niet in hun hemel gelooft, is Ashley, met zijn bijbel en zijn superieure gebrek aan angst, er als de kippen bij om je eraan te herinneren wat je te wachten staat. Niemand heeft daar behoefte aan. Het is al moeilijk genoeg om van het nu te genieten. Als er iets is wat het huis me heeft geleerd, dan is dat het wel. Maar wacht even, als ik er goed over nadenk, is het niet het huis, maar Clara die me dat heeft geleerd.

'Denk je dat hij ziek is?' Clara maakt zich zorgen en ik snap ook waarom. Georgies vleugel ruikt smerig en er blijft maar pus uit komen als ik hem heb schoongemaakt. Hij is suffig en zijn kopje voelt heel warm aan als ik hem aai.

'Het zou kunnen,' zeg ik. 'Maar hij is een taai beestje. Hij wordt wel beter.' Alsof hij wil laten merken dat hij het met me eens is tjilpt hij, en daardoor is Clara een beetje gerustgesteld. Ik wil niet dat ze de hele nacht naar die zieke vogel blijft zitten staren. Als hij ziek is, dan is hij ziek. En niemand heeft er iets aan om naar hem te blijven kijken. In ieder geval niet de hele nacht. Ze heeft me vannacht nog niet gezoend. Het is slecht van me, maar dat zit me meer dwars dan de vogel. Ben ik nog wel haar vriendje? Is ze van gedachten veranderd en durft ze me dat niet te vertellen? Ongeveer een miljoen twijfels gaan door mijn hoofd. Waarom heeft ze me niet gezoend? Mijn hart wordt plotseling in stukken gescheurd en ik krijg pijn in mijn maag.

'Het regent niet. Laten we naar buiten gaan,' zeg ik. 'Als we terugkomen gaan we wel weer bij hem kijken.' Het kost me niet veel moeite om haar over te halen. Ze is één bonk energie die de vrijheid moet hebben, in plaats van opgesloten te zitten in dit huis, dat ondanks zijn afmetingen een claustrofobisch gevoel geeft.

'Goed idee,' zegt ze, en dan gaat ze op haar tenen staan en geeft me een zoen op mijn mond. Nogal vluchtig, maar voldoende om mijn hart op hol te laten slaan en mijn huid te laten tintelen. 'Laten we gaan, knapperd.'

Ik ga bijna uit mijn dak. Eigenlijk zou ik het liefst hier blijven en haar kussen en aanraken en voelen dat zij mij aanraakt, maar dat durf ik niet te zeggen en ik wil haar niet afschrikken. Ze mag niet weten dat ik de hele tijd aan haar denk. Ook aan dat ze naakt is. En we allebei naakt zijn. Ik heb het gevoel dat het duidelijk aan mijn gezicht te zien is, elke keer dat we 's nachts afscheid van elkaar nemen en ik buiten adem sta te trillen op mijn benen. Ik kan er niks aan doen dat ik op die manier aan haar denk, ook al schaam ik me ervoor. Misschien is het wel goed om nu naar buiten te gaan. Dan koel ik tenminste een beetje af.

Het regent niet, maar het is wel koud en bewolkt. Heel af en toe komt de maan achter de wolken tevoorschijn en werpt wat licht op de weg. Ik vind het niet erg meer dat het donker is. We zijn vertrouwd geraakt met het landschap van het eiland, alsof dat van ons is. Ik ben ook niet meer zenuwachtig als we over de muur klimmen, alleen maar opgewonden en blij dat ik de gedachten aan het huis van me af kan schudden. We lopen hand in hand over de bochtige, geasfalteerde weg naar het water. We hebben allebei geen handschoenen aan en mijn vingers zijn ijskoud, maar ik laat haar hand niet los terwijl we onze loopneus ophalen, giechelen en kletsen. Ik voel me vrij bij haar. Al het andere raakt op de achtergrond. We gaan niet naar de grot. Nog niet.

We stoppen met praten en lachen als we in de buurt van het blauwe huisje bij het haventje komen. Voor de zekerheid blijven we aan de kant van de weg, in de schaduw van de rotsen. Het was Clara's idee om hier te gaan kijken en hoewel ik – zoals altijd – bang ben dat we gesnapt worden, moet ik bekennen dat het ook wel iets spannends heeft om naar het huisje te lopen met het idee dat er misschien iemand binnen zit die ons ziet en betrapt.

'Kom,' fluistert Clara. Ze pakt mijn hand wat steviger vast, en we sluipen gebogen over de kiezelstenen rond het huis. Hoewel het donker is, zie ik dat de verf op de oude stenen is afgebladderd, er zijn her en der nog kleine stukjes crèmekleurige verf te zien op de muren, die langer aan weer en wind zijn blootgesteld dan ik me kan voorstellen. Een vergeten gebouwtje op een vergeten eiland, waar vergeten kinderen wonen. Het klinkt bijna als het begin van een avonturenverhaal. Misschien is dat ook wel zo. Het verhaal van Clara en mij.

Met onze handen op de afgebladderde vensterbank kijken we voorzichtig naar binnen. Maar het is zo donker binnen dat we alleen ons spookachtige spiegelbeeld op de ruit zien. Ik druk mijn gezicht tegen het glas en tuur ingespannen. Ik zie een oude kachel in een hoek. Een aanrecht.

Clara knikt naar boven. 'Daar is vast de slaapkamer.'

'Als hier tenminste iemand woont.'

Vrijwel geruisloos sluipt ze naar de achterkant van het huis, en ik loop achter haar aan, me bewust van het geluid van mijn gympen op het grind. Het waait niet, de zee is kalm en ruist zacht tegen de kust, waardoor mijn voetstappen duidelijk hoorbaar zijn in de stilte. Ik kan me niet voorstellen dat niemand me hoort, maar omdat er geen licht gaat branden in het huisje, krijg ik de indruk dat er niemand woont. Dat zou cool zijn. Dan zouden Clara en ik een echte verstopplek hebben. Aan de andere kant van de muur, maar wel warmer dan in de grot.

'Kijk.' Ze blijft bij de achterdeur staan en wijst. Er staat een paar laarzen op het stoepje. 'Er woont iemand.' Het zijn oude, zware mannenlaarzen, en aan de dikke zolen kleeft modder. Ik probeer me de man voor te stellen die deze laarzen heeft uitgetrokken en hier heeft neergezet. Waar is hij geweest? Waar kwam hij vandaan? Het is een raar idee dat er nog iemand anders dan wij over het eiland zwerft. Misschien doen de leraren en verpleegsters dat ook wel, en maken ze bijvoorbeeld 's middags een wandeling. Ik heb het ze nooit zien doen, maar dat komt ook omdat ik er nooit op heb gelet. Het voelt als een inbreuk. De nachten zijn van ons, van Clara en mij, en zo denk ik nu ook over het eiland.

'Het is maar één paar laarzen.' Ze bukt zich en gaat met haar vinger over de naden van het leer, haar haren vallen langs haar bleke gezicht. 'Moet je je voorstellen dat je hier helemaal alleen woont. Niets eens een hond.'

'Misschien heeft hij wel een hond.'

'Als dat zo zou zijn, dan was die allang gaan blaffen.' Ze staat op en glimlacht naar me. 'Maar één persoon is oké. Daar kunnen we makkelijk langs sluipen om op de boot te komen.'

Ik grijns en we blijven daar even in de kou staan zoenen. Onze koude neuzen raken elkaar en we hebben onze armen om elkaar heen geslagen. Het is sexy, maar het is ook nog iets meer. Het is alsof

Clara me vanbinnen helemaal verwarmt en ik ben zo gelukkig dat het bijna te veel is. Alsof ik nooit alles kan bevatten wat ik zou willen. Ik heb nooit drugs gebruikt – behalve dan het spul dat we in het huis krijgen toegediend – maar ik kan me voorstellen dat dit het gevoel is dat je van drugs krijgt.

We lopen bij het huis vandaan naar het einde van de weg waar het asfalt overgaat in de stevige houten pier, die de zee in loopt. We schrikken als we onder ons gebonk horen. In het water ligt een roeibootje, dat is vastgebonden aan een houten paal, die als een gebroken bot uit het water steekt. De boot deint op de golven en duikt af en toe als een verlegen kind onder de pier en komt dan weer tevoorschijn. We gaan op onze buik op de ruwe planken liggen om ernaar te kijken.

'Daar zullen we niet ver mee komen,' fluister ik. Het is een gammel oud geval met maar één roeispaan. Degene die hier misschien woont loopt blijkbaar graag door de modder en de ruige natuur op het eiland, maar hij is zeker geen visser.

De wind steekt op en de koude luchtstroom drijft het bootje weer onder de pier. We rillen. 'Nee, maar we kunnen het bootje wel verstoppen. Als we weten wanneer de boot komt, kunnen we hiernaartoe gaan en ons erin verbergen. Als ze bezig zijn met het in- en uitladen van de spullen sluipen we het schip op en houden ons schuil als verstekelingen. Dat zal niemand verwachten. Ik denk dat alleen de kapitein en de chauffeur van de vrachtwagen aan boord zijn.'

'Dat kunnen we inderdaad doen.' Mijn hart bonst. Ik heb verdrongen dat ik Defect ben en plotseling strekt de toekomst zich eindeloos voor me uit. 'We moeten er alleen achter zien te komen wanneer de boot weer komt. Ik schat één keer per maand.'

'Dat is dus al over twee weken.'

Ik krabbel overeind en help haar met opstaan. 'Laten we naar de grot gaan en een plan bedenken.' Ik hou van de grot. Ik vind het ook fijn dat de grot steeds door de vloed wordt schoongespoeld zodat die elke keer dat we er komen fris en nieuw is.

We rennen erheen, want we kennen het pad inmiddels op ons duimpje, en we lachen hardop omdat toch niemand ons kan horen. Giechelend en met gloeiende gezichten komen we bij de grot. We hebben de kaars uit de kerk meegenomen en we steken hem aan. Ashley heeft niet in de gaten dat de kaars 's nachts ook brandt. Hij heeft het zo druk met dingen die niet bestaan dat hij niet ziet wat er onder zijn neus gebeurt. Clara en ik houden ons alléén maar bezig met de realiteit. En op dit moment is de realiteit mooi. We zetten de kaars op een richel in de rotswand achter in de grot en gaan dan zitten om alles te bespreken. We struikelen bijna over onze woorden van opwinding. Voor ons gevoel zijn we niet eens meer in de grot, maar al over het water en in vrijheid. We zullen heel ver weg gaan. Clara gaat haar haar afknippen en het verven. We stelen de identiteit van oude schoolvrienden die niet in de gaten hebben dat hun paspoort is verdwenen en gaan naar een warm oord, waar we aan de oceaan kunnen zitten en spullen verkopen om geld te verdienen. 's Nachts slapen we onder de sterrenhemel. Als we het koud krijgen, maken we een vuurtje, we spelen gitaar en zingen liedjes. Onze vrienden zijn allemaal net zoals wij: zorgeloze zwervers. En als we gaan trouwen, wordt dat een soort hippieplechtigheid tussen oude ruïnes. Het is perfect. Het wordt perfect. We vluchten en vluchten verder en kijken niet achterom. Misschien sturen we over een paar jaar wel een kaartje naar onze ouders om te laten weten dat het goed met ons gaat. Maar misschien doen we dat ook wel niet.

'Het maakt niet uit hoe lang het duurt,' zegt ze blij en ze leunt tegen mijn schouder. 'Het wordt geweldig.'

Achter ons doet het kleine kaarsvlammetje dapper zijn best te overleven in de kou, en voor ons ruist de zwarte zee tegen het zand, dat zich eindeloos uitstrekt.

'Ik vind het nu ook al geweldig,' zeg ik en ik houd haar stevig met één arm vast.

'Ja. Nou en of.'

We zoenen nog een beetje, maar deze keer wat langer en als we tegen de ruwe rotswand leunen stopt ze haar hand in mijn jas en laat die dan onder mijn shirt glijden. Ze ademt net zo snel en gejaagd als ik, maar als ik haar koude vingers op mijn huid voel ontsnapt me een diep gekreun. Dit is niet nieuw voor mij. Ik het 'het' nog nooit gedaan, maar ik ben wel eens zover gegaan met een paar meisjes. Alleen is dit Clara en een heel andere wereld. Alles voelt nieuw. Ze drukt zich tegen me aan en ik frummel onhandig met mijn vingers aan de knopen van haar jas. Ze glimlacht terwijl ze even de kus onderbreekt en me helpt de laatste twee knopen van haar jas open te maken. Ze trekt haar trui uit haar broek en blijft me aankijken. Ik slik en wanneer we weer zoenen, glijden haar vingers over mijn borst en buik. Mijn spieren spannen zich en mijn hele lichaam trilt. Ik wil haar heel graag aanraken, maar ik ben ook doodsbang terwijl ik stuntelig mijn hand onder haar trui stop en probeer haar bewegingen na te doen. Ze is zo zacht en warm en als ik haar aanraak kreunt ze in mijn mond. Een aards, diep en natuurlijk geluid. Ze pakt mijn hand en drukt die tegen haar bh. Mijn hart bonst zo hard dat ik denk dat het zal ontploffen. Ik voel katoen en kant die een welving omsluiten en dan drukt ze zich harder tegen me aan. Voordat ik sterf van angst en verlangen trek ik de bh naar beneden en leg mijn hand op haar blote borst. Ik laat hem daar even liggen omdat ik niet weet wat ik nu verder moet doen en dan duwt ze haar tong tegen de mijne en strijk ik met mijn vinger over haar tepel, die hard is, en dan gaat haar ademhaling nog sneller dan de mijne.

Ze gaat achteruit zitten en wurmt zich haastig uit haar jas. Sprakeloos, verloren en hulpeloos kijk ik naar haar huid, bleek als marmer, en de perfecte rondingen van haar borsten. Heel anders dan die van

Julie McKendrick: kleiner, hoger en overweldigend echt. In mijn gedachten is ze zelfs geen Clara meer. Ze is Clara mijn vriendin, maar ook een vreemd, mysterieus wezen dat over een ontzagwekkende macht beschikt. Een meermin die aan land is gekomen. Ze heeft haar mond een beetje open en dan legt ze haar hand op mijn hoofd en trekt mijn gezicht naar haar borst. Ik word duizelig van haar geur en ik lik en sabbel. Ik hoop dat ik het goed doe, en dan is mijn andere hand opeens minder verlegen en glijdt in de andere helft van haar bh.

Haar hand ligt op mijn dij en nu streelt ze over mijn spijkerbroek, maar ze raakt me niet dáár aan. Ik wil niets liever dan haar op de grond duwen en tegen haar aan wrijven voordat ik sterf van de spanning. Het bloed klopt in mijn hoofd. Het bloed klopt overal. Als ik mijn ogen dichtdoe, zie ik sterretjes.

Ik kom overeind en kus haar weer, steviger en dwingender, mijn verlegenheid en angst zijn verdwenen door dit ontzaglijke, schitterende verlangen. Na een poosje maakte ze zich van me los. Ademloos kijken we elkaar aan, alsof we vreemden zijn en toch ook niet. We zijn niet meer degenen die we waren, maar ook niet degenen die we zullen worden. Ze is volkomen magisch. Ik weet niet eens meer zeker of ze wel echt is.

'We moeten terug,' zegt ze. 'Nog even naar Georgie kijken voordat we naar bed gaan.'

Ik knik. Ik kan nog geen woord uitbrengen.

We blazen de kaars uit en beginnen aan onze terugtocht. Nu zijn we wel stil, houden elkaars hand vast en glimlachen af en toe naar elkaar. Het is goed zo. Alles is goed. Zelfs het krankzinnige gevoel van lust dat onder mijn huid zoemt als een zwerm bijen.

'Ben je gelukkig?' vraagt ze als we in de nabijheid van het huis komen.

'Ja, en jij?'

'Ja.'

Als ik opkijk lijkt het huis wel kleiner. Het kan ons niet verslaan. We zullen het achter ons laten.

'Ik ben niet ziek. Echt niet. Het komt alleen omdat ik zenuwachtig ben. Het gaat wel over.' Henry herhaalde dit tegen iedereen die het wilde horen. Niemand geloofde hem. Het was wel duidelijk dat er iets met hem aan de hand was. Iets heel ergs. Hij had zenuwtrekkingen vanaf het moment dat hij aankwam, ook al ontkende hij dat. Toen hij niet veel later door het huis schuifelde en probeerde de onwillekeurige bewegingen van zijn armen en benen onder controle te krijgen, keek iedereen gefascineerd toe. Toby ook. Ze wisten ook allemaal wat het was. Het was net als in zo'n film over gegijzelde mensen van wie een wordt uitgekozen om te worden doodgeschoten. Diegene kijkt dan ongelovig om zich heen naar de anderen, die zich schuldig voelen, maar ook opgelucht zijn dat het niet hun beurt is. Henry zou de eerste zijn.

Op de derde dag begonnen de tics. Tot dat moment had iedereen het merkwaardig genoeg wel leuk gevonden in het huis. Ze hadden het niet echt geloofd. De speelkamer was altijd drukbezet en de kinderen uit de verschillende slaapzalen mengden zich met elkaar. Hoewel Jake echt de baas over iedereen was. Hij bepaalde naar welke films er werd gekeken en welke spelletjes er werden gespeeld. Ze logen tegen elkaar over hoe afschuwelijk of geweldig hun leven hiervoor *was geweest. Er was veel meer drukte in huis. Er werd veel meer gelachen.*

Eerst merkten ze de tics niet op. Ze dachten dat Henry die al vanaf het begin had gehad. Hij was geen jongen die echt opviel. Niemand lette op hem. Hij had zichzelf onmogelijk gemaakt op het moment dat hij begon te jammeren toen ze net waren aangekomen. Zelfs toen de tics heviger werden – zoals toen hij een lepel met muesli in zijn mond wilde stoppen en zijn schouders zo hard schokten dat alles ernaast ging – hadden de andere kinderen zich er niet druk over gemaakt en erom gelachen. Henry was een zenuwlijder en een nerd. Misschien waren die zenuwtics een eigenaardige reactie op zijn komst in het huis.

Volgens mij is er een vergissing gemaakt.

'Dit is niet normaal, hoor.' Louis was de eerste die het hardop zei. Henry hield zijn linkerhand naar beneden met zijn rechter en deed zijn best het heel gewoon te laten lijken, maar Toby zag dat het hem veel moeite kostte. De vingers van zijn linkerhand strekten zich en trokken samen alsof Henry probeerde een glibberige vis vast te houden.

'Gaat het, Henry?' vroeg Will. 'Misschien moet je even naar Moeder.'

'Mij mankeert niks.' Henry vertrok zijn mond tot een glimlach. 'Dit heb ik wel vaker.'

'O. Oké.' Will haalde zijn schouders op en richtte zijn blik weer op de oude sf-film op het scherm. Louis keek Toby aan. Ze zagen allebei wat Will niet was opgevallen: de angst en ontzetting in Henry's ogen. Wat voor oorzaak die tics ook hadden, ze waren niet normaal.

De verpleegsters keken ook. Liefdeloos bleef hun blik op hem rusten. Oordelend.

Op de derde dag stortte Henry in. Zomaar opeens. Het was etenstijd en hij zat aan de tafel van zijn slaapzaal en probeerde een lepel soep in zijn mond te stoppen. De jongen naast hem hielp hem. Iedereen keek – je kon je ogen er gewoon niet van afhouden. Hoewel Toby zich had voorgenomen niet te kijken, had het iets afgrijselijk fascinerends om iemand langzaam kapot te zien gaan. Zeker omdat dit de eerste keer was.

Jakes tafel stond tussen die van hen en die van Henry in en Jake keek ook. 'Hé, Henry!' riep hij. 'Ben je soms spastisch en ga je straks kwijlen?' Hij propte zijn tong achter zijn onderlip en liet zijn armen wapperen. Iedereen lachte. Toby glimlachte. Het was voor het eerst dat ze zich als groep opstelden. De jongen die Henry hielp met zijn soep, legde de lepel neer. Niemand ging tegen Jake in.

Henry keek Jake even aan. Terwijl er in Jakes blik boosaardige hu-

mor schitterde, waren Henry's ogen donkere gaten die iedereen aankeken met een intense angst die niemand begreep. Henry zat in een soort bubbel, waar de anderen geen deel van uitmaakten. En toen hij opeens in tranen uitbarstte, was het gebeurd.

'Ik wil naar mijn moeder. Ik wil naar huis.' Het klonk snotterig en niet eens heel hard, maar het sneed dwars door iedereen heen. Hier en daar werd nog even opgelaten gelachen en toen werd het stil. Stoelen schraapten over de vloer. Toby had het gevoel dat zijn keel werd dichtgeknepen en hij was misselijk. 'Ik wil hier niet zijn. Ik wil hier niet doodgaan.' Henry draaide zich om in zijn stoel en keek naar de verpleegsters. Hij praatte zacht, maar iedereen kon hem verstaan in de doodse stilte die heerste. 'Ik wil niet dood. Ik wil naar huis.' De verpleegsters keken hem met onbewogen gezichten aan en op een of andere manier was dat nog enger dan Henry's paniekaanval.

Niemand kreeg nog een hap door zijn keel. Henry keek om zich heen of hij bij iemand steun kon vinden, maar ze keken allemaal naar hun bord met eten waar niemand meer trek in had. Toby zag dat Henry's gezicht nat was van het zweet – hij wist dat hij het had verpest. Hij wist dat er door zijn uitbarsting iets was veranderd. Door zijn schuld moesten ze iets meemaken wat niemand wilde zien, en dat zou niemand hem vergeven.

Als Toby er daarna wel eens aan dacht, hoe die arme Henry op dat moment uit de groep was gestoten, hoe ze hem allemaal wel konden wurgen als dat ervoor zou zorgen dat hij zijn mond maar hield, werd hem duidelijk dat door Henry's toedoen het huis was veranderd. Hij had onder woorden gebracht wat ze allemaal al voelden. Hij wilde zijn angst met hen delen, terwijl zij al genoeg hadden aan hun eigen angst. Vanaf toen sloten de slaapzalen zich voor elkaar af, uit zelfbescherming. De naam van Henry was de eerste die nooit meer werd genoemd.

Na het eten waren ze onderling fluisterend meteen naar hun slaapzalen gegaan. Henry had nog geprobeerd een paar van de jongere kin-

deren aan te klampen en te zeggen dat zijn tics niks bijzonders waren, dat hij alleen maar overstuur was en niet ziek. Maar niemand wilde hem aankijken en ze trokken hun arm los en duwden hem weg.

Een poosje was hij stil, maar binnen een uur hoorden ze hem weer huilen. Hij schreeuwde net zo lang om zijn moeder tot hij helemaal schor was. Toby vroeg zich af of hij toen al koorts had.

'Ik wou dat hij zijn kop hield.' Louis' gezicht stond gespannen, alsof zijn spieren strak over zijn schedel waren getrokken. 'Waarom houdt hij zijn bek niet?'

Will zong zachtjes een liedje. Toby ging de slaapzaal uit en nam voor het eerst een bad, wat voortaan zijn gewoonte zou worden. Het stromende water overstemde de geluiden die hem een knoop in zijn maag bezorgden. Die knoop was nooit meer weggegaan. Die avond was zijn bal van angst ontstaan. Uiteindelijk hadden de verpleegsters Henry blijkbaar iets kalmerends gegeven, want toen Toby de badkamer uit kwam en naar Slaapzaal 4 terugging, was het stil in huis.

De volgende ochtend was Henry verdwenen. Net als al zijn spullen: zijn kleren, zijn tandenborstel, zijn washandje, het nerdy T-shirt dat hij altijd aanhad. Het leek alsof hij nooit had bestaan. Het enige wat Moeder zei, was dat hij naar het sanatorium was gebracht. Een kort, afgemeten zinnetje dat geen ruimte liet voor vragen. Na het eerste geroezemoes en gefluister had niemand het nog over Henry. Dat was makkelijker. Dan konden ze doen alsof het nooit was gebeurd.

Voor de andere kinderen was het makkelijker dan voor Toby.

De avond dat ze Henry hadden weggevoerd, had Toby voor het eerst zijn 'vitamines' niet ingenomen. Hij wist zelf niet waarom hij dat niet had gedaan. Hij had een droge mond en zijn keel zat dicht. Hij wilde in opstand komen tegen het huis en dit was zijn enige mogelijkheid. Een gebaar van rebellie. En het leverde hem meer op dan hij had gedacht.

Toen hoorde hij ook voor het eerst het ronkende hart van de lift en het gepiep van de beddenwieltjes. Het zou niet voor het laatst zijn. Henry had hun een heleboel dingen geleerd, ook al wilden ze niet meer aan hem denken. Hij had hun geleerd dat het geen zin had om te huilen. En het had ook geen zin om om hulp te roepen. Maar het belangrijkste wat ze van hem hadden geleerd, was dat als ze je kwamen halen, je er helemaal alleen voor stond. En toen de tweede jongen ziek werd, kwam er nog een volgende les bij: er waren meerdere aanleidingen om weggehaald te worden. En de symptomen waren niet duidelijk omschreven.

Als je daar maar lang genoeg over nadacht, werd je echt bang voor alles.

12

'Ik kan me niet herinneren dat het ooit zo koud is geweest.' Eleanor heeft haar neus tegen het raam in de speelkamer gedrukt. Buiten giet het van de regen: dikke, zware druppels, die als ze de grond raken meer op hagel lijken dan op water. Het is wasdag en we hebben allemaal netjes onze lakens verwisseld: bovenlaken naar onder, en onderlaken samen met het kussensloop in de waszak. En nu ligt de hele dag nog voor ons. Will zit in een aftandse leunstoel bij de radiator en leest geconcentreerd in zijn boek. Louis leert Clara en mij schaken. Het verveelt me nu al. Ik kan niet tegenover Clara zitten en aan iets anders dan aan Clara denken. Ik ben een behoorlijk zielig geval. En ik weet ook behoorlijk zeker dat ik verliefd ben.

'Kunnen jullie je dat wel herinneren?' Eleanor kijkt ons aan en we schudden allemaal ons hoofd. Het weer is heel extreem, maar ik ben nog nooit zo ver in het noorden geweest, dus ik heb geen idee of dit normaal is.

'Jezus, wat een ouwe troep.' Tom zit te grasduinen in de grammofoonplaten en is op zoek naar iets bekends om naar te luisteren. Ik zou wel tegen hem willen zeggen dat er een paar fijne platen tussen zitten, maar dat doe ik niet. Dansen in het donker is hier een geheim. Het was eerst Clara's geheim en nu is het zowel van Clara als van mij.

We hebben de afgelopen nacht gedanst. Ik voelde me niet eens zo lullig toen ze zei dat ik mijn ogen dicht moest doen en me laten gaan. Ik zag er waarschijnlijk niet uit, maar zo voelde ik me niet. Wie kan het trouwens wat schelen? Hoe je je voelt is belangrijker dan hoe je eruitziet, zei Clara. Maar ja, zij had makkelijk praten, want zij zag er geweldig uit.

'Wat had je dan verwacht?' zeg ik. 'Had jij wel eens een platenspeler gezien voordat je hier kwam?

'Jij bent aan zet, Toby,' zegt Louis. En dan besef ik dat ik niet eens gezien heb dat Clara een zet deed.

De deur gaat open en Jake slentert binnen met Albi en Daniel. Hij probeert de aandacht te trekken en ik zie dat zijn blik rechtstreeks naar Clara gaat. Ik hoef me niet af te vragen waar Joe is. Hij is nu trouw aan Ashley en de kerk. Per dag gaan er meer kinderen naar de kamer boven. We vragen Ashley er nooit naar. Waarom zouden we hem de kans geven erover op te scheppen? Maar het is wel opvallend dat we eerst onderverdeeld waren in slaapzalen en nu steeds meer in een groep die wel en een groep die niet gelooft. Tom wordt er niet goed van, maar ik laat het langs me heen gaan. De dagen zijn niet meer belangrijk voor mij, ook al ga ik 's middag niet meer slapen. Ik ben veel te opgewonden over wat er 's nachts zal gebeuren om zo lang te slapen. Ik kan beter afleiding zoeken, dan gaat de tijd sneller. Ik kan me nog herinneren dat ik juist probeerde de tijd langzamer te laten gaan door me zoveel mogelijk te vervelen. Alles staat nu op zijn kop.

'Hebben jullie zin om iets te doen?' vraagt Jake. 'Een beetje klooien in de muziekkamer bijvoorbeeld?'

Hij bedoelt of Clara zin heeft om iets te doen. De rest van ons interesseert hem geen barst.

'Er is daar niet genoeg ruimte voor ons allemaal,' mompelt Clara. Ze kijkt niet op.

‘Zullen we dan verstoppertje spelen?’ oppert Eleanor gretig.

Daniel grinnikt alsof hij nog nooit zoiets stoms heeft gehoord. Zijn dikke smoel straalt een en al valsheid uit. Het enige wat erger is dan een pestkop, is iemand die een pestkop probeert na te doen.

‘Dat wil ik wel,’ zeg ik. ‘Ik bak hier toch niks van. Will?’

‘Yep!’ Hij legt zijn boek al neer.

Eleanor klapt opgewonden in haar handen. ‘Ik ben ’m! Jullie moeten je allemaal verstoppen. Ik tel tot honderd.’

‘Wel langzaam tellen.’ Clara staat op. ‘En niet valsspelen.’

‘Ja, niet valsspelen,’ herhaalt Jake. Ik moet echt lachen als ik merk dat Jake het eens is met alles wat Clara doet. Daniel zal er best moeite mee hebben om erachter te komen wanneer hij iets bespottelijk moet maken of het er juist mee eens moet zijn.

‘Dat is een kinderspelletje, man,’ zegt Albi afkeurend.

‘Weet jij dan iets beters?’ bijt Jake hem toe.

Albi trekt zich terug in de capuchon van zijn hoody en schudt zijn hoofd. ‘Ik zei maar wat.’

‘Goed dan, één keertje meedoen kan geen kwaad.’ Daniel snuift en heeft zijn handen diep in de zakken van zijn spijkerbroek gestoken, waardoor zijn buik nog meer uitpuilt dan anders. Daniel zal nooit de volwassen leeftijd bereiken, maar je kunt nu al zien wat voor soort man hij zou zijn geworden.

‘Niemand dwingt je om mee te doen.’ Met een blik vol walging kijkt Tom naar het dikke jongetje, alsof Daniel een kakkerlak is die vermorzeld moet worden. Tom is net als ik. Hij kijkt wel uit om Jake aan te pakken, maar dit kleine opdondertje moet het niet in zijn kop halen om hier een beetje de baas te spelen.

‘Ik zei toch dat ik mee zou doen.’ Daniel begint bijna te janken omdat hij nu geen steun krijgt van Jake of Albi. Ik vraag me af of hij *hiervoor* op school gepest werd. Misschien komt het daardoor. Pispaaltje verandert hierdoor in één klap in een eikel.

'Duizend en een, duizend en twee...' Eleanor staat met haar gezicht naar de muur en telt rustig door terwijl wij door de gang rennen. Als niemand kijkt, knijpt Clara even in mijn hand en het gevoel gaat rechtstreeks naar mijn hart. Ik knipoog naar haar en ze krijgt meteen een rood hoofd. Ze vindt mij net zo leuk als ik haar. Van alle vreemde dingen in dit huis vind ik dit nog wel het vreemdst. Ongelooflijk geweldig maar wel fucking vreemd. Ik verwacht steeds dat ze opeens wakker wordt en van gedachten verandert, maar dat doet ze niet.

Bij de trap splitsen we ons op en Jake gaat dezelfde kant uit als Clara. Hij wil zich natuurlijk op dezelfde plek verstoppen als zij, zodat hij even 'alleen' met haar is. Daniel loopt naar de doucheruimte. Niemand gaat de gang in waar de kerk is. Ik hoor ze zingen als ik een verdieping hoger ga. Ashley leert ze fucking gezangen. Ik kan me niet herinneren wanneer ik iemand voor het laatst een kerkgezang heb horen zingen. Misschien op een of andere bruiloft waar mijn ouders me mee naartoe hadden gesleept. Ik probeer me ervoor af te sluiten, maar de muziek blijft me achtervolgen.

Het probleem met het huis is dat het zo groot is dat er eigenlijk te veel plekken zijn om je te verstoppen, maar toch weer niet genoeg. Er zijn geen kamers die volgestouwd zijn met rommel. Alle ruimtes zijn heel praktisch ingericht. Ik verstop me onder een bed in een van de slaapzalen. Ik durf te wedden dat vrijwel alle andere kinderen zich ook onder een bed hebben verstopt. De vloer ruikt naar boenwas, sterk en een beetje zurig. Ik wacht en mijn oren suizen van de stilte. Ik lig hier heel ongemakkelijk en ik hoop dat Eleanor me snel vindt. Ik kijk omhoog naar de metalen beddenveren om maar niet naar de wieltjes te hoeven kijken en aan het gepiep te moeten denken. Ik heb alleen meegedaan met Eleanors spelletje omdat ik Jake te kakken wilde zetten, maar ik ben te oud voor deze shit. Als ik nou degene was geweest die moest zoeken, had ik tenminste nog iets te doen gehad. Of als we 'Sardientje in het donker' hadden gespeeld en Eleanor zich had verstopt zodat wij haar moesten zoeken. Misschien stel ik dat wel voor als volgende ronde. Ik ga verliggen en probeer een houding te vinden zodat er niks in mijn heupen en schouders steekt. In mijn neus kriebelt opgewaaid stof. Ik had achter een gordijn moeten gaan staan.

'Clara! Will! Kom eens hier! Vlug!'

Er zijn ongeveer tien minuten verstreken als ik Eleanor hoor schreeuwen. Ze is ergens in de buurt.

'Ik heb iets gevonden!'

Eerst verroer ik me niet, maar als ik onder het bed uit krabbel, besef ik tot mijn afgrijzen waar ze zo opgewonden over is. Ik ren de resterende treden van de trap op en sjees door de lange gang. Ik hoef niet te luisteren waar haar stem vandaan komt om te weten waar ze is. Waarom was ik het er verdomme mee eens dat we dit stomme spelletje gingen spelen? Waarom heb ik niet nagedacht?

De deur van de klerenkast staat open en Eleanor zit met de doos op haar knieën als ik buiten adem binnenstorm. Clara is er al en Jake ook, maar verder niemand. De anderen hebben zich blijkbaar ergens verstopt waar ze Eleanor niet kunnen horen. Ik kijk Clara aan. We zijn alle twee doodsbang.

'Hij zat hierin, gewoon in een doos!' Eleanors gezicht gloeit van opwinding. Ze buigt zich voorover en kijk naar de houten achterkant van de kast. 'Het is net de klerenkast van Narnia,' zegt ze. 'Magisch.'

'Lul niet,' valt Jake uit. 'Iemand heeft dat hier neergezet.' Hij gaat op zijn hurken naast Eleanor zitten en pakt de doos. 'Ga de kamer uit en doe de deur achter je dicht.' Ik word beroerd als ik hem zo met Georgie zie. Hij kijkt Eleanor aan. 'Schiet op, ga de anderen zoeken. En niet meer schreeuwen.' Eleanor wil duidelijk nog iets zeggen, maar omdat Clara en ik allebei onze mond houden, doet ze wat haar wordt gezegd.

De deur valt in het slot en even blijft het stil. Jake kijkt in de doos en strijkt dan over het kopje van de vogel. Het valt me op dat hij het zo voorzichtig en zachtjes doet. Toch hangt er spanning in de lucht.

'Zijn vleugel stinkt,' zegt hij dan en hij haalt Georgie uit de doos. Hij heeft gelijk, het stinkt. Het gaat steeds slechter met Georgie. Ook al doen we nog zo ons best om zijn vleugel schoon te houden, de wond wil niet genezen en er blijft maar pus uit komen.

'Hij is van mij,' zegt Clara. 'Voorzichtig met hem. Ik heb hem in de tuin gevonden. Ik wilde hem beter maken.'

'Wanneer heb je hem dan gevonden?' Jake kijkt haar niet aan. Hij legt de vogel op zijn schoot en spreidt voorzichtig de gewonde vleugel. Op de plek van de wond zijn de veren dof geworden. Georgie piept heel zacht, zo zacht dat ik het niet gehoord zou hebben als we niet gevangenzaten in een plotselinge, afschuwelijke stilte.

'Een poosje geleden.' Clara gaat op haar knieën naast Jake zitten, en ik blijf daar maar een beetje bij staan, omdat ik niet weet wat ik moet zeggen of doen. 'Doe hem geen pijn.'

Jake kijkt Clara vol afkeer aan. 'Waarom zou ik hem pijn doen?'

Ze geeft geen antwoord en haalt onzeker haar schouders op. We zijn aan het koorddansen, dat voel ik. Erger nog, we staan op het punt om van het koord te glijden, al weet ik niet precies waarom.

'Hij gaat dood,' zegt Jake. 'Het stinkt omdat er allemaal gif in hem zit. Zijn vleugel is aan het rotten. Je had hem moeten laten waar hij was, dan was hij sneller doodgegaan.'

'O, heb je daar dan verstand van?' Het is eruit voordat ik er erg in heb. Georgie is van Clara en mij, we gaan hem beter maken en dan de vrijheid geven. Ik zie tranen in Clara's ogen staan, en mijn gezicht gloeit.

'Ik had een oom die veel van dieren wist. Hij ging altijd op jacht.' Hij kijkt mij niet aan, alsof ik er niet toe doe. 'Dus hij is van jou, Clara? Heb jij hem hier verstopt?'

Ze probeert te glimlachen. 'Ja. Ik wilde iets hebben wat helemaal van mij was.'

Jake knikt bedachtzaam, alsof hij over iets nadenkt. Hij is zo beheerst. Rustig. Zo heb ik hem nog nooit gezien.

'Maar als het jouw geheim is, hoe komt dan Toby's hoody in die doos?'

Clara's mond valt open en ze probeert iets te zeggen. Ik zie mijn hoody verfrommeld op de boden van Georgies nest liggen, onder de vogelpoep en veertjes. Dat is het dan. We zijn van het koord op de grond gedonderd. Maar de uitdrukking op Jakes gezicht is nog het ergste. De schaamte en vernedering vanwege al die keren dat hij zich uitsloofde voor Clara en probeerde haar aandacht te trekken. Al die keren dat ze lachte om zijn stomme grappen. Terwijl ze intussen samen met mij in het geheim voor Georgie zorgde. Hij weet niets van de nachtelijke tochten. Hij weet niet alles. Maar hij weet nu genoeg. Ik kan niet tegen die gepijnigde blik in zijn ogen. Hij vond haar leuk. Hij was echt dol op haar.

'Dat komt door...'

'Ik weet hoe het komt,' onderbreekt hij me. Hij aait Georgie nog steeds heel zacht, de vogel heeft zijn kopje in Jakes hand gelegd, alsof hij wordt gerustgesteld door Jakes zorgzame aanraking. 'Ik ben niet achterlijk.'

'Jake, ik vind je aardig...' Clara wil haar hand op zijn arm leggen, en ik wil zeggen dat ze dat niet moet doen, dat ze het daardoor alleen maar erger maakt. Jake heeft het moeilijk. Door ons staat hij echt voor lul en dat kun je niet goedmaken door medelijden met hem te tonen. Ik kan wel door de grond zakken. Ik wilde dat ik in de grot was. Ik wil overal wel zijn, behalve hier.

'Hou je mond maar.' Hij klinkt verslagen. En dat vind ik erger dan wanneer hij zou gaan schreeuwen. 'Gaan jullie allebei de gang op en wacht daar. Jullie willen dit niet zien.'

'Wat ga je doen, Jake?' De tranen prikken in mijn ogen. Ik klink net als een jankerig kind. Nog jonger dan Will. Ik heb hier niets meer over te zeggen. 'Reageer het niet af op Georgie. Waarom geef je mij niet een klap op mijn bek of zo?'

Hij draait zich naar me om en zegt woedend: 'Dacht je nou echt dat ik me ga afreageren op een zieke vogel? Wie denk je wel dat ik ben? Wie denk je verdomme wel dat jij bent? Je kent me helemaal niet.' Hij heeft Georgie nog steeds heel beschermend vast, maar zijn woorden komen keihard aan. 'Ik ga doen wat jullie hadden moeten doen. Ik ga hem uit zijn lijden verlossen. En. Rot. Nu. Op.'

Hij zit te trillen. Al zijn woede, angst en schaamte hebben zich samengebald tot een vreselijke razernij. Clara huilt en buigt zich voorover om Georgies kopje te aaien. De vogel verroert zich niet. Jake heeft natuurlijk gelijk We hebben onszelf voor de gek gehouden. George zou nooit beter zijn worden.

'Kom,' mompel ik en ik pak Clara bij de hand en trek haar overeind. Jake schenkt ons geen aandacht. Mijn oren suizen en mijn hoofd tolt. Ik kan bijna niet slikken. We kijken niet om als we de kamer uit lopen, maar als we eenmaal op de gang staan, legt Clara haar hoofd tegen mijn borst en begint onbedaarlijk te snikken. Zonder iets te zeggen klampen we ons aan elkaar vast, alsof we nergens meer heen kunnen. En misschien is dat ook wel zo.

Ik weet niet hoe lang het duurt voordat Jake de deur opendoet en naar buiten komt. Misschien is het maar een minuut, maar het voelt veel langer. Ik denk aan Georgies hartje dat zo snel sloeg onder mijn hand. En hoe graag Clara hem de vrijheid wilde geven.

Als ik de doos van Jake overneem en erin kijk, is Georgie verdwenen. Op zijn plek ligt nu een dood ding, heel stil met zijn kop in een rare hoek.

'Begraaf hem maar,' zegt Jake en hij loopt naar beneden. Ik kijk hem na. Clara huilt nog steeds om Georgie, maar plotseling maak ik me meer zorgen om Jake. Dit is nog niet voorbij. Nog lang niet.

'Zijn we nog aan het verstoppertje spelen, of hoe zit het?' Will staat op de eerste overloop als we de trap afkomen. 'Wat is er gebeurd? Waarom rende Jake weg?' Hij ziet Clara's vlekkerige gezicht en kijkt verbaasd. 'Waarom huilt Clara?'

'Hou je kop, Will.' Ik loop langs hem heen. 'Donder op.' Eleanor zal het hem ongetwijfeld vertellen. En tegen de tijd dat we gaan eten, weet natuurlijk iedereen het.

De regen voelt ijskoud aan. Er staat geen wind en het water komt loodrecht naar beneden als we met onze blote handen een kuiltje in de natte aarde graven. Clara's haar zit tegen haar gezicht geplakt terwijl we de aarde weghalen en de modder zich onder onze nagels verzamelt. We rillen allebei van de kou, maar toch voel ik het niet echt. Ik weet dat ik nat ben en ijskoud, maar op een of andere manier ben ik er ongevoelig voor.

Ik haal Georgie uit de doos en leg hem voorzichtig in de natte aarde. Hij is nog steeds in mijn hoody gewikkeld. Het slaat nergens op, maar ik wil niet dat hij het koud heeft onder de grond, ook al is alle warmte uit zijn lijfje verdwenen. Hij heeft de wormen gegeten die ik voor hem heb gezocht en nu gaan de wormen hem opeten. Deze gedachte komt zomaar in me op en bezorgt me een rotgevoel.

'Dag, Georgie,' zegt Clara. Haar stem komt maar net boven het geluid van de regen uit. Het water stroomt over haar gezicht en druipt van haar neus. Ik weet niet of ze huilt. 'Wat jammer dat je niet weg kon vliegen.' We bedekken hem met aarde, heel voorzichtig, alsof hij nog steeds iets kan voelen, en kijken dan naar het kale plekje in het gras. De regen roffelt een mistroostig begrafenisdeuntje op de boomtakken. Verder is het stil. Opeens moet ik denken aan Ellory en Henry en de andere kinderen. Die liggen ook ergens eenzaam en koud in de aarde. Of misschien verbranden ze ons wel. Ik weet niet wat erger is, of wat ik liever zou willen. En dan besef ik dat ze allemaal in het niets zijn verdwenen en voel ik de bal in mijn maag zoals ik hem niet meer heb gevoeld sinds Clara me heeft gekust.

'Dien maar als voedsel voor de bomen, vriendje,' zegt Clara. 'Ga maar naar het zonlicht.'

Ik kijk naar haar. Haar lippen zijn wit van de kou en haar sproeten tekenen zich scherp af op haar bleke huid. Ik vind het mooi en troostrijk wat ze net zei. Een reddingsbootje op een oceaan van verschrikkingen. Mijn hart loopt over, en de knoop in mijn maag verdwijnt. Op dit moment, hier en nu, besef ik dat ik van haar hou. Vanuit het diepst van mijn hart.

We hebben geen tijd om droge kleren aan te trekken voordat de gong gaat, en we schuiven dus drijfnat en onder de modder aan bij het avondeten. Waarmee we ons duidelijk onderscheiden van de rest. De verpleegsters zeggen niets als ik een bord met gehaktschotel en doperwten ga halen. Dit is niet *hiervoor*. Wat zou het voor zin hebben om tegen ons te zeggen dat we ons moeten afdrogen en iets warms aantrekken? Waarom zou iemand zich zorgen maken of een Defecte griep zou krijgen? Maar door de blikken die ons volgen, is me wel duidelijk dat het verhaal van de vogel de ronde heeft gedaan. Ik kijk niet naar Clara als we naar onze tafels lopen. En ik kijk ook niet naar Jakes tafel. En hoewel ik hier en daar hoor gniffelen, blijf ik recht voor me kijken.

'Waar heb je die vogel gevonden?' vraagt Will, die probeert erachter te komen hoe het zit.

'Clara heeft hem gevonden.' Ik neem een hap en dwing mezelf om te kauwen. Ook al heb ik helemaal geen trek in eten, het is in ieder geval warm en verdrijft de kou een beetje uit mijn lijf. 'Ze had het me een paar dagen geleden verteld. Niks bijzonders.'

'Wanneer dan?' Louis is net zo nieuwsgierig. Ik merk dat hij probeert te bedenken wanneer dit allemaal is gebeurd.

'Dat weet ik niet meer precies. Misschien toen ik 's middags sliep.' Dat is best een afdoende leugen, want Louis en Will hebben al snel geleerd dat niemand me lastig moet vallen als ik slaap. Ze knikken, maar volgens mij geloven ze me niet. In ieder geval Louis niet. Hij is te slim. Zijn brein is een net een computer.

'En heeft ze het aan jou verteld?' Tom zit chagrijnig over zijn bord gebogen. Als hij me aankijkt, zie ik dat hij me wel kan wurgen. Ik denk dat hij min of meer verwachtte dat Clara er met Jake vandoor zou gaan. Door mij wordt zijn teleurstelling alleen maar groter. 'Vind ik raar. Je praat nooit met haar.'

'Soms kletsen we wel eens wat.' Ik haal mijn schouders op en probeer heel normaal te kijken. 'Misschien was ik er gewoon.'

'Ik denk dat ze verliefd op je is,' zegt Will plotseling, met een ondeugende grijns op zijn smalle gezicht. 'En ik denk dat jij ook verliefd bent op haar. Waarom zou je het anders geheim hebben gehouden?' Ik kijk hem nijdig aan, maar daardoor wordt zijn grijns alleen maar breder. Hij hopt op en neer op zijn stoel. 'Heb je met haar gezoend? Is ze je vriendinnetje?'

Tom kijkt me aan met een blik waaruit spreekt dat hij het antwoord graag wil weten, maar ook weer niet.

'Donder op,' mompel ik.

'Het is vast waar,' zegt Louis. 'Jake ging echt door het lint. Hij heeft de Gelovigen van zijn tafel getrapt.'

Ik kijk naar de tafel van Slaapzaal 7. Het is waar wat Louis zegt. Alleen Jake, Albi en Daniel zitten daar te lachen en te kletsen. Daniel werpt ons een vuile blik toe, of liever gezegd, hij kijkt míj vuil aan. Ashley, Harriet en Joe en nog een paar kinderen zijn verhuisd naar een lege tafel aan de andere kant van de eetzaal, in de buurt van Clara en Eleanor.

'Wat gaat hij met ons doen, Toby?' vraagt Louis. 'Het was best oké de afgelopen paar dagen. We waren allemaal gezellig met elkaar aan het klieren.' Ik zie dat hij zenuwachtig is en ik weet waarom. Jake vind het maar niks dat hij zijn zwakte heeft getoond. Hij moet om zijn reputatie denken. Dat is het enige wat hij heeft.

'Laten we maar afwachten,' zeg ik. Ik heb met Louis te doen. Ik wil niet dat ze moeilijkheden krijgen of bang zijn. Maar ik vind het ook erg dat iedereen het nu weet. Ik wil niet dat het een breuk veroorzaakt. En ik wil zeker niet dat het een breuk tussen mij en Clara veroorzaakt.

'Laten we vragen of Clara en Eleanor in het vervolg bij ons komen zitten.' Will zegt het langs zijn neus weg als hij een boterham met boter in zijn mond propt. 'Het lijkt me nogal stom als ze ergens apart zit terwijl ze je vriendinnetje is. Ze is trouwens best cool. En Eleanor ook. Toch, Louis?'

Louis knikt. 'Voor een meisje wel.'

'Dat zal Jake niet leuk vinden,' zegt Tom.

'Jake vindt het nu al niet leuk, dus wat maakt het uit?'

Ik vraag me wel eens af of Will niet slimmer is dan hij eruitziet.

Ze hadden de boterhammen voor de lunch meegenomen naar de helling die naar de tennisbanen leidde en gingen er in kleermakerszit op zitten. Eigenlijk moet iedereen zijn lunch opeten in de eetzaal, maar het was warm en stoffig vanwege de hittegolf en Toby's boterhammen waren van zichzelf al klef genoeg. Hij had ook geen honger. In de pauze had Jonesy chips gekocht en die tussen de boterhammen gestopt die zijn moeder hem had meegegeven. Hij maakte een blikje cola open, nam een flinke slok en liet een harde, lange boer.

Jonesy moest lachen. 'Zo hé, als je dat doet vindt McKendrick het vast wel goed dat je in haar broekje zit.'

'Rot op.' Toby grinnikte.

'Hoe laat gaan we naar dat feest?'

'Kweenie. Uur of acht, denk ik.' Hij keek door het gat in het blikje naar de bruisende vloeistof. Hij had nog niet tegen Jonesy gezegd dat hij niet wilde dat hij meeging. Dat kwam niet omdat hij Jonesy er niet bij wilde hebben, maar Julie had Jonesy niet uitgenodigd, dus kon hij hem ook niet zomaar meenemen. Dat hield hij zichzelf voor om zich niet rot te voelen, maar eigenlijk was hij bang dat als Jonesy meeging hij niet met andere kinderen kon praten. Of even alleen met Julie zou kunnen zijn. Samen waren ze gewoon twee suffige derdeklassertjes, maar als hij in zijn eentje ging kon hij tenminste doen alsof hij iets anders was. Toch voelde hij zich hierdoor een beetje rot.

'Het wordt vast heel cool. Neem jij Julie, dan neem ik haar vriendin.' Jonesy ging op zijn rug in het gras liggen en grijnsde. 'Ik heb gehoord dat ze iedereen pijpt.'

'Ja hoor. Alsof ze jou zal gaan pijpen. Dan moet je haar eerst volstoppen met drugs, en ik denk niet dat ze erg lekker kan pijpen als ze bewusteloos is.'

Ze moesten weer lachen en Jonesy zei tegen hem dat hij een eikel was. Het was een fijne dag, ook al had Toby op zijn donder gekregen omdat hij zijn toets voor geschiedenis niet had gemaakt. Hij wilde deze dag niet verpesten. De zon scheen en morgen was er een grote kans dat hij met Julie McKendrick zou kunnen zoenen. En wie weet nog wel meer dan dat. De zon scheen helder en hoopvol boven hem. Hij zou het morgen tegen Jonesy zeggen. Via een berichtje of zo. Dat Julie had gezegd dat hij niemand mee mocht nemen.

'Misschien gebeurt het nu wel, Toob,' zegt Jonesy. 'En zijn we nu eindelijk ook cool.' Hij klonk zo tevreden dat Toby zich schuldig voelde. Misschien moest hij Jonesy toch maar meenemen. Ze waren tenslotte elkaars beste vriend. En als het kut was met Julie – hij moest even glimlachen om zijn eigen woordspeling – dan had hij Jonesy ook nodig. Misschien moest hij er niet zo'n ding van maken. Maar als hij eraan dacht dat hij binnenkwam op dat feest met Jonesy die lachte als een

opgewonden klein jongetje, kreeg hij nu al een rood hoofd van schaamte.

Opeens was de voetbal daar. Met een klap knalde hij tegen Jonesy aan en Toby werd meteen uit zijn dagdroom gerukt. Eerlijk gezegd kwam de bal tegen Jonesy's blikje aan, waardoor de kleverige zoete frisdrank over Jonesy's shirt en gezicht spoot.

'Welke eikel deed dat?' Jonesy stond meteen overeind en keek pissig om zich heen, op zoek naar een brugklassertje als de dader. 'Wie deed dat?'

Toby kwam ook overeind toen hij zag dat de cola uit het blikje zich over het gras verspreidde. Met samengeknepen ogen tegen de zon zag hij een groepje jongens op hen af komen lopen.

'Wie is er een eikel volgens jou?'

Billy. Het was Billy uit de hoogste klas. Natuurlijk was hij het. De moed zonk Toby in de schoenen en Jonesy kromp in elkaar.

'Sorry, Bill, ik wist niet...'

'Ik heet geen Bill. Niemand noemt me Bill.'

'Kom mee, Jonesy,' zei Toby en hij raapte hun spullen bij elkaar. 'Laten we...' Maar hij maakte zijn zin niet af. 'Laten we 'm smeren,' had hij willen zeggen. Maar toen zag hij haar. Julie McKendrick stond tussen het groepje van Billy.

'Je hebt zijn blikje uit zijn hand geschopt, man. Hij kreeg het allemaal over zich heen. Jullie zijn staan nu quitte.' Hij wist niet waar hij de woorden vandaan haalde. Jonesy staarde hem verbijsterd aan. Sommigen van de hoogsteklassers waren eigenlijk al volwassen. Maar dat gold niet voor Billy. Billy was dan wel groot, maar hij was echt niet volwassen. Als kind was hij al een pestkop en nu hij bijna klaar was met school, was hij nog steeds een pestkop. Billy genoot van dit soort momenten.

'Wie vroeg jou iets?'

Toby keek Billy aan en vervolgens langs hem heen naar Julie

McKendrick. Hoe erg zou Billy hem kunnen toetakelen? Dat wilde hij liever niet weten. Maar hij kon ook niet als een lafaard weglopen waar Julie bij was. Bovendien had hij het warm en had hij de pest in en was Billy te oud voor dit soort shit.

'Ik zeg alleen dat je niet zo lullig moet doen. Pak die bal en laat ons met rust.'

Billy lachte hem uit, een kort, verrast lachje dat diep uit zijn dikke pens kwam. Jonesy keek Toby met grote ogen aan, alsof hij een vreemde was.

'En wie ben jij dan wel?' Billy deed een stap dichterbij.

'Zullen we weer naar binnen gaan?' zei Julie. 'Het is veel te warm buiten.' Niet op haar gemak hipte ze van de ene voet op de andere. Het was wel duidelijk dat ze Toby weinig kans gaf tegen Billy. Toen Toby bedacht hoe bang hij was, gaf hij haar wel gelijk.

'Ik snap niet waarom…' Zijn ademhaling ging snel toen hij zag dat Billy aanstalten maakte om hem een zet te geven, maar opeens klonk er als door een wonder een fluitje.

'Hé, jongelui! Hou op met dat gedoe.' Meneer Mason, de gymleraar, kwam op hen aflopen. 'En raap die rommel van het gras.'

Jonesy liep al weg. 'Kom mee, Toob.'

Toby bleef Billy nog even strak aankijken.

'Rot op, onderdeurtje.'

Met bibberende benen probeerde Tony zo beheerst mogelijk weg te lopen. Julie lachte en knipoogde naar hem toen hij langs haar liep. En meteen begonnen zijn benen nog harder te bibberen.

13

Ik haal de knop van mijn beddenspijl en trek voorzichtig de prop wc-papier eruit om de pil van vanavond erbij te stoppen. In het begin beschouwde ik elke pil als een kleine overwinning, maar omdat ik er nu al zoveel heb denk ik steeds dat het binnenkort afgelopen is met me. Wie van ons is de volgende? Ik frommel de prop papier weer in elkaar en stop hem terug in de beddenspijl. Ik heb belangrijker dingen aan mijn hoofd dan mijn naderende einde. Gek genoeg blijft de dood toch iets abstracts, ook op de momenten dat ik heel erg bang ben. Net als Henry denkt iedereen: *Volgens mij is er een vergissing gemaakt*. En dat geldt ook voor mij. In ieder geval net zo lang tot ik naar het sanatorium word gebracht. Of tot ik ergens een raar soort pijn krijg en me afvraag of het iets onschuldigs is of dat ik nu aan de beurt ben. Of in bad lig en met bonkend hart mezelf controleer. Maar het grootste deel van de tijd is dat angstaanjagende niets iets wat anderen overkomt, en mij niet. En ook Clara niet. Wij horen hier niet. We gaan hier weg.

Vannacht heb ik met Clara afgesproken in de speelkamer, want we hebben allebei geen zin om iets te eten. We gaan op onze knieën op de oude bank zitten en kijken door het raam naar de eindeloos neerstromende regen. Nu Georgie weg is lijkt het huis nog groter. Hij hoorde intussen bij onze dagelijkse routine en nu is hij weg. Clara's gezicht staat strak en gespannen. Ze maakt zich zorgen. Dat ben ik niet van haar gewend.

'Eleanor en jij kunnen bij ons komen zitten in de eetzaal, als jullie dat willen. Will stelde dat voor en ik vind het wel een goed idee.' Ik klink opgewekt, en zo voel ik me ook. Nu ben ik een keer degene die zich positief opstelt. Will had gelijk. Wat heeft het voor zin om je kop in het zand te steken en te doen alsof er niks is veranderd? Waarom zouden we elkaar negeren, alleen maar omdat ze ons hier liever gescheiden willen houden?

'En Jake dan?' Ze bijt op haar onderlip.

'Die is toch al woedend. Dus wat geeft het als hij nog woedender wordt?' Ik grijns. 'Waarom zouden we ons trouwens iets van hem aantrekken? Hij is je vader niet. Dit is óns leven. Waarom zouden we ongelukkig zijn om hem een plezier te doen?'

'Misschien is het wel mijn schuld, omdat ik hem de indruk gaf dat ik hem aardig vond.'

'Waarom zeg je dat?' Het is alsof een mes door me heen snijdt. 'Je hebt toch niet met hem gezoend of zo?' Ik denk nog wel eens aan die avond dat ze samen in de speelkamer zaten, ook al weet ik dat het stom is.

'Natuurlijk niet. Maar ik wist dat hij me leuk vond. Ik dacht alleen dat ik hem wel duidelijk had gemaakt hoe het zat.'

'Dan is het niet jouw schuld. Hij komt er wel overheen.' Ik zou willen dat er een nieuwe bestelwagen kwam met een stelletje lekkere meiden uit wie Jake kon kiezen. Het zou voor hem een hoop schelen als hij een beetje afleiding had. Net als voor Tom.

'Best een raar gevoel dat iedereen het weet, vind je niet?' zegt ze zacht. 'Denk je dat het nu anders wordt tussen ons?'

Ik schrik. 'Hoezo? Ze weten trouwens niet eens de helft. Ze weten het van Georgie. En dat we elkaar leuk vinden. Maar ze weten niks van 's nachts.' Ze weten niet hoe wij hier proberen te leven.

'Misschien ga je je wel anders gedragen. Omdat je weet dat er naar je wordt gekeken. En schaam je je ervoor. Ik weet hoe jongens zijn.'

Is ze daarom zo gespannen? Maakt ze zich zorgen over hoe ik me zal gedragen? Ik kijk naar haar en ben sprakeloos. Dan draait ze haar hoofd naar me om. Haar meerminnenhaar golft over haar schouders.

'Ik hou van je, Clara.' De woorden trekken een spoor van tintelingen door me heen en nemen het laatste restje herinneringen aan Julie McKendrick met zich mee. Julie was trouwens nooit echt, alleen een fantasie, een kinderachtige verliefdheid. 'Ik zal nooit meer van iemand houden zoals van jou. Ik zou het niet kunnen. Niet hierbuiten en niet *hiervoor*. Nooit meer, wat er ook in de toekomst gebeurt.'

'Meen je dat echt?' fluistert ze.

Ik knik. Ik meen het echt, woord voor woord. Maar toch vind ik mezelf wel een watje dat ik dit hardop heb gezegd.

Dan grijnst ze en slaat haar armen om mijn nek. 'Mooi zo. En wat kan Jake daar dan verder aan doen?'

Ze vertelt me niet dat Jake met viltstift 'SLET' op de spiegel in de meisjesbadkamer boven heeft geschreven, maar Eleanor brieft het door aan Will en Louis, en natuurlijk zeggen zij het tegen mij. Het heeft ongeveer een uur gekost om het ervan vanaf te krijgen, om te voorkomen dat de verpleegsters het zouden zien. Het is nu drie dagen geleden dat Jake ontdekt heeft hoe het tussen Clara en mij zit, en als je ziet hoe hij zich gedraagt, zou je denken dat wij hem geen bal interesseren. Hij loopt nog steeds als een haantje rond, lacht en maakt grappen met de maatjes van zijn slaapzaal en hij kijkt niet naar onze tafel tijdens het eten. Hij kijkt helemaal niet naar ons, maar in het hele huis is de spanning van zijn woede voelbaar. Het komt omdat hij zich een sukkel voelt. Dat weten we allemaal. En voor iemand als Jake is dat het ergste wat hem kan overkomen. Ik vraag me af of hij tegen Daniel en Albi heeft gelogen over wat er tussen hem en Clara is gebeurd. Ik durf te wedden dat hij allemaal onzin heeft verzonnen over wat hij met haar heeft gedaan, en nu weten ze dat het niet waar is. Ze zeggen er natuurlijk niets over, maar dat maakt geen verschil.

Voor Clara en mij is het minder erg omdat we elkaar hebben. Het grootste deel van de tijd zijn we samen aan het dagdromen en maken we plannen voor wat we 's nachts gaan doen, maar verder is de sfeer in het huis afschuwelijk. Er is een soort scheidslijn ontstaan en als je niet aan Jakes kant staat, dan is dat heel vervelend. Tom mag van Slaapzaal 7 niet meer in de muziekkamer komen, hoewel hij tot nu toe elke avond met hen heeft gespeeld. De jongere kinderen gaan niet meer zo vaak naar de speelkamer, voor het geval ze iets verkeerds doen of zeggen wanneer Jake daar is, ook al hebben ze niets te maken met onze slaapzaaloorlog. Louis en Will hebben een eigen hol gemaakt in een van de lege slaapzalen, maar zodra ze daar hun spullen even in de steek laten, worden die kapotgemaakt. De enigen die niet worden aangepakt, zijn de Gelovigen, maar dat komt omdat ze toch al door iedereen worden genegeerd. We letten zelfs niet meer op Ashley als we naar bed gaan. We praten langs hem heen alsof hij er niet is en hij probeert niet langer erbij te horen.

Na de lunch wil Clara een kaartspelletje spelen en ga ik op zoek naar een spel kaarten. Ik hoor keiharde, rommelige muziek uit de muziekkamer komen, en dat is voor mij een teken dat ik veilig naar de speelkamer kan gaan. Tijdens de afgelopen drie dagen zijn Jake en ik in een soort elkaar afstotende magneten veranderd. We zijn nooit tegelijk op dezelfde plek. Ik zou willen dat hij me een dreun verkocht en dat daarmee alles achter de rug was. Maar dat kan hij niet doen, want dat zou Moeders aandacht trekken, en in deze stille oorlog die we voeren, zou dat tegen de regels zijn.

Blijkbaar heeft iedereen gehoord dat de band aan het oefenen is, want in de speelkamer zitten kleine groepjes kinderen bij elkaar te kletsen, te lezen of een bordspelletje te spelen. Will en Louis hebben zich teruggetrokken in een hoekje en turen met een beteuterd gezicht in een kartonnen doos.

'Wat is er?' vraag ik.

'Niks.' Louis wil snel het deksel op doos doen en Will leunt naar voren zodat ik het niet kan zien. Maar hij is niet vlug genoeg en ik zie de gehavende rand van een kapot speelbord.

'Laat zien.'

'Het is niks bijzonders, Toby, echt niet.' Wills verdrietige gezicht zegt heel wat anders. Ik pak de doos en kijk erin. Het schaakbord is in tweeën gebroken. De stukken zijn kapotgetrapt en hetzelfde is gebeurd met de verzameling kastanjes. Wills boek is aan flarden gescheurd.

'Ik ben toch niet zo gek op lezen. Eleanor kan me wel vertellen hoe het verhaal afloopt. En we maken een nieuw schaakboord in het handwerklokaal, hè, Louis? Daar is ook karton.'

'Ja, ik had trouwens toch geen zin meer in die kastanjes.'

Ik blijf in de doos kijken en dan begint er binnen in me iets te borrelen. Ik merk dat mijn ademhaling versnelt.

'Ga nou niet iets stoms doen, Toby.' Will is op van de zenuwen. 'Dat is het niet waard.'

'Ze zijn nu in de muziekkamer, hè?' Mijn gezicht gloeit. Ik blijf maar in die doos kijken: een schaakbord, een boek en een paar kastanjes. Spulletjes die belangrijk waren voor Louis en Will. Kennelijk hadden ze alles verstopt, in de hoop dat Jake en die eikels van hem hun schatten niet zouden vinden. Met welk recht hebben ze die spullen kapotgemaakt? Wat hebben Will en Louis gedaan waardoor het gerechtvaardigd was hen te beroven van die zielige spulletjes die hen hielpen het leven dragelijker te maken? Hoe haalden die klootzakken van Slaapzaal 7 het in hun kop?

'Wat ga je doen, Toby?' vraagt Will.

Ik krijg ineens een idee. Het is stom, kinderachtig, maar briljant.

'Kom mee,' zeg ik.

Ze kijken elkaar aan, halen hun schouders op en gaan staan.

Louis grijnst. 'Gaan we wraak nemen?'

'Volgens mij is dat niet...' Will pulkt aan zijn nagels.

'Moeten we ze dan maar hun gang laten gaan en het goed vinden dat ze jullie spullen vernielen?'

'Ik heb geen spullen meer.' Het klinkt zielig en terwijl Will dit zegt, dringt het pas goed tot hem door wat Slaapzaal 7 heeft gedaan. Zijn gezichtje verstrakt. 'Ze hebben mijn spullen kapotgemaakt.'

'Kom mee dan.'

Ik loop met ze naar onze slaapzaal. Daar pakken we onze bekers en vullen die in de badkamer tot de rand met water.

'Wat gaan we doen?' fluistert Will. Geen idee waarom hij fluistert, niemand kan ons hier horen.

'Wacht maar af.' We lopen voorzichtig met de bekers naar Slaapzaal 7. Ik hoor nog steeds de muziek uit de muziekkamer komen en verder is het stil in huis. Ik ga voorop en mijn hart klopt in mijn keel. Ik voel me goed. Dit had ik al dagen geleden moeten doen.

'Voorzichtig, klojo.' Louis loop giechelend achter me. 'Je hebt bijna de helft over me heen gemorst.'

'Sorry,' fluistert Will. 'Mijn been slaapt. Ik heb er denk ik op gezeten.'

'Vlug,' zeg ik en ik doe de deur open. De vier bedden zijn keurig opgemaakt en de slaapzaal is netjes aan kant, precies zoals Moeder het wil hebben. We leiden hier allemaal een dubbelleven. In het ene leven doen we ons uiterste best niet de aandacht van Moeder te trekken en in het andere proberen we onszelf te zijn. Sinds de verdwijning van Henry is Jake ermee opgehouden om zich uit te sloven als Moeder in de buurt is.

Ik sla de dekens en het bovenlaken van Jakes bed terug en giet het water in het midden van het matras. Wills mond valt open.

'O, shit.' Louis heeft het niet meer.

'Doen jullie de andere bedden,' zeg ik. 'Vlug. En trek dan de dekens er weer overheen.' Ik ben al bezig met het laken recht te trekken en sla het netjes over de bovenkant van de dekens, zoals we elke ochtend doen. 'Ze merken het pas als ze in bed stappen. En wat moeten ze dan doen? Gaan klagen?' Ik weet zeker dat ze dat niet zullen doen. Ze zullen in die klamme zooi moeten blijven liggen tot de volgende wasdag. Als de verpleegsters merken dat we ruziemaken, zullen ze ons nog meer pillen geven– of iets ergers doen. Clara en ik moeten trouwens uitkijken vannacht. Ik weet niet hoe sterk de slaappillen zijn. Misschien zullen de jongens van Slaapzaal 7 niet zo vast slapen als anders.

'O, man. Wat zullen ze de pest aan ons hebben,' zegt Louis, maar hij moet wel lachen.

Als we weer beneden komen, zijn we in een geweldige stemming en grinniken en fluisteren we over wat we hebben gedaan. Will heeft een grijns van oor tot oor als we langs de muziekkamer lopen. 'Slaapzaal 4 is de baas,' zegt hij. Het is net alsof we weer op school zitten.

'Wel normaal blijven doen,' zeg ik. 'Ze mogen geen achterdocht krijgen voordat ze naar bed gaan.'

'Ze gaan natuurlijk door het lint.' Louis staat te stuiteren van opwinding. Ik denk niet dat hij ooit zoiets heeft gedaan in zijn serieuze studiebollenleventje. Er zullen niet veel Jakes zijn geweest in het *hiervoor* van Louis.

'Ja, ze zullen vast razend zijn. Maar dat zien we later wel weer.'

'Ik maak me helemaal geen zorgen.' Will steekt zijn borst vooruit. 'Het is het allemaal waard.'

'Nou en of.' Ik moet lachen. Hun enthousiasme slaat ook op mij over. Laat Jake maar komen. Het interesseert me geen fuck. Had hij maar met zijn poten van de spullen van Louis en Will af moeten blijven. Zo is dat.

Louis en Will gaan naar het handwerklokaal, waar Ashley en Harriet bezig zijn een nieuw stapeltje posters te maken, die alleen de bekeerlingen zullen lezen. De twee jongens gaan opgewonden op zoek naar spullen om een nieuw schaakbord van te maken. Ik loop naar de speelkamer om een pak kaarten te halen. Als ik weer boven kom ligt Clara op haar bed te slapen. Ik kijk een poosje naar haar en besef dat ik me zo ontzettend tevreden voel en dan ga ik naar mijn eigen slaapzaal. Ik heb wel behoefte aan een dutje. Mijn bed is warm en droog. Ik kan niet wachten om aan Clara te vertellen wat we hebben gedaan.

De jongens van Slaapzaal 7 worden 's nachts niet wakker, maar wanneer Clara en ik bijna huilend van het lachen een blik door een kier in de deur werpen, zien we dat ze allemaal boven op hun dekens liggen, met hun armen om hun knieën geslagen om nog een beetje warm te blijven. Daniels vette kont hangt half uit zijn pyjamabroek.

'Ik wou dat ik een bloem had om tussen die dikke billen te steken,' fluistert Clara.

Ik krijg bijna medelijden met ze, maar dan denk ik weer aan de kapotte schaakstukken, Wills gezicht en het feit dat Jake Clara een slet heeft genoemd. Jammer genoeg is Joe nu gestraft voor iets waar hij geen schuld aan heeft, maar als we zijn bed niet nat hadden gemaakt, was Jake erin gaan liggen. Joe zal er niet dood aan gaan, en hij kan altijd nog zijn god aanroepen om warm te blijven. Clara en ik draaien ons om en gaan aan onze nacht beginnen.

Met woedende gezichten verschijnen de jongens van Slaapzaal 7 aan het ontbijt en werpen ons dodelijke blikken toe. We doen alsof we niks in de gaten hebben, hoewel Will en Louis de hele tijd zitten te giechelen.

‘Wat is er?’ vraagt Tom met een frons.

‘Jake heeft onze spullen kapotgemaakt en nu staan we quitte,’ flapt Will er uit voordat ik hem kan tegenhouden. Hij barst zowat van trots. Louis en hij kijken me vol ontzag en bewondering aan, alsof ik een of andere held ben. De ‘Jake’ van Slaapzaal 4.

‘Er is niks ergs gebeurd,’ zegt Clara tegen Tom.

‘Waarom heeft niemand me iets verteld?’ Tom is chagrijnig.

‘Het kwam zomaar spontaan op.’ Ik sta op en loop naar het buffet om boterhammen te halen. Jake ziet me en doet hetzelfde. Ik merk dat iedereen kijkt. De zenuwen gieren door mijn lijf, maar ik ben er klaar voor. Het zat erin dat we met elkaar in de clinch zouden gaan, dus kan het maar beter snel gebeuren. Ik ben nog steeds heel tevreden over wat we hebben gedaan, maar ik voel me niet zo onoverwinnelijk als Will en Louis. Ik weet ook dat het ons betaald zal worden gezet, en dat ik degene ben die de klappen moet incasseren.

‘Je denkt vast dat je leuk was, hè?’ fluistert Jake als hij naast me staat. Ik pak twee witte boterhammen. Ze zijn koud en een beetje klef, maar dat kan me niet schelen. Ashley staat aan de andere kant van mij en schept wat droog roerei op zijn bord. Hij kan vast horen wat we zeggen, maar hij kijkt alleen naar het eten.

‘Dat denk ik, ja.’ Ik glimlach naar Jake, en zorg ervoor dat ik met mijn gezicht naar de eetzaal sta zodat ik iedereen kan zien dat ik niet bang ben. Dat is niet helemaal waar, maar dat hoeft niemand te weten. Bovendien zijn de verpleegsters aanwezig en kan hij me toch niets doen. ‘Clara en ik hebben niets verkeerds gedaan. En Louis en Will hebben ook niets te maken met wat er tussen mij en Clara is. Je moet het gewoon van je afzetten.’ Ik hoop een beetje dat hij zijn verstand zal gebruiken.

‘Je moet die stomme rotkop van je houden.’ Hij heeft zijn kaken zo hard op elkaar geklemd dat het me verbaast dat hij nog iets kan zeggen. 'In de speelkamer. Na de lunch. Geen verwondingen in het gezicht.'

Dus we gaan het toch uitvechten. 'Ik moet even in mijn agenda kijken of ik geen date heb. Want ik heb nu een vriendinnetje, moet je weten.' Ik geef hem een knipoog en zie zijn vingers zich spannen om het bord dat hij in zijn handen heeft. Ik moet hem niet zo opnaaien. Zelfs als het een eerlijk gevecht wordt, kan ik niet tegen Jake op. En ik heb zo het idee dat dit géén eerlijk gevecht wordt.

'Het gaat niet om haar,' zegt hij. En ik geloof hem. Het gaat om iets anders. Om alles wat we hebben onderdrukt sinds we hier zijn. Het heeft te maken met woede, frustratie en angst. Voor het eerst in mijn leven denk ik dat een potje knokken misschien wel goed voor me is, zelfs als ik verlies.

'Ik kom,' zeg ik nonchalant en ik loop terug naar mijn tafel. 'Ik zou het niet willen missen.'

Zelfs de Gelovigen hebben zitten kijken, en als ik terugloop naar mijn tafel merk ik dat Ashley zijn blik onafgebroken op mij gericht houdt.

De ochtend kruipt voorbij. Het ene moment ben ik vol zelfvertrouwen en het volgende vraag ik me af wat ik in godsnaam heb gedaan. Het is net alsof ik weer in de derde klas zit en over het gras wegloop, maar nu is er niemand die tussenbeide komt voordat ik in elkaar geslagen kan worden. Bijna alle lesuren zit ik uit het raam te staren, maar de leraren bemoeien zich niet met me. Om een of andere reden zijn ze allemaal in een goede bui. Met een 'goede bui' bedoel ik dat ze een glimlach om hun lippen hebben en net zo afwezig kijken als ik. Tom schuift me een briefje toe met de boodschap dat hij me zal steunen. Het geeft me een goed gevoel. Misschien heeft hij me wel vergeven wat Clara betreft. Maar volgens mij komt het ook omdat hij Jake niet vertrouwt.

Opeens ben ik bang dat Jake me met een mes of iets dergelijks te lijf zal gaan, maar dan zeg ik tegen mezelf dat ik me niet zo moet aanstellen. Hij geeft me gewoon een flinke aframmeling. Eerst slaat hij me tegen de grond en dan mogen Albi en dikke Daniel me ook nog een paar flinke schoppen verkopen. Ik kan niks verzinnen waardoor ik als winnaar uit de bus zal komen. In het gunstigste geval kom ik ervan af met een paar gebroken ribben. En het slechtste scenario is dat ik in mijn lever word gestoken met een stuk glas en doodbloed op de vloer van de speelkamer.

Maar mijn grootste angst is dat ik ga huilen. Ik heb geen idee hoe het is om in elkaar te worden geslagen. Ik heb één keer gevochten, op mijn twaalfde, en dat was alleen maar een beetje trekken, duwen en slaan. Jake heeft op een tuchtschool gezeten. Hij weet vast wel hoe hij iemand pijn moet doen.

Ik moet denken aan het schaakbord, het boek en de kastanjes en het feit dat ik vanwege die shitspullen nu in de problemen zit. Wat ik me ook afvraag en wat me heel erg dwarszit is of mijn Defectie wordt geactiveerd als ik flink in mijn buik word geschopt, want ik zal vast niet lang overeind blijven staan. Maar ik kan me nu niet meer terugtrekken. Ik zou Clara, Will en Louis niet meer onder ogen durven komen. Zelfs die zak van een Ashley niet.

Met het zweet in mijn handen wacht ik de lunch af. Ik probeer rustig te blijven, maar naarmate de ochtend verstrijkt word ik steeds nerveuzer, tot ik misselijk van de zenuwen ben. Ik ben altijd de grappenmaker van een groep geweest. Ik ben geen jongen die makkelijk meisjes kon krijgen en er als eerste op los sloeg. Zelfs op het laatst, toen ik dacht dat ik eindelijk geluk had omdat Julie McKendrick me had uitgenodigd voor het feestje, eindigde ik in de Defecten-gevangenis.

Ik neem me voor om Jake in ieder geval één dreun te geven, dan zou ik me niet al te rot voelen. En om niet te huilen. Dat is in ieder geval heel belangrijk. Tijdens de lunch lukt het me vrij aardig om te doen alsof ik heel kalm ben, ook al zit ik een beetje in mijn bord te roeren en neem ik geen hap. Overgeven zou net zo erg zijn als huilen, alhoewel, dan zou ik nog in Jakes gezicht kunnen kotsen. Dan zou de vechtpartij snel afgelopen zijn.

'Je hoeft het niet te doen, hoor,' fluistert Clara. 'Vechten is stom.' Ik zie dat ze zich zorgen maakt. Haar blik glijdt steeds naar de tafel van Slaapzaal 7, waar Jake gewoon zit te eten en Daniel zich steeds omdraait in zijn stoel en naar me grijnst. Zijn ogen fonkelen van opwinding. Ik heb zin om naar hem toe te lopen en hem een knal voor zijn dikke kop te geven. Daniel is geen Jake, en dat zal hij nooit worden ook.

'Soms is het beter om gewoon weg te lopen. Wat kan Jake ons trouwens schelen?'

Ik wil haar uitleggen dat het niet eens om Jake gaat. Opeens snap ik hoe het is om Jake te zijn, hoe het is als anderen altijd iets van je verwachten. Het heeft niks met Jake te maken. Het gaat erom dat ik Tom, Louis en Will niet mag teleurstellen. Wat zou het voor Louis en Will betekenen als ze niet meer in me geloven? En daarbij komt nog dat ik niet zeker weet of Clara het misschien toch erg zal vinden als ik me terugtrek. We hebben 'het' nog niet gedaan, maar als het zover komt, zal ik al bang genoeg zijn dat ik alles verkeerd doe. Dan wil ik me niet ook nog eens af hoeven vragen of ze me eigenlijk een lafaard vindt. En waarom zou ze willen vluchten met iemand die niet voor zichzelf kan opkomen? Of voor haar kan opkomen? Ik voel me beroerd, maar ik zal me nog beroerder voelen als ik niet met Jake ga vechten.

Maar als ik de eetzaal verlaat gaat alles mis.

'Toby? Louis?'

Moeder wacht ons op in de gang. Clara en Eleanor zijn al vooruitgegaan en Will en Tom zitten nog te eten. We verstijven als we haar onze naam horen noemen. Haar gezicht is uitdrukkingsloos, en in haar allesziende blik ligt geen spoortje gevoel. Hoe lang zou je moeten oefenen om ervoor te zorgen dat je niets echts meer uitstraalt? Louis en ik kijken elkaar aan. Ik zie mijn angst weerspiegeld op zijn bleke gezicht. Plotseling is Jake volkomen onbelangrijk.

'Naar mijn kantoor, alsjeblieft.' Ze doet de deur open en we schuifelen naar binnen. Mijn hart klopt in mijn keel. Ik ben nog nooit zo bang geweest als op het moment dat ze mijn naam uitsprak.

Louis wijkt geen millimeter van mijn zij. Onze vingers raken elkaar en even ben ik bang dat hij mijn hand zal vastpakken. Als we over de drempel stappen, bedenk ik dat ik dat niet eens erg zou vinden. Wat wil ze van ons? Weet ze het van de nachten? Maar als dat zo is, waarom is Clara dan niet hier en Louis wel?

De deur valt in het slot en ik moet even slikken. Het licht lijkt opeens heel fel en mijn oren suizen. De verpleegster – dezelfde die tegen ons heeft gesproken – zit op ons te wachten. Ze heeft een injectiespuit klaar. Ik denk aan het sanatorium. Gaan we daarheen?

'Het is niets om je zorgen over te maken,' zegt ze.

'Ik voer hier het woord, zuster.' Moeder zegt het op vlakke toon en zonder enige stemverheffing, maar de verpleegster slaat toch haar ogen neer.

'We moeten de bloedtest overdoen,' zegt Moeder. 'Stropen jullie je mouw maar op.'

Ik ga op de automatische piloot en doe wat me wordt gezegd. Mijn hart gaat tekeer. 'Het is niets om je zorgen over te maken,' zei de verpleegster net. Misschien hebben ze de vorige test niet goed bekeken? Ik denk terug aan school, maar ik kan me niet herinneren dat iemand opnieuw moest worden getest. Misschien is de apparatuur hier niet zo geavanceerd. Louis zit naast me en haalt zijn neus op. Ik zie dat hij trilt.

'Komt goed,' zeg ik tegen hem. 'Dit is ook wel eens gebeurd bij een paar kinderen van mijn school.' Ik grijns naar hem en dwing mezelf te ontspannen. 'Gelukkig zijn wij het en niet Will. Wij zijn niet bang voor naalden.'

Hij kijkt me aan alsof ik overal een antwoord op weet. Hij wil mijn leugen graag geloven. Ik wil mijn eigen leugen ook graag geloven. 'Wil jij eerst? Hij knikt en de verpleegster tikt een paar keer op zijn bleke onderarm om een ader te kunnen vinden.

Moeder heeft achter haar grote houten bureau plaatsgenomen en verdiept zich in allerlei papierwerk, alsof wij er niet zijn. Het is een vreemd vertrek. Ouderwets, net als de rest van het huis, maar er staan hier meer spullen dan ergens anders. Achter ons staan een bank en een tafeltje met een theepot, een paar bekers, een suikerpotje en een melkkannetje. Aan de muur hangen een paar saaie landschapjes boven een oud model fotokopieerapparaat. Voor zover ik kan zien is nergens een computer of telefoon te bekennen.

Het met papieren bezaaide bureau beslaat een groot deel van de kamer, en aan de muur ernaast hangt een prikbord met verschillende roosters erop geplakt. Maar vanaf de plek waar ik sta, kan ik niet zien wat erop staat. Opzij daarvan hangt een rekje met sleutels. Ik hoor mijn eigen ademhaling en het gekras van de pen van Moeder als het tot me doordringt dat dit het zenuwcentrum van het huis is. Hier worden alle belangrijke zaken bewaard.

'Je arm,' zegt de verpleegster zacht. Opeens is mijn aandacht weer helemaal bij de bloedtest, maar tegelijkertijd gaat het plan van Clara en mij door mijn hoofd. Ik durf te wedden dat het rooster met de aankomsttijden voor de boot aan die muur hangt. Ik ril even als de naald in mijn arm prikt en zie dat mijn bloed in het buisje vloeit. Een controletest. De bal in mijn buik wordt groter. Ik voel me duizelig en ben misselijk. Mijn huid is klam. Wat ik ook tegen Louis heb gezegd, voor mijn gevoel kan dit maar één ding betekenen: we hebben weinig tijd meer.

Als Clara en ik willen vluchten, dan zullen we dat heel snel moeten doen.

Niet veel later staan Louis en ik weer op de gang en zien de verpleegster met onze bloedmonsters naar de lift lopen. Ik neem aan dat ze die naar de bovenste verdieping brengt: het sanatorium. Ik wil er verder niet over nadenken. Ik wil aan de boot denken en hoe ik in het kantoor van Moeder moet komen om uit te vogelen wanneer de volgende boot aankomt. Ik wil nadenken over hoe Clara en ik van dit klote-eiland moeten ontsnappen.

'We kunnen dit maar beter aan niemand vertellen,' zeg ik tegen Louis. 'Het was gewoon een controletest en het heeft niks te betekenen. Maar je weet hoe ze hierop zullen reageren. Niemand heeft gemerkt dat Moeder ons meenam, dus we kunnen hier net zo goed onze mond over houden.'

Louis knikt en kijkt angstig. Hij weet precies wat ik bedoel. Hij weet hoe nieuwsgierig en ook triomfantelijk we naar de kinderen hebben gekeken die ziek werden. Hij wil niet dat er op die manier naar hem wordt gekeken, en dat geldt ook voor mij. Mijn hart klopt alsof binnen in me de tijd sneller verstrijkt. Ik haal diep adem. Ik wil dat tijd juist langzamer gaat, ik ben hier nog niet klaar voor. Al is volgens mij niemand hier ooit klaar voor. Plotseling ben ik heel erg bang, maar gek genoeg ook heel erg kwaad. Het is allemaal niet eerlijk.

Jake wacht op me in de speelkamer.

Ik loop de gang door en zie een groepje kinderen op een kluitje bij de deur van de speelkamer staan.

'We mogen niet naar binnen van hem, Toby,' zegt Will, die ongeveer staat te stuiteren van opwinding. 'Hij heeft Albi meegenomen.' Het verbaast me dat Jake geen publiek erbij wil, maar misschien is hij bang dat er bepaalde dingen worden gezegd tijdens het vechten. Hij heeft al genoeg gezichtsverlies geleden tegenover Clara. Dus zou ik hem het liefst uitleggen dat hij door met mij te willen vechten niet direct de indruk wekt dat het hem geen bal kan schelen.

'Dan neem ik Tom mee.' Tom knikt naar me en niemand spreekt me tegen. Aan Will en Louis heb ik niks tijdens een gevecht. Daniel staat een eindje verderop tegen de muur geleund. Hij kijkt chagrijnig, want hij heeft natuurlijk zwaar de pest in dat hij niet mee mag doen. Het moet maar eens tot hem doordringen dat hij nooit een coole gast zal zijn, misschien houdt hij dan wel op zo'n vervelende klier te zijn.

'Gaat het?' Clara pakt mijn hand.

'Ja hoor.' Ik ben razend. De angst voor wat Jake met me zou kunnen uithalen, is helemaal verdwenen tijdens het oponthoud in Moeders kantoor. 'Hou alleen Daniel in de gaten. Ik wil niet dat hij Louis en Will gaat treiteren.' Ze knikt. Dan glimlacht ze, gaat op haar tenen staan en zoent me. Haar tong glijdt in mijn mond. Waar iedereen bij staat. Will giechelt, Louis probeert te fluiten en Eleanor krijg een rood hoofd.

'Lelijke slet,' zegt Daniel.

'Vet varken,' is Wills reactie. Ik schiet in de lach. Van het ene moment op het andere is Will geen bang, klein jongetje meer. Daniel kijkt hem vuil aan en vraagt zich blijkbaar af of hij Will nu een pak slaag moet geven. Maar wij zijn in de meerderheid. En bovendien, ondanks al zijn getreiter en rotopmerkingen is Daniel *hiervoor* vaker gepest dan wij allemaal. Waarschijnlijk is hij beter in wegrennen dan vechten.

Ik ben er klaar voor. Ik wil het achter de rug hebben. Ik doe de deur open en ga naar binnen. De tafels en stoelen zijn aan de kant geschoven om een plek vrij te maken in het midden van de kamer. Albi zit op een stapel stoelen bij het raam. Hij heeft de gordijnen dichtgedaan. Het lijkt me een beetje overdreven. Ik heb nog nooit gezien dat de verpleegsters en leraren de tuin in gingen. Bovendien is het vandaag ook kloteweer.

Vanuit mijn ooghoek zie ik dat Tom een plekje zoekt om alles goed te kunnen volgen, maar mijn aandacht is natuurlijk gevestigd op Jake, die daar midden op de lege vloer staat.

Zijn kaken zijn gespannen, net als zijn hele lijf. Klaar voor de aanval.

'Denk eraan. Geen verwondingen in het gez...'

Ik geef hem niet de tijd zijn zin af te maken. Alle woede en angst die ik in me heb ballen zich samen in mijn vuisten. Met een kreet storm ik op hem af en geef hem een geweldige stomp op zijn kaak. Rot op met je 'geen verwondingen in het gezicht'. Fuck alle regeltjes.

Hij tolt naar achteren, slaat zijn hand voor zijn bloedende mond, en zijn ogen zijn groot van verbazing. Mijn knokkels doen zeer. 'Wat krijgen we nou? Ik zei toch geen...'

Ik buk me en ren weer op hem af. In volle vaart knal ik tegen hem aan en sleur hem mee op de grond. We komen keihard neer en de lucht wordt uit zijn longen geperst als ik boven op hem val. Worstelend rollen we over de vloer. Jake is groter en sterker dan ik, maar hij is niet zo razend als ik, in ieder geval niet op dit moment. Ik duw zijn hoofd achterover en grom als een beest.

In een flits zie ik Tom en Albi bij elkaar staan en met geschrokken gezichten naar ons kijken. Jake grijpt me bij mijn haren en ik laat zijn gezicht los en trek aan zijn haar. Het is een rommelig gevecht. We zitten zo vol opgekropte emoties dat we niet nadenken bij wat we doen.

'Waar ben je zo bang voor?' sis ik terwijl we met onze armen om ons heen maaien en lukraak schoppen uitdelen. Ik heb mijn kiezen zo hard op elkaar geklemd dat ik ze bijna kapotbijt. Ik geef hem een halfzachte stomp in zijn maag en hij geeft een keiharde trap die net naast mijn ballen terechtkomt.

'Ben je verdomme gek geworden?' zegt hij en hij schuift van me vandaan. De snee in zijn lip valt wel mee, maar zijn lip wordt wel dik en door alle inspanning bloedt hij als een rund. Zijn T-shirt, de vloer en ik zitten al onder.

'Wat mankeert je?' bijt ik hem toe.

We hebben nog maar een paar minuten gevochten, maar hij staat net als ik zwaar te hijgen. Door al het zweet plakken mijn kleren aan mijn lijf. Dit is niet zoals in films. We zijn nu al uitgeput.

We blijven elkaar aankijken en onze adem ontsnapt heet uit onze longen. Mijn armen trillen en doen zeer. Heel langzaam koel ik een beetje af en mijn woede zakt. Als Jake eenmaal over zijn schrik heen is, slaat hij me tegen de grond. En nu ik me niet aan de regels heb gehouden, zal hij zich daar ook niet meer aan houden. Ik ben bekaf en wil niet meer vechten. Ik hijs mezelf overeind. Jake ook.

'Ik vind het rot dat je denkt dat we je voor lul hebben gezet. Dat was niet expres.'

'Je weet helemaal niet wat ik denk.' Het klinkt gekwetst.

Ik haal mijn schouders op.

'Dan niet. Je had je niet moeten afreageren op Will en Louis. Dat was echt een klotestreek. Daarom hadden we het recht om iets terug te doen. Jullie lakens zijn wel weer droog geworden, maar hun spullen zijn nog steeds kapot.' Ik neem even een pauze om adem te halen en leun tegen een tafel. 'Zullen we ermee kappen, voordat het echt uit de hand loopt?' Mijn borst doet zeer als ik praat. Mijn spieren doen pijn. Vechten valt niet mee.

Jake staart me aan. Albi en Tom kijken van Jake naar mij en weer terug.

'Misschien heeft hij wel gelijk, man,' zegt Albi voorzichtig. 'Dit kan wel eens totaal uit de hand lopen als jullie zo doorgaan.'

Hij hoeft het niet uit te leggen. De onzichtbare dreiging van Moeder is bijna tastbaar.

'Blijf uit mijn buurt,' zegt Jake uiteindelijk.

Ik knik. Ik laat mijn schouders hangen als de spanning uit me weg-glijdt en loop weg.

'Zeg, Toby...'

Ik draai me om en dan krijg ik vanuit het niets een vuistslag op mijn kaak. Heel even voel ik niks, alleen een hevige siddering, die door mijn ruggengraat naar mijn voeten gaat. Dan wordt het zwart voor mijn ogen en zie ik sterretjes. Mijn hoofd slaat naar achteren en ik wankel op mijn benen. Ik stoot mijn heup tegen de tafel met de platenspeler, maar blijf overeind en wacht tot alles om me heen ophoudt met draaien.

'Fuck.' Mijn gezicht wordt gevoelloos en mijn tong is dik.

'Zo, nu kappen we ermee,' zegt Jake. Hij knikt naar Albi en ze lopen de kamer uit. Ik sta nog te zwaaien, maar ik dwing mezelf in beweging komen. Als Tom en ik hier blijven staan, lijkt het alsof ik verloren heb. Ik ga sámen met Jake naar buiten.

14

Het is een heldere nacht en zo ontzettend koud dat we niet alleen dikke truien hebben aangetrokken, maar ook dekens bij ons hebben als we over de muur klimmen. Ik heb twee paar sokken aan en Clara draagt een legging onder haar spijkerbroek. We moeten hoesten vanwege de kille lucht die op onze longen slaat. Ik denk dat we vannacht pas zullen gaan zoenen als we weer terug in huis zijn. Ik vind het niet erg om daar nog even mee te wachten, ook al moet ik er de hele tijd aan denken. Na de bloedtest wil ik niets liever dan weg zijn van het huis en me vrij voelen. Het maakt me ook niet uit dat mijn gezicht beurs aanvoelt en mijn oog halfdicht zit. Het doet hartstikke pijn, maar ik weet tenminste dat ik leef. Ik ben vastbesloten me te verzetten tegen de gruwelijke angst die me overviel na de bloedtest. Misschien is het inderdaad niks. 'Niets om je zorgen over te maken,' zei de verpleegster. Ook als ze het niet meende, houd ik me daar toch maar aan vast. Nu voel ik me in ieder geval prima. Zo voel ik me altijd als ik bij Clara ben. Net alsof ze zich in een soort bubbel bevindt waarin niets haar kan raken en ze mij daar ook in heeft toegelaten

Door de dekens komen we niet zo snel vooruit, maar als we eenmaal op het strand zijn rennen we in volle vaart naar de grot. We lachen en zijn blij als we eindelijk binnen zijn en geen last meer hebben van de snijdende, ijzige wind.

'Fuck, ik heb het nog nooit zo koud gehad,' zegt Clara. We gaan op de rotsblokken zitten, die als bank moeten dienen. 'Wat een krankzinnig weer.'

Ze heeft gelijk. De regen is eigenlijk best normaal, maar ik kan me niet herinneren dat ik ooit dit soort kou heb meegemaakt. Dit is geen Engels weer, zoals wij dat kennen.

We halen het eten dat we hebben meegenomen uit onze zakken en slaan de dekens om onze schouders. Eerlijk gezegd maakt dat niet zo veel verschil, maar het is wel gezelliger, ook al prikken mijn oren. Clara begint over het gevecht en zegt dat de anderen het erg cool van me vonden dat ik het tegen Jake opnam. Ik hoor het maar half. Ik vind het gewoon heerlijk om te luisteren naar het regelmatige geluid van de zee en haar stem die als muziek op de golfslag deint.

'Ik kan bijna niet geloven dat je hem op zijn gezicht hebt gemept,' zegt ze. Ze zet de brandende kaars neer bij onze voeten en beschermt hem tegen de wind door er een verweerd stuk steen voor te leggen. 'Ik wou dat ik erbij was geweest.'

'Ik had bedacht dat het mijn enige kans was.' Ze is onder de indruk en dat geeft me een goed gevoel. Trouwens, sinds het gevecht kijkt iedereen in het huis met een iets andere blik naar me. Jake heeft me er niet onder gekregen. Hij is nog steeds de leider, maar wel op een andere manier. Gelukkig zijn de verpleegsters de enigen die geen enkele aandacht schonken aan onze verwondingen. Volgens mij kan het ze geen reet schelen. We gaan toch dood. We hebben iets uitgevochten, dus waarom zouden ze daar moeilijk over doen? Ik hoop tenminste dat het zo zit. Misschien weten ze wel dat mijn bloed naar de kloten is en het daarom geen zin heeft om me te straffen. Misschien, misschien, misschien.

‘Ik wist wel dat hij je niet in elkaar ging slaan en dat je terug zou vechten.’

‘Ik hoop alleen dat het nu klaar is. Het was echt fucking vervelend de laatste dagen.’

‘Hoe is het met je oog?’

Ik haal mijn schouders op. ‘Doet pijn en ik zie een beetje wazig. Ik zie er vast niet uit.’

Ze trekt me naar zich toe en geeft een zoen op mijn gepijnigde gezicht. Hoewel haar lippen zacht zijn, krimp ik toch even in elkaar.

‘Ik vind het behoorlijk sexy.’ Ze lacht, huivert en komt dichter bij me zitten.

Ik vind het lekker als ze dit soort dingen zegt en ik ga met mijn hand onder de dekens en sla mijn arm om haar middel. Ook al heb ik het ijskoud, toch krijg ik een halve stijve als ik haar aanraak. Ik snap echt niet hoe meisjes dit soort gevoelens onder controle houden. Hoe doen ze dat?

‘Over hoeveel nachten komt de boot, denk je?’ vraagt ze. ‘Ik kan niet wachten om ergens te zijn waar het warm is. Ik wil als meermin in een warme zee wonen, niet in zo’n ijskoude.’

‘Het zal vast niet meer lang duren. We moeten ’s nachts een keer met dat kleine bootje oefenen. Als het niet zo koud is. Kijken of het ons wel houdt.’

Ik zou haar willen vertellen van mijn bezoekje aan Moeders kantoor en dat ik misschien weet hoe we erachter kunnen komen wanneer de boot weer aankomt. Maar dat kan ik niet doen, want dan moet ik haar over de bloedtest vertellen of een smoes verzinnen waarom ik daar was. En dat wil ik allebei niet. Als ik haar vertel wat er is gebeurd, zal ze zich zorgen maken, en daardoor ga ik me ook zorgen maken. Ik wil niet dat ze in de gaten gaat houden of ik soms symptomen vertoon. Ik wil alleen dat ze me cool en hot vindt. Ik moet er bijna om lachen. Cool en hot. Eigenlijk ben ik daar een mengeling van. Een beetje lauw dus.

Wanneer we onze boterhammen ophebben, voel ik Clara's rug opeens verstrakken.

'Wat is er?' vraag ik geschrokken. Heeft ze iets gehoord? Is er iemand op het strand?

Ze geeft me geen antwoord, laat de aluminiumfolie waar de boterhamen in zaten vallen, staat op en loopt naar de ingang van de grot. 'Wat is dat?'

Ik weet niet waar ze het over heeft en ga naar haar toe, mijn benen zijn stijf van de kou.

'Kijk eens naar de lucht,' fluistert ze.

En dan zie ik het. Aan de horizon, net boven de zee, danst een brede groene streep als vuur aan de nachtelijke hemel. Op sommige plekken is hij heel helder, als een flakkerende vlam die likt aan de duisternis aan de rand van de aarde en hier en daar omhoogschiet.

We pakken elkaars hand vast en lopen over de kiezels naar de vloedlijn.

'Wat mooi.' Mijn gefluisterde woorden worden overstemd door het geruis van de zee, maar dat geeft niet. Ze weet wel dat het mooi is. Het is zo prachtig dat mijn borst samenknijpt. We kijken omhoog, zonder ons bewust te zijn van de kou. De ruwe deken in mijn nek voelt zo aards vergeleken bij dit etherische verschijnsel.

Ik weet niet hoe lang we daar met grote ogen en open mond hand in hand staan. Boven de eerste groene streep verschijnt een tweede en dan verspreidt zich aan de bovenkant een paarse, heldere gloed over het universum, als inkt die op papier uitvloeit. Door het waas van bewegende kleuren komen de sterren eventjes kijken, alsof ze ook gefascineerd zijn. Volgens mij duurt het wel een halfuur voordat we elkaar weer aankijken, zo onder de indruk zijn we van dit wonder.

'Het is betoverend,' zegt Clara.

En dat is het. Alle magie en mysterie en schittering van het universum vertonen zich voor onze ogen. Wij zijn hier de enigen die dit zien. Ik knijp even in haar hand. De kleuren vervagen en trekken zich terug in de nachtelijke duisternis. Het spektakel is bijna afgelopen. Ik ben opgetogen en geniet van de laatste groene sliertjes die verdwijnen tot het weer donker is om ons heen met alleen het twinkelende licht van de sterren op de zwarte zee.

'Hoe kan iemand bang zijn als er zoiets prachtigs op de wereld bestaat?' zegt Clara zachtjes met haar blik nog steeds op de hemel gericht. 'De natuur is volmaakt, waarom zou je er bang voor moeten zijn?'

Dan zie ik de treurige uitdrukking op Clara's gezicht en dringt het tot me door dat zij ook wel eens bang is. Dat veel van haar plezier in het leven voortkomt uit haar angst voor de dood. Misschien laat ze zich er niet zo door meeslepen als ik, maar die angst is er wel, onderhuids.

'Een meerminnenfeest,' zeg ik.

'Hè?' Ze kijkt me aan, haar ogen schitteren. De schaduw die net over haar gezicht viel, is in één klap verdwenen.

'Ergens onder water bouwen de meerminnen een feestje. Daarom gebeurde dat in de lucht. Een magisch vuurwerk voor de meerminnen.'

Ze grijnst. Ik weet dat ze dit leuk vindt.

'Ik sterf van de kou,' zeg ik en ik probeer mijn voeten te bewegen die nu als een soort ijsblokken in mijn gympen zitten. Mijn sokken zijn klam. De zee heeft zich in ons genesteld. Het zal al snel licht worden.

'Ik ook. Laten we teruggaan.' We pakken de kaars uit de grot en lopen het pad op. We hebben onze armen en de dekens om elkaar heen geslagen terwijl we giechelend voortstrompelen. Haar hoofd bonkt tegen het mijne en ik kreun.

‘Volgens mij heb je iets van de meerminnentovenarij op je gezicht gekregen,’ zegt ze. ‘Je oog heeft dezelfde kleuren.’

Pas als we terug zijn in het huis en de trap op zijn geslopen, draait ze zich om en kijkt me heel lang aan. ‘Dat was echt heel bijzonder,’ zegt ze. ‘Vind je ook niet?’

Ik knik, want ik ben niet zo goed in het onder woorden brengen van dit soort dingen, maar ik snap wat ze bedoelt.

‘Alles is zo bijzonder. Dat moeten we niet vergeten.’

Ze gaat op haar tenen staan en kust me. Ik vraag me af of dit betekent dat we ‘het’ binnenkort gaan doen. Ik weet dat ik daar niet aan hoor te denken na alles wat we op het strand hebben gezien, want ze bedoelt het op een spirituele manier, maar ik kan er niks aan doen. Ik wil het heel graag met haar doen. Zelfs als ik er niks van bak. Zeker nu, na de bloedtest. Er zijn meer mysteries in de wereld dan het mysterie dat we aan de hemel hebben gezien.

Ze kust me stevig en legt mijn gewillige handen onder haar trui en dan wrijft ze plotseling met haar hand over de voorkant van mijn spijkerbroek. We hijgen allebei licht. Ik denk dat ik ga ontploffen. Maar na een paar tellen maakt ze zich met een glimlach van me los. Ik zie net zo wazig als na de dreun die Jake me gaf, maar deze keer is het niet mijn hoofd dat klopt.

‘Het wordt licht,’ zegt ze. Voor vannacht zit het erop voor ons. Ze kust me weer, maar nu vluchtig en teder.

‘Welterusten, Meerminkoning,’ fluistert ze. En dan loopt ze snel naar haar slaapzaal en verdwijnt in het duister.

‘Misschien gaan we wel allemaal naar boven,’ zegt Tom. Hij ligt op zijn bed met zijn handen onder zijn hoofd, zijn benen over elkaar geslagen en kijkt naar het plafond. ‘Misschien is dat het.’

Ik kijk Louis aan, die aan het knoeien is met de waszak, en even bekruipt ons een vreselijke angst. Sinds ons bezoek aan Moeders kantoor is het sanatorium voor ons veel werkelijker geworden. Zelfs nadat ik met Clara bij de grot het noorderlicht heb gezien en we hebben bedacht dat we gaan ontsnappen, waren er momenten dat ik bijna moest kotsen van de zenuwen als ik eraan dacht. Voor zover ik weet is niemand anders opnieuw getest. Het zou natuurlijk kunnen dat het wel zo is, en dat diegenen er ook niet over praten. Toch denk ik dat niet. Twee mensen kunnen nog wel een geheim bewaren, maar zodra het er meer zijn dan praat al snel iemand zijn mond voorbij en hadden we het wel gehoord. Dus waarschijnlijk gaat het alleen om Louis en mij, en is er iets mis met ons, ondanks de geruststellende woorden van de verpleegster. Mensen zeggen altijd dat je je geen zorgen hoeft te maken, of dat nou waar is of niet.

'Ik zou dat niet zo erg vinden,' zegt Will. 'Dan zijn we allemaal samen. Ik denk dat ik minder bang zou zijn als we met elkaar waren.' Hij lijkt vanavond nog jonger dan anders, zijn gezichtje staat zorgelijk. 'Waar ik echt van flip is het idee dat ik helemaal alleen zou zijn.' En na een korte stilte: 'Ik zou willen dat onze moeders op bezoek mochten komen.'

'Kunnen we hierover ophouden?' Ik doe alsof het me verveelt, maar mijn hart gaat tekeer en het zweet breekt me uit. *Ze zeggen dat je ogen ervan gaan bloeden.* Soms zou ik willen dat Will zijn mond eens hield.

'Dan moet je een keer naar de kerk gaan,' zegt Ashley. Hij legt zijn trui en spijkerbroek over de rugleuning van zijn stoel. 'Met God ben je nooit alleen.'

Will kijkt hem stomverbaasd aan en begint dan te giechelen. 'Zo bang ben ik nou ook weer niet.' Ik schiet ook in de lach en ik wissel een blik met Tom en Louis, waardoor Ashley meteen weer in een omhulsel van onzichtbaarheid verdwijnt. Meestal doen we net alsof hij er niet is, want dat is het beste voor iedereen.

'Mijn voeten worden niet warm,' klaagt Will. 'Ik hou mijn sokken aan in bed. Ze zouden ons extra dekens moeten geven met dit weer. Misschien zie ik de aardige verpleegster morgen en dan vraag ik het aan haar.'

'Ja, raar hè?' zegt Louis, die in bed stapt. 'Ik heb nooit geweten dat het zo koud was in het noorden.'

Ik heb het niet koud, maar dat komt denk ik omdat ik eraan gewend ben om 's nachts met Clara op stap te gaan. Hoe koud het ook in huis is, het is lang niet zo erg als de ijsvlagen die in het donker vanaf zee komen.

'Ik wil nog steeds weten waar ze naartoe zijn gegaan,' zegt Tom. 'Wat moeten we nu 's morgens doen?'

De leraren zijn na de lunch vertrokken. We werden naar onze slaapzalen gestuurd en zagen door het raam dat ze in verschillende bestelwagens zonder ramen stapten, en dat ze allemaal een rugzak bij zich hadden. Ze lachten en praatten met elkaar. Het deed me echt pijn. Ze smeerden 'm. Ze gingen terug naar hun *hiervoors*. Ze keken niet eens achterom naar het huis toen ze in de wachtende auto's stapten. Moeder heeft er niets over gezegd toen ze tijdens het avondeten een inspectieronde langs de tafels liep, hoewel iedereen in de eetzaal met elkaar fluisterde over wat dit te betekenen had. Niemand dacht nog aan mijn gevecht met Jake. Iedereen wilde weten waarom de leraren weg waren gegaan.

'Volgens mij zijn er ook een heleboel verpleegsters vertrokken,' zegt Louis peinzend. 'Zo veel leraren waren er niet, dus ik denk dat er ook verpleegsters in hun gewone kleren bij zaten.'

Ik kan me niet voorstellen dat de verpleegsters ook gewone kleren hebben. Naar mijn idee komen ze in hun gesteven uniformen en met hun uitdrukkingsloze gezichten rechtstreeks uit een of andere fabriek, en tikt er een klok op de plek waar hun hart zou horen te zitten. Totaal niet menselijk. Behalve misschien de verpleegster die iets tegen ons heeft gezegd.

Ik probeer deze gedachten van me af te zetten. Ik concentreer me op Clara en hoe ze me gisternacht heeft aangeraakt. Eerlijk gezegd hoef ik niet mijn best te doen om me te concentreren. Clara zoemt de hele dag wel op een of andere manier door mijn hoofd. Als ik mezelf niet druk maak om het sanatorium, dan denk ik aan haar. Zelfs als ik doodsbang ben, denk ik nog aan haar. Zal ze met Jake over de muur klimmen als ik er niet meer ben? Ik kan mezelf niet met iemand anders dan Clara voorstellen. En ik haar ook niet met iemand anders. Ik kan me het huis niet voorstellen zonder haar.

Daar komt de jonge verpleegster om ons onze vitamines te geven. Zij is de enige van wie ik me kan voorstellen dat ze een echt mens is, en niet alleen een verpleegster, maar sinds de controletest word ik toch zenuwachtig van haar. Als ze de papieren bekertjes met pillen uitdeelt, weet ik bijna zeker dat ze een beetje medelijdend glimlacht naar Louis en mij. Ik kijk haar niet in de ogen. Ik ben bang voor wat ik misschien in haar blik zal zien. Ik wil dat het donker wordt. Ik wil bij Clara zijn. Ik stop de pil tussen mijn bovenlip en tandvlees en slik het water door. Ik ben opgelucht als de verpleegster verder loopt.

'Waarom zijn alle leraren weg?' vraagt Will aan de verpleegster als ze hem zijn pil geeft. 'Ze zijn allemaal vertrokken. Gaat er iets ergs gebeuren?'

Zelfs Tom komt overeind en kijkt naar hem. Wij praten nooit met de verpleegsters. Will ziet er zo verloren uit en ik besef hoe bang hij is. Hoe de angst hem te pakken heeft.

'Natuurlijk niet,' zegt de verpleegster vriendelijk. 'Het wordt alleen slecht weer en ze wisselen van dienst. Er zijn al andere leraren onderweg. Ze zijn een beetje vroeg vertrokken voor het geval het begint te stormen en ze niet meer thuis kunnen komen. Er zijn ook veel verpleegsters vertrokken.' Ze heeft een lieve, warme glimlach en ze strijkt over Wills haar. 'Over een paar dagen komen de nieuwe verpleegsters. Beschouw het maar als een soort herfstvakantie.'

'Waarom bent u niet weggegaan?'

'Dat wilde ik niet. Zo, ga nu maar lekker liggen en doe je ogen dicht.'

Op dat moment is ze onze moeder: warm, zorgzaam en geruststellend. Ze zegt verder niets meer, maar als ze het licht uit heeft gedaan, weet ik zeker dat ik niet de enige ben die met verwondering kijkt naar de plek waar ze net nog stond. In het halfduister kan ik zien dat Will zijn haar aanraakt omdat ze daar haar hand op had gelegd. Het was een klein gebaar, maar zo ontzettend belangrijk.

We liggen daar in het donker en zeggen niets.

'Ik wil Harriets schilderij zien,' zegt Clara. We zitten in de speelkamer en ik bekijk de grammofoonplaten. We gaan vanavond niet over de muur, het is te koud en ik heb Clara verteld dat de verpleegster zei dat het misschien ging stormen. We zijn naar Georgies grafje gegaan en hebben een paar minuten tegen hem gepraat, maar ook al stond er geen wind, het was toch ijskoud en de lucht deed zeer in mijn longen. We zijn nu al een halfuur terug in het huis, maar ik ben nog steeds aan het rillen.

'Bedoel je dat ding dat in de kerk hangt?' vraag ik. 'Maar dat is vlak bij de kamers van de verpleegsters.'

'Die slapen. En de meesten zijn weg. Misschien zijn er nu wel meer kinderen dan verpleegsters. We kunnen in opstand komen. Het huis veroveren!' Ze lacht.

'Ja, en dan krijgen we Jake als koning!' zeg ik.

'Oké, dan maar niet.' Ze lag opgekruld op de bank en nu staat ze in één sierlijke beweging op. Ze fascineert me. Alles aan haar is mysterieus. Haar lijf, haar geest, de vorm van haar hand in de mijne. Hoe bestaat het dat meisjes zo hetzelfde kunnen zijn en toch zo anders?

'Kom, we gaan kijken. Eleanor zei dat het heel mooi is. Harriet heeft er de hele dag aan gewerkt.'

Het huis kreunt en kraakt zachtjes als we hand in hand de trap op sluipen. Ik beschouw het nachtelijke huis inmiddels als een vriend. Sinds Ellory is er zoveel gebeurd dat ik bijna het geluid van de lift ben vergeten. Het huis is 's nachts net een oud galjoen en Clara en ik zijn de enige bemanning. Dat vind ik een fijn idee. Als klein jongetje zou ik in een huis als dit 's nachts doodsbang zijn geweest, maar nu weet ik dat spoken niet bestaan. Dit Dodenhuis is trouwens wel een plek waar spoken zouden kunnen rondwaren. Maar de monsters van de zolderverdieping die 's nachts naar buiten komen, zijn mensen. Spoken zouden nog iets geruststellends hebben. Dan kun je in ieder geval nog hopen op iets *hierna*.

Mijn nekharen gaan recht overeind staan als we de deur van de kerk opendoen. Ik wil niet naar binnen. Het is hier veel te dicht bij de kamers van de verpleegsters en het lijkt net alsof die zelfvoldaanheid van Ashley als een dikke walm in het kille vertrek hangt. Er staan nu meer stoelen dan de eerste keer dat we hier kwamen, en in plaats van in rechte rijen zijn ze in halve cirkels opgesteld rond het bureau dat een altaar moet voorstellen. Aan de muren hangen posters en mijn hart klopt in mijn keel als ik zie wat er op het kleurige papier staat geschreven: de namen van de kinderen die naar het sanatorium zijn gegaan. Ik zie dat ze allemaal in verschillende handschriften zijn opgeschreven, en niet door Ashley of Harriet.

'Moet je dit zien,' fluister ik.

Henry

Hij hield van sciencefiction en computergames.

Hij had een konijn dat Mason heette.

Hij miste zijn moeder.

De regels lopen schuin omhoog en de letters zijn priegelig klein. In een hoekje staat een knullig tekeningetje van een konijn. En eronder:

De Heer is nu zijn herder, en het zal hem aan niets ontbreken.

En verder:

Ellory

De liefste broer die iemand zich kan wensen.

Sportman. Altijd een glimlach.

Hij vertelde grappen als een rockster.

En dan:

Altijd in herinnering en nooit vergeten.

Er staan nog meer namen van kinderen die ik me vaag herinner van de eerste paar dagen dat ik hier was, maar die ik nooit echt heb gekend. *Eric, Julian, Mac en Christopher.* Allemaal met een klein verhaaltje over wie ze waren, eronder geschreven door de kinderen van hun slaapzaal.

'Net grafstenen, maar dan zonder hun leeftijden.' Wat voor zin heeft het om hun herinnering levend te houden? Waarom zouden we onszelf steeds maar inprenten waarom we hier zijn?

'Leeftijd is niet belangrijk,' zegt Clara. 'Dat zijn alleen maar getallen.'

De kaars die we hebben gepikt, is vervangen door een aantal andere en Clara steekt ze allemaal aan. De flakkerende gele vlammetjes werpen schaduwen op de wand en laten de namen van de doden dansen. Het maakt me treurig en ik krijg meteen weer ontzettend de pest aan Ashley.

'Moet je zien.' Clara pakt mijn hand vast. Het vertrek heeft drie ramen, maar het opvallendst is het hoge boograam in het midden van de muur. We kijken er samen naar. Ik weet niet wat ik verwachtte, ik denk Jezus aan een kruis of zoiets. Het glas is kleurig beschilderd en de verf glanst in het kaarslicht. Ik kan me voorstellen hoe het licht er overdag doorheen schijnt.

'Is het niet prachtig?' zegt Clara ademloos. Het is een tafereel van een blauwe hemel waarin een enorme zon straalt. Op de achtergrond staat een huis, en op de voorgrond staan kinderen afgebeeld, die lachend hand in hand staan. Hun blije gezichten worden beschenen door de zon. Eronder staat in donkergrijze drukletters: *Gods kinderen zijn nooit alleen. We zijn één familie.*

'Ik vind het stom,' zeg ik. Het is wel mooi, maar het is niet de werkelijkheid. Niemand voelt zich zo in dit huis. 'Iedereen is alleen. Iedereen is bang. De kinderen van wie de namen hier op de muur staan, zijn hier niet door gered. Ik kan me niet herinneren dat iemand heeft geprobeerd Henry of Ellory te helpen.'

'Wíj zijn ook niet alleen,' zegt Clara. 'En ik vind het fijn dat er nog steeds aan die kinderen wordt gedacht.'

Ze blijft naar het beschilderde raam kijken.

'Jij gelooft toch niet opeens in die shit?' vraag ik.

'Nee hoor.' Ze schudt haar hoofd en glimlacht een beetje weemoedig. 'Nog geen seconde. Maar ik vind het niet erg dat zij het wel doen. Het kan toch geen kwaad als ze daardoor niet meer zo bang zijn? Wij hebben elkaar. Iedereen heeft iets nodig om zich aan vast te klampen.'

'Ik doe alles liever op eigen kracht en in mijn eentje.'

'Ik heb het gevoel dat ik mijn hele leven alles alleen heb gedaan. Dat ik geprobeerd heb om iets voor andere mensen te betekenen. Mijn best heb gedaan om ze niet teleur te stellen.' Ze kijkt me aan. 'Ik ben blij dat ik hier ben,' zegt ze. 'Anders had ik jou nooit ontmoet. Of was ik nooit iets over meerminnen te weten gekomen en had ik het noorderlicht niet gezien.'

'Dat meen je niet.' Ik moet een beetje lachen. Meent ze dat nou echt? Ik kan me niet voorstellen dat ik op die manier over mijn verblijf hier zou denken, hoeveel ik ook van haar hou.

'We smeren 'm en gaan op een warm, zonnig strand wonen en de rest van ons leven gelukkig zijn. Dat is in ieder geval stukken beter dan wat mijn ouders voor me hadden bedacht. Zoals trouwen met een jong Zwart Pak. Een paar baby's eruit persen. En net zo worden als die arme, ongelukkige moeder van me.'

'Er is vandaag natuurlijk een boot voor de leraren gekomen. Die hebben we gemist.' Ik probeer me voor te stellen dat ik Clara niet zou kennen. Dat lukt me niet. Het doet me lichamelijk pijn. Ik kan me niet indenken dat wij niet meer samen zijn, maar ik kan ook met geen mogelijkheid blij zijn dat ik hier ben. Ik vind het vreselijk dat ik zo bang ben voor het niets, maar ik ben tenminste niet zoals Ashley, die doet alsof hij geen angst kent.

'Maar er zijn geen goederen afgeleverd. Die boot moet nog komen.'

Ze heeft gelijk. Ik denk aan Moeders kantoor. 'Ik weet misschien hoe we te weten kunnen komen wanneer die aankomt.'

'Echt waar?' Haar ogen beginnen te stralen. Ze mag dan wel blij zijn dat ze mij heeft ontmoet, maar ze wil hier net zomin blijven als ik. De dreiging van het sanatorium blijft hoe dan ook boven ons hoofd hangen.

'Misschien. Ik probeer het uit te vogelen.'

'Heb je geheimen voor me?' Ze komt tegen me aan staan. Mijn opwinding verdwijnt razendsnel bij de gedachte aan de controletest. In plaats van antwoord te geven, kus ik haar tussen de kaarsen, die fonkelen als sterren. Het duurt een hele tijd voordat ze onze kus onderbreekt.

'Wat is er?' vraag ik.

'We zijn in een kerk.'

'We zijn gewoon in een vertrek.' Mijn hoofd tolt en mijn hele lichaam staat in brand. Dat doet ze met mij, alleen maar door me aan te raken. 'Volgens mij worden we niet gestraft door een zelfbedachte God omdat we hier staan te zoenen.'

'Dat bedoel ik niet, sufferd.' Ze kust me weer.

'Wat dan?'

'We zijn in een kerk. Laten we trouwen.'

Ik schiet in de lach. 'Er is helemaal geen dominee en jij bent ook nog geen achttien.'

'Leeftijd is hier niet belangrijk,' zegt ze weer. Ze is heel serieus. 'En het is hier prachtig.'

Ik kijk om me heen. Als ik Ashley even uit mijn hoofd zet, is het hier inderdaad prachtig. Ik denk aan Henry en Ellory en de andere kinderen. Levens die afgelopen zijn. Wij zijn hier. Nu, op dit moment. En we leven nog.

'Tot de dood ons scheidt,' mompel ik.

'Nee,' zegt ze hoofdschuddend en ze glimlacht. 'Voor altijd. Jij en ik.'

Voor altijd. Het leven voordat ik Clara leerde kennen lijkt net een droom. Julie McKendrick en Billy. Dat ik naar het huis ben gebracht. Voordat Clara er was, lijkt alles grijs. Het verleden is grijs, en de toekomst is duister, maar op dit moment is alles helder en vol kleur.

'Clara, wil je met me trouwen?'

Mijn hart bonst.

Haar sproetjes bewegen als ze weer lacht. 'Ja.'

'Ik heb geen ring.'

'Die hebben we niet nodig. Het is ook niet zo'n soort trouwerij. We kopen wel een goedkope zilveren ring bij zo'n sieradenverkoper op een strand in India.'

'Gaan we daar dan naartoe?'

'Waarom niet? De hele wereld is van ons.'

'Maar hoe gaan we dit dan doen?' Ik voel me een ontzettende sukkel. Het zweet breekt me uit. Ik ben niet zo goed in dingen onder woorden brengen. Wat moet ik nou zeggen als trouwgelofte? Wat ik voel kan ik niet goed in woorden uitdrukken.

Clara pakt twee dekens en legt ze op de vloer. 'Zo gaan we het niet doen.' Ze heeft een vuurrode blos op haar wangen. 'We doen het volgens de natuur.' Ze draait haar hoofd naar me toe en ik zie dat ze net zo zenuwachtig is als ik. Verlegen.

'O,' zeg ik schor. Mijn hart klopt in mijn keel. Ik kan niet slikken.

'Of wil je dat niet? Ik bedoel...'

'Dat wil ik wel.' Dat weet ik in ieder geval zeker, ook al ben ik doodsbang.

'Ik wil niet doodgaan zonder het te hebben gedaan,' fluistert ze en ze komt naar me toe. We staan allebei zo te trillen dat de kaarsvlammetjes er ongeveer van gaan wapperen. 'En ik wil dat met jou. Het moet iets bijzonders zijn.' Ze kijkt me aan, mijn meerminmeisje, en mijn hart ontploft. Ik heb het gevoel alsof al die krankzinnige kleuren die we aan de hemel hebben gezien nu in mijn binnenste wervelen. Opgewonden en bang sta ik aan de rand van een afgrond, op het punt om me in het onbekende te storten.

'Deed het pijn?' vraag ik naderhand, als we in elkaars armen op de dekens liggen. Haar huid voelt zo zacht tegen die van mij.

'Nee. Ik had ook niet verwacht dat het dat zou doen. Ik was niet bang.' Ze geeft een zoen op mijn borst. Ik ben nog steeds helemaal beduusd van alles. Alles lijkt wel anders. Nu zijn we mensen die 'het' hebben gedaan. Een raar gevoel. Niet zo ingrijpend als ik had gedacht, maar wel alsof ik volwassener ben geworden. We zijn geen kinderen meer. We zijn getransformeerd. Wij zijn wij maar toch ook weer niet dezelfde die we waren.

'Was het oké?'

Haar vraag overvalt me. Dit is nou precies wat ik niet durfde vragen. Het ging een beetje haastig en ze moest me helpen terwijl ik er steeds maar aan moest denken dat ik hard moest blijven en me afvroeg welke dingen ze fijn zou vinden. Dus ik weet dat het niet geweldig was, maar tegelijkertijd heb ik nog nooit zoiets geweldigs meegemaakt.

'Oké? Het was wel iets meer dan oké. Het was ongelooflijk.' Ik zwijg even. 'En de volgende keer weten we tenminste hoe het moet.'

Ze giechelt en dan zucht ze. 'Ik voel me anders.'

'Ik ook.'

'Fijn hè?'

'Ja.'

Ik kijk naar de kaarsen die bijna zijn opgebrand en hun vlammetjes over ons en de geïmproviseerde grafstenen van de doden laten schijnen.

'Ik hou van je, Toby,' fluistert ze.

'Ik hou ook van jou, Clara.' Ik hou zoveel van haar dat mijn hart niet groot genoeg is om het te bevatten.

Dan staan we op. Giechelend en zoenend trekken we onze kleren weer aan en vouwen de dekens op. De kaarsen blazen we een voor een uit. Ik wil niet bij haar weg. Ik wil dat er geen einde komt aan deze nacht.

'Moet je buiten kijken!' zegt ze plotseling. Zodra ik dat doe, kan ik mijn ogen niet geloven.

We gaan bij de onbeschilderde ramen staan en kijken vol verwondering naar buiten. Dit is nog mooier dan de zonneschijn op het beschilderde raam. Grote witte vlokken dwarrelen uit de lucht.

'Het is sneeuw,' zegt ze. 'Echte sneeuw.'

'Maar het sneeuwt nooit meer in Engeland.' Ik snap het niet.

'Al in geen honderd jaar meer. Dat vertelden ze altijd op school.' Ze praat heel zacht en ze houdt mijn hand stevig vast. 'Is het niet schitterend? Net een huwelijkscadeau van de natuur.'

Ik ben sprakeloos. We staan daar in het donker en zien hoe de wereld buiten verandert. De sneeuw maakt geen geluid zoals de regen en zweeft op de grond in plaats van te kletteren. Voorzichtig en nieuwsgierig, niet agressief en boos. De vlokken strijken langs het raam en blijven even hangen voordat ze smelten. Het is een week van wonderbaarlijke dingen geweest en ik ben zo blij dat ik wel zou kunnen huilen, hoewel ik zestien ben en niet eens precies weet waarom ik dan moet huilen, maar dat maakt niet uit.

'Nu komt alles goed,' zegt Clara. 'Dat weet ik gewoon.'

15

De sneeuwbal komt keihard op mijn kin terecht, en mijn gezicht deed al zo'n pijn vanwege de klappen die ik tijdens het gevecht heb opgelopen.

'Sorry!' roept Clara en ze begint te lachen omdat ik als een meid sta te gillen. Mijn handen zijn bevroren. Ik heb sokken over mijn handen, als een soort wanten, en die zijn nu al drijfnat, maar dat kan me niks schelen.

Overal in de tuin wordt gelachen en gestoeid. Clara heeft gelijk gekregen. Door de sneeuw komt alles goed. Dat is al zo vanaf het moment dat we door de gong werden gewekt.

Louis zag het als eerste toen hij uit bed was gestapt en zich geeuwend uitrekte. Ondanks die razendsnelle hersens van hem kon hij toch niet anders dan alleen maar wijzen en 'Kijk!' roepen, net zo lang totdat iedereen naast zijn bed stond en wilde weten waarom hij zo veel drukte maakte. Intussen hoorden we ook opgewonden stemmen uit de andere slaapzalen komen. Dat verbaasde me niks. De sneeuwstorm was even nadat het licht werd gaan liggen, en er lag al een dik pak op de grond, en het sneeuwde nog steeds een beetje.

Will, die gisteravond klaagde over koude voeten, stond doodstil bij het raam. Verrukt en vol ongeloof keek hij naar buiten. Op dat moment dacht hij niet aan zijn moeder of 'dat je ogen ervan gaan bloeden', of hoe hij moest schaken of alle nieuwe dingen in zijn bestaan. Hij was weer tien jaar. Een gewoon jongetje. Ik had een brede grijns op mijn gezicht toen ik naar hem keek.

'Het is net Narnia,' fluisterde hij. 'De tuin lijkt op Narnia.'

Bij het ontbijt waren maar twee verpleegsters aanwezig – Louis had het bij het rechte eind, de andere verpleegsters waren met de leraren meegegaan – en hun ogen straalden, ook al glimlachten ze niet. In de eetzaal hing een energie die ik nog niet eerder in het huis had gevoeld, ook niet op de dag dat ik hier aankwam. Toen heerste er een soort nerveuze opwinding en nu een en al verrukking. Niemand hier had ooit sneeuw gezien, de verpleegsters niet, wij niet en zelfs Moeder niet. Als Clara geen sneeuw had gezien – haar vader was een Zwart Pak en zij was met haar ouders vaak in het buitenland geweest – dan had de rest van ons die zeker nooit gezien. Iedereen stuiterde van opwinding. Behalve Moeder. Ze stond bij de deur, zoals altijd zonder enige uitdrukking op haar gezicht – doods – en zei tegen ons dat we na het ontbijt buiten in de sneeuw mochten gaan spelen. In de speelkamer lagen extra jassen voor ons klaar. Ze klonk niet vriendelijk. Ik denk dat ze het gewoon makkelijker vond om ons naar buiten te laten gaan dan ons binnen te houden, zeker met zo weinig verpleegsters in huis.

Ik keek naar Moeder terwijl iedereen begon te joelen en te fluiten en er nog snel de laatste boterhammen naar binnen werden gepropt. Ik verwachtte dat ze Louis en mij aan zou kijken, maar dat deed ze niet. Misschien was dat een goed teken en hoeven we ons inderdaad nergens zorgen over te maken. Ik besluit om de bloedtest uit mijn hoofd te zetten en vandaag alleen maar te denken aan afgelopen nacht met Clara en de sneeuw. Alles is zo fijn.

We zien er idioot uit omdat de kleren ons niet passen, maar dat interesseert niemand iets. Zelfs Jake niet. We lopen de tuin in. De sneeuw knerpt onder onze voeten. Volgens mij is er vannacht wel dertig centimeter sneeuw gevallen en alles is spierwit. We zijn net een kerstkaart met kinderen in een sneeuwlandschap. Er worden minstens drie sneeuwpoppen gemaakt. Louis, Will en Eleanor breken takjes van de bomen en steken die als armen in het ronde bovenlijf van de pop.

'Niet die!' zegt Clara en ze rent naar hen toe om te helpen. 'Je moet die tak erboven nemen, stukje hoger. Het uiteinde lijkt net een hand. Ik kan er wel bij!'

Terwijl ik wacht tot ze terugkomt adem ik de koude, frisse sneeuwlucht in en kijk om me heen. Bij de schommels proberen Tom en een stel jongens een iglo te bouwen, maar het ding stort steeds in. Sneeuwballen vliegen alle kanten op wanneer kinderen van alle leeftijden uit de slaapzalen elkaar bestoken. Zelfs Daniel gilt het uit van de pret als hij wordt geraakt door een bombardement van sneeuwballen van een roodharig jongetje uit Slaapzaal 8. Hij moet zo hard lachen dat er zelfs kuiltjes in zijn dikke wangen komen.

Ashley staat er met een verzaligde lach op zijn gezicht naar te kijken. Maar dan komt Harriet van achteren aangeslopen en propt een handvol sneeuw in zijn kraag waardoor hij van schrik bijna een meter de lucht in vliegt.

Ze lacht uitgelaten als hij achter haar aan rent en haar probeert te pakken. Ze straalt en dan valt me op dat ze helemaal niet lelijk is. Zij is zo'n meisje dat over een paar jaar waarschijnlijk een echte beauty zou worden, als ze daar tenminste de tijd voor zou krijgen. Haar gezicht is gewoon nog niet helemaal volgroeid. Ik merk nu ook dat Clara en ik niet het enige verliefde stelletje zijn in huis. Ik weet niet of Ashley het in de gaten heeft, maar ik wel. Dat Harriet zo straalt komt door hém.

'Deze dag kunnen ze niet meer van ons afpakken.'

Zonder dat ik het in de gaten had is Louis naast me komen staan en ik schrik me rot van zijn stem. 'Als onze test slecht uitvalt...' Zijn adem komt als stoom uit zijn mond, 'hebben we in ieder geval sneeuw gezien.'

'Louis,' zeg ik. 'Iedereen hier had een test die slecht uitviel. Alleen was de uitslag van de onze niet helemaal duidelijk. Niks om ons zorgen over te maken, zei de verpleegster toch? Volgens mij is zij niet iemand die liegt. En ik voel me prima, jij toch ook?'

'Best wel.' Hij kijkt naar de sneeuw. 'Ik moet er alleen steeds aan denken.'

'Hou daar mee op. Anders word je gek.' Ik wil er niet aan denken. Ik wil er niet aan denken dat ik al deze schoonheid niet meer zal zien en Clara zou moeten achterlaten. 'We zijn nu hier. Dat is het belangrijkste.' Ik kan me nog steeds niet voorstellen dat het leven gewoon doorgaat als ik er niet meer ben.

Hij knikt, maar ik heb hem duidelijk niet overtuigd. Ik vraag me af of hij meer last van angst heeft omdat hij zo slim is. Maar volgens mij zijn wij allemaal even bang, alleen uit iedereen dat op een andere manier. Ik heb me bijvoorbeeld voor iedereen afgesloten, Jake is arrogant geworden en Ashley heeft de kerk om zich achter te verstoppen en te doen alsof hij niet bang is. Maar hij houdt zichzelf gewoon voor de gek. Als zijn ogen gaan bloeden, gaat hij net zo hard janken als Henry deed.

'Laten we doen alsof we in Narnia zijn.' Will komt als een jong hondje achter Louis aangelopen. 'Dan is Clara de koningin.'

'We zijn te oud voor die shit,' zeg ik. 'Ga dat maar samen met Eleanor spelen.' Als ik te lang naar Will en Louis kijk, voel ik me schuldig omdat Clara en ik van plan zijn met de boot ervandoor te gaan. Ik maak me zorgen om ze. Ik weet zeker dat ze heel erg van streek zullen zijn en vinden dat ik ze in de steek heb gelaten. Maar we kunnen geen andere kinderen meenemen, klaar uit. Ik ben niet hun vader en ze hebben in ieder geval elkaar nog.

Will rilt en haalt zijn neus op. 'Ik kan die sneeuwpop niet afmaken, want twee van mijn vingers zijn helemaal gevoelloos.' Hij steekt zijn hand op, helemaal rood en schraal. 'Hier,' zegt Louis en hij haalt een paar dikke wollen sokken uit zijn jaszak. 'Trek die maar aan, dan worden je vingers wel weer warm.'

'Geweldig, hè?' Will grijnst en hij trekt de sokken aan. 'Echt mooi.'

'Zeker weten,' zegt Louis.

'Hé, Toby!'

Ik kijk op. Het is Jake, die een stuk verderop staat. 'Sneeuwballengevecht? Slaapzaal 7 tegen Slaapzaal 4?'

Even wordt het stil als Jakes zware stem door alle opgewonden geschreeuw klinkt. Iedereen blijft staan om te kijken hoe dit gaat aflopen. Louis en Will kijken me allebei onzeker aan, maar ik glimlach. Jake biedt me de vredespijp aan en ik accepteer die. 'We maken jullie in!' roep ik terug.

'Ik ga bij hun team!' Blij en vol energie huppelt Clara over de sneeuw.

'Oké, we beginnen!' Het wordt een echt gevecht waaraan iedereen meedoet. Als de gong gaat voor de lunch, weten we allemaal hoe het voelt om onder de sneeuw te zitten, in je ogen, je oren, je neus. Onze huid tintelt en we hebben gehuild van het lachen. We zijn niet meer verdeeld in slaapzalen, en ook niet langer achterdochtig ten opzichte van elkaar. Er zijn geen onzichtbare scheidslijnen meer. Daar is het een te mooie dag voor. Het is niet alleen de mooiste dag die we hier hebben meegemaakt, maar ik denk gewoon de mooiste dag ooit.

Na de lunch komt Jake naar ons toe en zegt dat hij iets heeft bedacht. Hij neemt Clara, Tom en mij mee naar een hoekje bij de speelkamer. Er is verder niemand meer in huis, want iedereen heeft droge kleren aangetrokken en is daarna weer naar buiten gegaan. Toch heeft Jake ervoor gezorgd dat Albi op de uitkijk staat aan het ene eind van de gang en Daniel aan de andere kant. Het is net alsof we in een of andere oude gevangenisfilm meespelen.

'Ik wil in een van de lerarenkamers inbreken. Die van die oude gast die altijd naar peuken stonk.' Hij praat heel zacht. 'Kijken of we daar drank en zo kunnen vinden. Dan bouwen we een feestje voordat we naar bed gaan.'

'Wanneer dan?' vraag ik. Mijn hart bonst. 'En hoe dan? Als je de deur forceert dan weten ze dat wij dat hebben gedaan.'

'Geen punt. Dit is een oud huis, man. De sloten op de deuren binnen zijn een eitje.' Hij kijkt Clara aan. 'Als jij wat haarspelden voor me hebt.'

'Harriet heeft speldjes. Ik kan er wel een van haar pakken.'

'Twee. Ik heb er twee nodig.'

Clara knikt.

'Weet je echt hoe dat moet?' vraag ik. 'Heb je dat in de tuchtschool geleerd?'

Hij draait met zijn ogen. 'Al lang daarvoor. Dat is tig keer makkelijker dan in auto's inbreken, en dat kan ik ook.'

Ik weet niet of hij liegt over de auto's, maar daar zal ik wel nooit achter komen, dus moet ik hem maar geloven.

'Jullie doen mee?' vraagt hij. 'Dan wordt het dus mijn slaapzaal en die van jullie, maar niemand van die Jezusfreaks.' Hij kijkt even opzij. 'En Clara. Dat is het. En als iemand anders dit te weten komt, dan sla ik jullie kop eraf.'

'We zeggen niks,' zegt Clara. Jake heeft geen idee hoe goed wij een geheim kunnen bewaren.

'Ik moet iemand hebben die op de uitkijk staat als ik naar binnen ga. Toby, jij houdt het kantoor van Moeder in de gaten. Na het avondeten zit ze daar altijd een paar uur. En je geeft me een seintje voor het geval ze naar buiten komt. We moeten een soort fluitsignaal bedenken.'

'Komt voor mekaar.' Even vraag ik me af of hij een grap met ons wil uithalen, maar dat denk ik toch niet. Daarvoor is hij te serieus. Bovendien wil ik dat de wapenstilstand tussen ons blijft bestaan. Het is hier al ellendig genoeg zonder dat we elkaar de tent uit vechten. Ik denk aan het botenschema in het kantoor van Moeder. 'Kun je me laten zien hoe je een slot openmaakt?'

'Waarom wil je dat?' Hij knijpt zijn ogen even tot spleetjes.

'Het lijkt me gewoon cool als je dat kunt,' zeg ik. 'Ik heb altijd willen weten hoe mensen dat soort shit doen.'

'Misschien later,' zegt hij.

Ik dring niet aan. Ik wil niet dat hij merkt hoe belangrijk dit voor me is.

Vlak voordat we aan de slag gaan, vertel ik het pas aan Louis en Will. Ik denk niet dat ze het anders aan iemand hadden verteld, maar ze zijn nu eenmaal niet erg goed in het verbergen van hun enthousiasme. Clara gaat met ze naar boven en ik neem mijn positie in op de gang, om de hoek van Moeders kantoor. Mocht ze naar buiten komen, dan zie ik haar meteen. Ik neem een oud stripblad mee uit de bibliotheek, uit de tijd dat sneeuw nog normaal was in Engeland, en ga met mij rug tegen de radiator op een kussen uit de speelkamer zitten. Zonder echt te lezen blader ik door de vergeelde pagina's. Er staat een verhaal in over een jongen met een gekke hond, die altijd in moeilijkheden komt en een chic jongetje met een vlinderdasje. Na alle kou van de ochtend word ik slaperig door de warmte van de radiator op mijn rug en ik moet echt moeite doen om mijn ogen open te houden. Maar dan hoor ik voetstappen de trap afkomen. Ik ga rechtop zitten en zie een verpleegster – ónze verpleegster, denk ik inmiddels – naar Moeders kantoor lopen. Ze heeft een papier in haar hand en als ik even haar gezicht zie, merk ik dat ze helemaal niet meer vriendelijk kijkt. Ze heeft haar kaken op elkaar geklemd en een vastberaden blik in haar ogen.

Dan is ze uit het zicht en hoor ik haar op de deur van het kantoor kloppen. Zodra de deur opengaat begint ze te praten.

'Ik heb de uitslagen – die verschillen niet van de vorige. We moeten er echt over praten wat we moeten doen.'

Moeder mompelt iets en dan gaat de deur dicht. Ik ben totaal niet slaperig meer. Ze had het natuurlijk over de uitslagen van Louis en mij. Wat is er aan de hand met ons? Wat zouden ze moeten doen? Ik leun met mijn hoofd tegen de muur en begin bijna te huilen als de bal van angst groter wordt en tegen mijn blaas drukt. Ik krijg pijn in mijn buik.

Ik hoor de stemmen door de muur komen en druk mijn oor ertegenaan. Als ik maar wist wat er aan de hand is, dan zou ik niet zo bang zijn. Dat zeg ik tenminste tegen mezelf.

Ik hoor Moeders stem, maar ze praat zo zacht dat ik haar niet kan verstaan. Ik kan me niet voorstellen dat zij ooit zou schreeuwen, maar de verpleegster windt zich wél op. Ze is moediger dan ze lijkt. Hoe durft iemand boos te worden op Moeder? Ik concentreer me en hoor flarden van zinnen.

We moeten ze het vertellen

Maar we moeten iets doen. Wat gaat u eraan doen?

Als u het niet doet, doe ik het.

Tussen die zinnen door hoor ik Moeders kalme gemompel, als druppels water die een brand moeten blussen, en geleidelijk aan gaat de verpleegster zachter praten. De deur gaat open.

Ik druk mezelf tegen de muur als ze naar buiten komt en de trap op loopt, zonder het papier dat ze in haar handen had toen ze naar binnen ging. Ik wil niet dat ze me ziet. Ik wil niet dat ze ziet hoe bang ik ben. Ik wil in de muur verdwijnen zodat niemand me ooit nog kan vinden.

Even later klinkt een zacht fluitje. Jake heeft het gedaan. Mooi zo, denk ik als ik opsta, en ik laat het stripblad en het kussen achter, want ik wil nu alleen maar dronken worden en nergens meer aan denken. Ik kijk uit het raam. Het is weer gaan sneeuwen. Ik probeer het fijn te vinden.

Het is geen gigantische buit: drie flessen wijn en twee sigaretten. Maar het is beter dan niets en voor ons achten is het meer dan genoeg. Will is zenuwachtig. Hij heeft waarschijnlijk alleen ooit met Kerstmis een slokje bier gedronken, en ik denk niet dat Louis' in zijn leven *hiervoor* 's nachts goedkope cider zat te zuipen. Zij zullen wel het minste drinken; des te meer is er voor de rest van ons. Het voelt echt als iets heel bijzonders zoals we hier bij elkaar op kussens in een kringetje zitten. We houden ons schuil in een kamer die iets verder ligt dan de kamer waarin we Georgie hadden verstopt. Het is hier kouder. Volgens mij staat de verwarming uit in de delen van het huis die niet gebruikt worden.

'Daniel, jij bent als eerste aan de beurt om op de deur letten,' zegt Jake. En hij schenkt wat witte wijn in onze plastic waterbekers. 'Iedereen tien minuten, oké?'

'No problemo.' Puffend en hijgend hijst Daniel zich overeind. Hij is dolblij dat hij erbij mag zijn. Hij zou zich nog onder de poep smeren als Jake dat van hem vroeg. Jake en Albi zijn voor hem iets wat nog het meest op het begrip 'vriend' lijkt, terwijl ze niet eens vrienden zijn.

Jake houdt zijn beker op. 'Fuck deze shit,' zegt hij om te proosten.

Tom moet lachen. 'Ja, fuck deze shit.'

We heffen allemaal onze beker en nemen een slok.

'Op de sneeuw! Op Narnia!' roept Will. Hij trekt zijn neus op als hij de wijn proeft. We kijken hem allemaal aan.

Albi schiet in de lach, maar het is niet gemeen bedoeld. 'Ja,' zegt hij. 'Op de sneeuw, gast. Op de sneeuw.'

Binnen tien minuten zijn we een beetje aangeschoten, zelfs Jake.

Er is niet veel voor nodig. Het is voor ons allemaal al weken geleden dat we iets met alcohol hebben gedronken, en waarschijnlijk is Jake de enige die geregeld dronk. Tom neemt de beurt over van Daniel bij de deur, en hij zit half buiten, half binnen, maar we zijn hier behoorlijk veilig. Niemand komt hier. We vertellen moppen en ontspannen als we het effect van de wijn beginnen te voelen. Ik sla mijn arm om Clara heen en ze leunt tegen me aan. Dan geeft ze me een zoen op mijn wang, waarop Daniel begint te zingen: 'Een, twee, drie, vier, vijf, zes, zeven, Toby moet Clara een zoentje geven...' En dan doen Louis en de anderen ook mee, totdat Tom vanaf zijn uitkijkpost zegt dat we stil moeten zijn.

'Niet van dat kleffe gedoe hier,' zegt Jake, maar ik hoor geen enkele jaloezie in zijn stem. Hij doet zijn best om zich eroverheen te zetten. Clara gaat rechtop zitten en ik haal mijn arm weg.

Vanuit mijn ooghoek zie ik dat Louis de beker van Will opvangt omdat hij die bijna op de grond liet vallen, en ik lach.

'Ben je nu al dronken?'

'Ik heb nog nooit wijn gedronken,' zegt Will en hij neemt een flinke slok. Nog meer gelach.

'Gaan we die sigaretten oproken?' vraagt Clara.

'Zullen de verpleegsters dat niet ruiken?' zeg ik.

'Niet als we bij een open raam gaan staan. En de deur dichtdoen.' Ze staat al op. 'Will heeft nog nooit wijn gedronken, ik heb nog nooit een sigaret gerookt. En niemand van ons had ooit sneeuw gezien.' Ze kijkt mij aan met een blik van verstandhouding. 'De afgelopen dagen hebben we heel wat dingen voor het eerst gedaan.'

Ik herinner me hoe het voelde toen ik in haar was, vreemd en geweldig tegelijkertijd. Ik kan niet wachten tot het weer nacht is.

'Ik wil geen sigaret,' zegt Louis en hij duwt zijn bril omhoog op zijn neus. 'Roken is heel slecht voor je.'

Jake loopt naar het raam en schuift het voorzichtig omhoog, in zijn mondhoek bungelt een onaangestoken sigaret. Hij draait zich om.

'Meen je dat nou serieus?' Hij kijkt van Louis naar mij.

'En hier moet ik dus mee leven,' zeg ik.

'Maar je krijgt er kanker van,' houdt Louis vol. 'Iedereen weet dat.'

We lachen.

'Je neemt ons in de zeik,' zegt Albi. 'Echt.'

'Ik zie het nut er niet van in om het nog erger te maken.' Louis neemt een slokje wijn. Het klinkt allemaal zo verstandig en daardoor zo waanzinnig grappig dat we allemaal beginnen te schateren en de slappe lach krijgen.

'Wat nou?' zegt Louis en dat maakt het alleen maar erger. Tom krijgt bijna geen lucht meer. Clara wilde net een slok nemen als ze in de lach schiet en de wijn uitproest. We liggen dubbel.

'Ik zie het nut er niet van in om het nog erger te maken?' weet Jake stikkend van de lach uit te brengen. 'Shit, man, daar zeg je wat.'

'Het niet erger maken,' herhaalt Tom met een piepstem tussen twee lachaanvallen door. 'Hoi, ik woon in het Dodenhuis, maar ik ga niet roken. Ik zie geen reden om het erger te maken.' Het einde van de zin gaat vrijwel verloren in gegier en gehik. Tom heeft het niet meer.

Wanneer Louis uiteindelijk zelf ook doorheeft hoe absurd zijn woorden zijn, barst ook hij in lachen uit. Er is geen houden meer aan.

Ik heb pijn in mijn buik van het lachen. Mijn gezicht is helemaal verkrampt en mijn blauwe oog klopt. Ik kan niet stoppen met lachen. Het is zo idioot dat we met z'n achten halfdronken de slappe lach hebben om het feit dat we in het Dodenhuis zitten. Zelfs als ik eraan denk dat de verpleegster het met Moeder over Louis en mij had, kan ik niet ophouden met lachen. Alles is grappig.

Ik hou niet van sigaretten maar toch ga ik er vandaag eentje roken.

Ik neem een paar trekjes, maar ik word meteen draaierig. Na nog een hijs heb ik het gevoel dat mijn longen in brand staan en houd ik op met inhaleren. Clara doet ook haar best, maar begint elke keer te hoesten als ze inhaleert. We zijn net een stelletje sulletjes die achter het natuurkundelokaal op school staan te paffen. Uiteindelijk geven we de sigaret aan Jake. Tom en hij roken de rest op.

Als de wijn op is, hebben we nog maar een uur voordat we naar bed moeten. Albi gaat naar beneden om op zijn saxofoon te spelen, 'even chillen' zoals hij het noemt. Clara en Tom gaan mee om te luisteren en de jongere kinderen verdwijnen naar de slaapzalen.

'Laat me nu zien hoe je die sloten openmaakt,' zeg ik als ik samen met Jake achterblijf.

We verstoppen de lege flessen in een oude klerenkast. Daar zullen ze pas over een paar weken worden gevonden, en misschien wel nooit, en gaan dan op weg naar de kamers van de leraren. Mijn hoofd tolt en ik ben een beetje draaierig van de sigarettenrook. Het blijft aan me hangen als vieze aftershave. Ik probeer me te concentreren als Jake me vertelt hoe ik twee haarspeldjes moet gebruiken en hiermee in het mechanisme moet poeren. Op een gegeven moment hoor ik een klik. Ik draai aan de kruk en de deur gaat open. Mijn hart maakt een sprongetje. Jake grijnst. 'Zie je? Makkelijk hè?'

Heel even werp ik een blik in een gezellige zit-slaapkamer. Ik zie een bank met een sprei erover, een tv in de hoek. Alles is heel normaal en huiselijk en dan doen we de deur weer dicht.

'Het is lastiger om een deur weer op slot te doen.'

Dat klopt. Tegen de tijd dat het me is gelukt, heb ik pijn in mijn vingers en heb ik een paar keer flink gevloekt. Maar het lukt me. Ik wist dat ik het kon. Het moet. Ik denk aan het kantoor van Moeder beneden en hoop maar dat die deur hetzelfde soort slot heeft.

'Laten we maar teruggaan,' zegt Jake. 'De peuken doorspoelen voordat de verpleegsters hun ronde doen.'

'Hé,' zeg ik als we bij de trap staan. 'Bedankt.'

Ik weet niet wat ik precies wil zeggen. Hij heeft geen blauw oog zoals ik maar wel een dikke lip. Ik kan de snee zien. 'Je weet wel, voor alles.'

Hij haalt zijn schouders op. 'Laat maar zitten, goed?'

'Tuurlijk.'

We gaan weg, zou ik willen zeggen. *En je ziet ons nooit meer terug.* Maar dat doe ik niet. Zelfs tegenover Jake voelt het als een soort verraad. In heel veel opzichten zitten we samen in dezelfde shit, ook al voelen we ons allemaal heel alleen.

Als ik uit de badkamer kom ruik ik naar zeep en tandpasta, en ben ik nog steeds een beetje wazig van de wijn. En dan zie ik Louis in de gang staan in zijn pyjama en op sloffen.

'Wat is er?'

Zijn gezicht staat strak en zorgelijk. 'Will.'

'Wat is er met hem?' Ik hoop echt dat Will niet overgegeven heeft in de slaapzaal. Waarmee moeten we dat trouwens opruimen?

'Denk je dat alles goed met hem is?'

'Hij is gewoon dronken.'

'Nee, dat bedoel ik niet. Dat andere.' Hij pulkt aan zijn nagels.

'Wat bedoel je met dat andere? We moeten naar de slaapzaal, want de verpleegsters komen zo.'

'Hij doet zo stuntelig opeens.' Louis kijkt me niet aan en houdt zijn blik op de vloer gericht. 'Heel gek.'

'Volgens mij is er niks met hem aan de hand.' Dat zal heus wel. Clara, de boot en de controletest houden me zo bezig dat ik niet echt op Will heb gelet. 'Je bent paranoïde.'

'En jij dan?' Hij kijkt me aan. 'Alles oké met je?'

Ik knik. 'Dacht het wel.'

‘Met mij ook.’

‘Laten we dan maar naar bed gaan.’ Ik voel me niet meer op mijn gemak, want de woorden van de verpleegster gaan nog steeds door mijn hoofd: *Maar we moeten iets doen. Als u het niet doet, doe ik het.*

16

Ik val al heel snel in slaap. Het is een lange dag geweest met al die sneeuw en wijn en bovendien heb ik dagenlang niet langer dan drie of vier uur geslapen. Hoewel ik me had voorgenomen om wakker te blijven en naar Clara te gaan, ben ik meteen onder zeil.

Met een schok word ik wakker. Het is donker en stil in de slaapzaal, de combinatie van wijn met slaappillen zorgt ervoor dat de anderen in diepe slaap zijn en dat ook wel tot de ochtend zullen blijven. Ik heb een droge mond en een schrijnend gevoel in mijn longen van het roken. Ik wil water drinken. Ik heb geen idee hoe laat het is, maar het is diep in de nacht en ik voel gewoon dat het veilig is. De verpleegsters liggen in bed. Het is de tijd van Clara en mij.

Ik ga naar de badkamer om water te halen en als ik op de koude gang kom, word ik wat minder duf. Ik sluip naar Clara's slaapzaal en zie dat ze ook diep in slaap is. Ze ligt op haar zij, met haar benen opgetrokken, haar haren uitgespreid over het kussen alsof een zeebries in haar gezicht waait. Even sta ik op het punt om haar wakker te schudden, maar dan bedenk ik me. Ze ligt daar zo stil en ademt zo regelmatig dat ik haar slaap niet wil verstoren. Ze heeft het denk ik nodig. Ik blijf nog even naar haar kijken en sluip dan maar weer terug naar mijn eigen bed. Ik heb geen zin om iets te eten te pakken en dan in mijn eentje in de speelkamer uit het raam naar de hemel te gaan kijken. Die tijd is voorbij. De nachten zijn van mij én van Clara. Ik zou me alleen maar eenzaam en treurig voelen zonder haar.

Ik ben net tussen twee verdiepingen als ik iets hoor. Heel even kan ik niet thuisbrengen wat het is. Maar mijn lichaam wel. Mijn hart slaat op hol, ik ril van angst en dan verstijf ik. Maar mijn verstand heeft toch nog even tijd nodig om het tot me door te laten dringen. Het is het geluid van de lift, die tot leven komt. Dit is volkomen onverwacht. Wie komen ze halen?

Mij. Louis en mij. De controletest.

Ik moet bijna kotsen. Ik kan niemand anders bedenken die ziek is. Niemand die de Engelen des Doods moeten komen halen. De gedachte komt bij me op dat ik snel terug moet gaan naar mijn slaapzaal omdat ze natuurlijk niet mogen merken dat ik niet in bed lig als ze me komen halen. Dat is natuurlijk een volkomen idiote gedachte en van de zenuwen begin ik te giechelen. Ik zit nu zo in de shit dat het echt niet erger kan. Ik moet vluchten. De tuin in gaan, over de muur klimmen en me ergens op het eiland verstoppen waar ze me niet kunnen vinden. Of de roeiboot pakken en kijken hoe ver ik daarmee kan komen

Ik ben op blote voeten en ik heb alleen een dunne pyjama aan, maar toch denk ik erover om door de sneeuw weg zien te komen. Als ik met de verpleegsters ga vechten en maar genoeg lawaai maak, zou Clara dan wakker worden? Er is een nieuwe angst bij gekomen. Ik moet er niet aan denken dat ik Clara nooit meer zal zien. Dat ik verdwenen ben als ze wakker wordt. Ik vind het verschrikkelijk dat we niet eens echt afscheid van elkaar hebben genomen. Dat we alleen 'welterusten' en 'tot straks' hebben gezegd. Ik weet niet eens meer hoe ze keek op dat moment. Ik wist niet dat het de laatste keer was dat ik haar zag. Ik heb het niet tot me laten doordringen. Ik wil de klok terugdraaien. Ik wil de klok stilzetten. Ik wil tijd rekken.

Terwijl ik me volkomen in paniek tegen de muur druk, dringt het langzaam tot me door dat de lift stil is blijven staan, maar niet op de verdieping van mijn slaapzaal. Boven me hoor ik voetstappen en ik voel zo'n geweldige opluchting dat ik helemaal begin te trillen. Ze komen niet voor mij. Nog niet.

Ik hoor geen wieltjes piepen, ook al is het verder zo stil dat mijn oren ervan suizen. De verpleegsters lopen door tot aan het eind van een van de gangen. Dat verbaast me. De meeste slaapzalen bevinden zich in de buurt van de centrale trap. Waar gaan ze naartoe?

Uit de buurt van de ramen is het donker als op een inktzwarte zee. Ik sluip de trap op en zet mijn voeten heel voorzichtig neer om te voorkomen dat de houten treden gaan kraken. Met bonzend hart ga ik op mijn hurken zitten en kijk door de spijlen van de trapleuning. Ik zie niemand, maar als ik mijn oren spits hoor ik ergens verderop een deur dichtgaan. Aan het eind van die gang zijn alleen de kamers van de verpleegsters en de kerk, niets anders. Waarom zouden ze naar de kamers van de verpleegsters gaan?

En dan worden de voetstappen weer luider. Ik laat me een paar treden naar beneden zakken en maak me zo plat mogelijk, waardoor de harde zijkanten tegen mijn ribben drukken. Ik hoop dat ze niet naar beneden kijken, maar ik moet dit zien. Het is geen bed van ons dat wordt weggereden, maar een brancard met geruisloze, geoliede wieltjes. Er lopen twee Engelen des Doods naast, een gewone verpleegster en een stevige, herkenbare gedaante. Moeder. Als ik haar zie laat ik me automatisch nog een tree zakken. Moeder is anders dan de verpleegsters. Moeder ziet alles. Ik probeer zo goed en zo kwaad als het gaat een glimp op te vangen van de gedaante die ze naar de lift rijden. Het is een vrouw. Aan de zijkanten van de brancard hangen dunne plukjes haar als de draden van een spinnenweb.

Het is een mooi boek. Mijn oma las het me voor toen ik klein was.

Niets om je zorgen over te maken.

Als u het niet doet, doe ik het.

Vol ongeloof staar ik naar de brancard en ik voel me beroerd. Ik wil niet meer kijken.

'Ik denk dat ze een overdosis slaappillen heeft genomen,' zegt Moeder.

'Ik heb haar gevonden.' Dit is de gewone verpleegster. Ze kijkt geschrokken en ze klinkt heel jong. Bijna net een echt mens.

'Ik begrijp niet waarom ze het heeft gedaan,' zegt ze.

'Haar psychisch evaluatie klopte blijkbaar niet.' De stem van Moeder klinkt zacht, maar er valt geen enkel gevoel in te bespeuren. 'Ze was wat uit balans de afgelopen dagen. Ik had gehoopt dat ze net als de rest naar huis zou gaan.' De liftdeuren gaan open en ze rijden de brancard naar binnen.

'Ik zal contact opnemen met het Ministerie en ze inlichten over wat er is gebeurd,' zegt Moeder als ze de lift in stapt. 'Ga jij maar naar bed. Er valt nu niets meer te doen.'

Voordat de lift weer in beweging komt, krijg ik even Moeders gezicht te zien: kil. Vastberaden. Leeg. De dodelijke hartenklop van het beest dat het sanatorium is.

Ik wacht tot de verpleegster naar haar kamer is verdwenen en dan ren ik naar beneden, terug naar mijn slaapzaal. Net als Clara rol ik me op als een bal, maar wel een gespannen, kwade en bange bal. Ik hoor de lift niet meer en knijp mijn ogen dicht en probeer te slapen. Maar het lukt me niet. Ik heb een metaalsmaak in mijn mond en een wee gevoel in mijn maag. De aardige verpleegster is naar het sanatorium gebracht. Dit heeft natuurlijk te maken met Louis en mij, ik weet het zeker. De uitslag van de test. Haar woordenwisseling met Moeder. Heeft Moeder haar die pillen gegeven toen ze naar bed ging? Pillen in haar warme chocolademelk gedaan? In een glas wijn? Moeder heeft hier op een of andere manier voor gezorgd. Maar waarom? Mijn hoofd loopt over van allemaal griezelige gedachten, en de bal in mijn buik wordt groter. Dit is anders dan wanneer wij worden weggebracht. Wij zijn Defecten. Wat ze met ons doen, maakt niet echt uit. Maar dit is iets anders. De verpleegster was gezond. Normaal. Ze is naar het sanatorium gebracht en niemand komt ooit terug uit het sanatorium. Ik probeer me haar gezicht voor de geest te halen. Ik denk aan de kerk en de posters met de namen erop. Zelfs dat zal ze niet krijgen.

Ik weet zeker dat ik haar nooit meer zal zien. En ik weet ook dat het moord is, ook al doet Moeder het nog zo onopvallend. Wij komen hier om te sterven. Maar de verpleegsters niet. Het is of Moeders kantoor me roept. Ik hoop dat als het me lukt daarbinnen komen, ik de naam van de verpleegster kan achterhalen. Niet om die op de muur van de kerk te schrijven. Dat is toch verspilde moeite. Binnen een jaar of zo is er niemand meer over die weet van wie die namen zijn. Maar buiten is iets anders. Ik wil de naam van de verpleegster weten als ik met Clara vlucht. Ik wil haar naam bekendmaken door brieven naar alle kranten te sturen. Ik wil dat haar familie het te weten komt. Het kan toch niet dat we allemaal onbelangrijk zijn en worden vergeten? Dat mag gewoon niet.

Ik vraag me af wat ze boven met haar doen. Pompen ze haar maag leeg of laten ze haar doodgaan? Misschien was ze al dood toen ze de lift in ging. Ik denk aan Henry en Ellory en al die andere kinderen. En ook aan mezelf en Louis en Will en Tom en Jake en Clara. Ik hou van ze allemaal, ook van de kinderen met wie ik nooit praat. Ik denk aan de lift. De stilte van de nacht. De eenzaamheid.

Ik begin te huilen en kan niet meer stoppen.

Het eerste jaar dat ze naar Cornwall gingen, was Toby vijf. Ze gingen niet naar een van de drukke resorts met van die hoge hoteltorens en overvolle stranden, maar naar een zomerhuisje in een oud dorpje, iets verder landinwaarts. Het kostte zijn ouder waarschijnlijk heel veel geld, maar daar hadden ze het nooit over. Ze dronken thee met melk en zwommen in het zwembad en gingen op ontdekkingstocht naar de rotsachtige baai die een paar minuten rijden verderop lag. De baai was niet helemaal verlaten, maar daar lagen de mensen tenminste niet als sardientjes in blik op het strand omdat iedereen zoveel mogelijk wilde genieten van de twee weken vakantie. Zijn ouders lachten, ze zochten naar krabben en gingen pootjebaden in de branding. De eerste keer dat ze hem mee het water in namen gilde hij. Hij had de oranje zwembandjes zo hard opgeblazen dat ze om zijn armen knelden, maar ze leken nog steeds niet sterk genoeg voor de uitgestrektheid van de zee.

De zee was anders dan het zwembad. Hij was bang voor de zee. De zee was zo groot en ging maar door, wel tot achter de horizon. Hij kon niets anders bedenken wat zich zo eindeloos ver uitstrekte als het water. In het zwembad was hij altijd bang dat hij zou verdrinken als hij niet hard genoeg spetterde en trappelde, zelfs met zijn zwembandjes om. In zee was hij bang dat hij ze af zou doen en dan zou blijven drijven in het midden van die donkere watermassa, voor altijd alleen.

Zijn ouders lachten en spetterden hem nat en hij raakte aan de golven gewend, maar pas toen hij een jaar of tien was voelde hij zich op zijn gemak in zee. Hij was dol op de verhalen die zijn moeder vertelde over meerminnen en geheimzinnige wezens die in de diepte woonden, maar hij geloofde er niet echt in. Hij hield van de golven die trokken en duwden en het koele water, maar af en toe keek hij uit over de eindeloze zee en stelde hij zich dan voor hoe verschrikkelijk het zou zijn om te verdrinken en verloren te gaan in al dat water. Om voor eeuwig in de diepte te verdwijnen.

17

'Sorry dat ik in slaap ben gevallen,' fluistert Clara als we naar de eetzaal lopen om te gaan ontbijten. 'Ik kon er niks aan doen.'

'Is niet erg, ik ben ook in slaap gevallen.' Ik probeer me normaal te gedragen, maar vanmorgen lijkt alles wat ik zie feller en scherper. Hyperrealistisch. Ik ben niet van plan iemand iets over de verpleegster te vertellen, en zeker niet aan Clara. Dan moet ik namelijk ook vertellen over de controletest en dat wil ook niet. Ik hou van Clara, maar nu heb ik al twee geheimen voor haar. Ik vraag me af of zij ook geheimen voor mij heeft. Misschien hebben we wel allemaal geheimen die we nooit aan iemand vertellen.

Moeder is nergens te bekennen en de twee verpleegsters bij het buffet zien er net zo onverstoorbaar uit als anders, al hebben ze vast van Moeder gehoord wat er is gebeurd. Hoewel ik geen trek heb, neem ik toch eieren met spek en ga terug naar de tafel. Gelukkig is iedereen van onze slaapzaal net zo brak als ik.

'Ik heb koppijn.' Will ziet bleek en zijn ogen staan dof. 'Ik heb eigenlijk overal pijn.'

Tom grinnikt. 'Je hebt een kater.'

'Als je dit soort dingen krijgt van drank, dan snap ik niet waarom mensen drinken,' klaagt Will.

Louis houdt zijn mond, maar ik zie wel dat hij steeds nerveus naar me kijkt. Ik ontwijk zijn blik. Ik heb geen zin in zijn paranoia. Will heeft een kater, maar Moeder heeft vannacht onze verpleegster vermoord. Dit gaat steeds maar door mijn hoofd en het blijft onwerkelijk. Niets is meer zeker. Ik heb het gevoel dat de dikke muren van het huis op me afkomen en me verstikken.

'Er ligt nog sneeuw,' zegt Will. 'Zullen we onze sneeuwpop gaan afmaken, Louis?'

Louis knikt.

'Is iemand van jullie in de kerk geweest?' Ashley staat naast ons en de woorden komen uit zijn mond alsof hij buiten adem is. We kijken elkaar aan. Ashley slaapt nog steeds bij ons op de zaal, maar we praten nooit meer met hem.

'Hoezo?' vraagt Tom. Tom voert duidelijk het woord vandaag. Misschien is dit wel een goed teken. Als Clara en ik weg zijn, moet hij de leiding van Slaapzaal 4 overnemen.

'Is iemand van jullie daar geweest?' herhaalt Ashley.

'Nee,' zeg ik. 'Waarom zouden we naar die klotekerk van jou gaan?' Ik kan alle posters duidelijk voor me zien, maar nu is er in mijn verbeelding nog eentje bij gekomen. Er staat geen naam op, alleen: *Moeder heeft haar vermoord omdat ze lief was.*

'Er zijn ettelijke dingen veranderd.' Hij klinkt kwaad, maar dan net als een man van middelbare leeftijd. Wie zegt er nou 'ettelijke'? Dat zou iets voor Moeder zijn. 'Er zijn ettelijke dingen aan het interieur van de speelkamer veranderd.' Moeder blijft maar door mijn hoofd spoken.

'Wij waren het in ieder geval niet,' zegt Louis. 'We zijn niet binnen geweest.'

Ik voel dat Clara naar me kijkt. De kaarsen. Hij weet dat iemand ze vannacht heeft aangestoken. We moeten voorzichtiger zijn. Ik voel me van alle kanten aangevallen. Ik moet echt zo snel mogelijk naar

Moeders kantoor om uit te vinden wanneer de boot komt, maar ik durf bijna niet meer. Misschien gaat er wel een alarm af, of slaapt ze daar. Ik stel me voor dat ik binnenkom en dat ze in het halfduister achter haar bureau zit, met een grote injectiespuit in haar handen. En als ze dan naar me lacht ontbloot ze haar scheve, scherpe tanden, spert haar mond wijd open en slokt me op in een eindeloze duisternis.

'Laten we naar buiten gaan,' zegt Clara, en ik word zo plotseling uit mijn gedachten gerukt dat ik me rot schrik. 'Ik voel me echt heel lekker vandaag.'

'Ik wou dat die hoofdpijn overging,' zegt Will en hij kauwt lusteloos op een stukje brood.

Ik loop met mijn rug naar het huis door de tuin, want het is net alsof de ramen van de bovenste verdieping als ogen op me neerkijken. Clara wil in de boom klimmen en ik doe met haar mee. De inspanning doet me goed en ondanks de waanzin van de afgelopen nacht moet ik toch lachen als ik stuntelig mijn benen omhoogzwaai en klem kom te zitten in de takken. De sneeuw is nog steeds sprookjesachtig en de hemel is stralend blauw, de lucht is tintelend koud. We stoten hele pakken sneeuw van de takken als we met gevoelloze vingers en een tintelend gezicht naar boven klimmen. Uiteindelijk komen we terecht op een dikke tak, ieder aan één kant van de boom.

Ik ben buiten adem en bezweet en Clara's gezicht straalt als ze haar hoofd omdraait en naar me kijkt. Ze zit op een tak schuin voor die van mij en ik houd mijn hart vast als ze achterover helt in het heldere, winterse zonlicht. Ik houd me angstvallig vast. Toen we naar boven klommen, leek het niet zo hoog, maar nu durf ik bijna niet naar beneden te kijken, omdat ik bang ben dat ik dan zal vallen.

'Vind je het hier niet fijn?'

Ik kijk in de verte. 'Ik zie het vasteland,' zeg ik. In de verte tekent zich een bruinige streep af onder het blauw van de lucht.

'Straks zijn we daar.' Ze glimlacht. 'De boot zal vast gauw komen.'

We blijven daar een poosje zitten zonder iets te zeggen terwijl de anderen beneden ons aan het spelen zijn.

'Vind je het niet erg om hen achter te laten?' vraag ik dan. 'Harriet en Eleanor?'

'Een beetje.' Verdwenen is haar glimlach. 'Maar het heeft geen zin om hier te blijven, want dat verandert niks.'

Natuurlijk heeft ze gelijk. En de kinderen zijn taaier dan ik denk. Iedereen hier heeft zijn eigen angsten en zijn eigen drang om te overleven.

'Misschien geven we ze wel hoop,' zegt ze. 'Dan worden we een soort legende. "De twee die wisten te ontsnappen." Ook de kinderen die na ons komen, zullen het te horen krijgen.'

'We kunnen dingen veranderen als we hier wegkomen. De anderen helpen.'

'Maar er blijft voor altijd een stukje van ons achter in deze boom,' zegt ze en ze breekt boven haar hoofd een iets dikkere tak met een scherpe punt af. 'Kijk.'

Ik houd me stevig vast aan de stam en draai me half om. Mijn maag komt omhoog als ik even een blik werp op de witte grond ver onder me. Clara moet lachen.

'Ben je bang dat je zult vallen?'

'Beetje.' Ik grijns. Ik ben helemaal verkrampt en je kunt goed zien dat ik bang ben, maar dit is een gezonde angst, veroorzaakt door adrenaline en opwinding. Een normale angst en geen duister gevoel van dreiging.

'Zie je nou wel? Ik zei toch dat je nooit weet wat er in de toekomst gaat gebeuren? Zo meteen ga je niet dood aan Defectie of ergens op een strand in een warm land of omdat je te veel gedronken hebt, maar val je naar beneden als je omlaag wilt klimmen en breek je je nek.' Ze kerft met de tak in de stam.

'Dat is een hele geruststelling. Bedankt.'

'Maar je wordt wel vereeuwigd...' Ze kerft nog wat harder. 'Hier.'

Ik probeer te zien wat ze bedoelt, maar dat valt niet mee omdat ik de boom niet wil loslaten en ik mijn nek helemaal moet strekken. Maar als ik het zie, moet ik glimlachen. In de bast is een ruw, scheef hart gekerfd en er staat:

T&C

VOOR ALTIJD

'Bomen kunnen honderden jaren oud worden,' zegt ze zachtjes. 'Later zullen er andere kinderen in deze boom klimmen, en als ze dit zien zullen ze zich herinneren dat er ooit twee kinderen zijn ontsnapt. En op een dag, misschien over honderd jaar, is dit weer een gewoon huis, met gewone kinderen, die in de boom klimmen en zich afvragen wie T en C waren. Is dat geen idiote gedachte?'

Ik probeer me voor te stellen hoe het over honderd jaar zal zijn wanneer iedereen die nu leeft er niet meer is. Dan zijn er weer allemaal andere mensen, die zich met van alles en nog wat bezighouden en zichzelf belangrijk vinden. Mijn hoofd tolt ervan. Zelfs hier in het Dodenhuis, en na wat ik vannacht heb gezien, kan ik me nog steeds niet indenken dat het leven zonder mij gewoon doorgaat. Ik ben jaloers op de boom.

Na de lunch neemt Clara me mee naar boven. 'Ik wil naar bed,' zegt ze en even denk ik dat ze moe is, maar als ze de deur van de slaapzaal dichtdoet en een stoel onder de deurkruk zet, snap ik wat ze bedoelt. Na wat er vannacht is gebeurd, lijkt het net een droom dat we seks hebben gehad, iets uit een vorige wereld, maar dan beginnen mijn benen opeens te bibberen en komt al het wonderbaarlijke terug en weet ik dat ik haar nodig heb om heel even alle shit uit mijn hoofd te krijgen.

We zijn nu niet meer zo onzeker en gehaast. We doen het wel twee keer en de tweede keer ben ik ook helemaal niet meer bang dat ik alles verkeerd doe. Het is niet zoals in de films die ik heb gezien of de dingen waar ik op de computer naar keek. We zijn onhandiger. We praten niet. We doen ook niet allerlei dingen die mensen zoal doen, maar tegelijkertijd is het veel geweldiger dan dat. Alsof we een heel nieuwe wereld aan het ontdekken zijn. Haar huid is warmer dan ik me kan herinneren. Ze is een universum dat ik niet echt begrijp en ik kan niet lang genoeg naar haar naakte lichaam kijken. Ik word zo opgewonden van de zuchtjes die ze slaakt en de bewegingen die ze maakt. Het is alsof alles wat we ooit tegen elkaar kunnen zeggen hierin tot uitdrukking komt. Alsof we elkaar door en door leren kennen. Het is liefde. Dat is het.

Als we later, voor de zekerheid met onze kleren aan, naast elkaar op bed liggen, wordt er op de deur geklopt.

'Toby? Ben je daar?' De deurknop beweegt, maar blijft steken tegen de stoelleuning. 'Toby? Toby? Kom alsjeblieft naar buiten.'

Het is Louis en hij klinkt overstuur.

'Wacht even.' We fatsoeneren onze kleren en Clara trekt snel het laken en de dekens recht als ik naar de deur loop.

'Wat is er?'

Louis heeft geen enkele belangstelling voor het slordig opgemaakte bed of Clara's paardenstaart die er half bij hangt. Zijn onderlip trilt en hij schuifelt met zijn voeten.

'Er is iets met Will. Je moet komen.'

Clara komt naast me staan en we kijken elkaar aan. De magische momenten hebben in één klap plaatsgemaakt voor angst. Zonder iets te zeggen gaan we met Louis mee.

Will is in de badkamer en zit op de rand van het witte bad. Hij heeft rode ogen, maar hij huilt niet, hoewel hij er dicht tegenaan zit. Hij haalt luidruchtig zijn neus op en kijkt ons aan.

Ik zie meteen wat er aan de hand is. De voorkant van zijn spijkerbroek is nat en de donkere vlek spreidt zich uit over de pijpen. Hij heeft in zijn broek gepiest.

'We zijn naar binnen gegaan omdat hij de sneeuw niet goed kon oppakken,' zegt Louis. 'En toen gebeurde dit.'

'Ik voelde het helemaal niet,' jammert Will als een bang, jong hondje. 'Ik kon de sneeuw niet voelen en toen voelde ik ook niet dat dit gebeurde. Pas toen mijn benen nat werden.' De tranen rollen over zijn wangen. Hij kijkt me aan. 'Ik ben bang, Toby.'

Clara gaat naast hem op de koude rand zitten en slaat haar arm om hem heen om hem te troosten en te laten uithuilen.

'Wat moeten we doen, Toby?' fluistert Louis. 'De verpleegsters mogen dit niet te weten komen.'

Als het tot me doordringt begint mijn hoofd te gloeien alsof er vuurmieren doorheen krioelen. Ik was ervan overtuigd dat Louis of ik de volgende zou zijn. Wij zijn opnieuw getest. Wat er ook met Will aan de hand is, we moeten hem zo lang mogelijk beschermen. 'Die broek spoelen we wel uit en we drogen hem op een radiator. We zeggen gewoon dat hij nat is geworden van de sneeuw. Maar we moeten een andere broek voor hem vinden en dan weer naar buiten gaan en proberen te spelen. Het moet er zo gewoon mogelijk uitzien, voor het geval iemand iets heeft gemerkt. Niet langer dan een halfuurtje, dan gaan jullie weer naar binnen en een potje schaken of zo.'

Louis knikt. 'Het komt toch wel goed met hem?'

'Tuurlijk,' zeg ik duidelijk hoorbaar, zodat het ook tot Will doordringt. 'Het komt gewoon door de sneeuw. Daar is hij niet aan gewend. Misschien is hij er wel allergisch voor.'

'Ja, dat zal het zijn.' Louis klinkt opgelucht, maar ik zie aan zijn ogen dat hij niet helemaal gerustgesteld is. Het zal best lastig zijn om zo'n groot brein te hebben. Dan kun je niet anders dan logisch redeneren, ook al wil je dat soms niet.

'Denk je dat het daardoor komt?' vraagt Will. Hij is zo jong en aandoenlijk. Hij kijkt hoopvol. 'Kun je allergisch voor sneeuw zijn?'

'Ik zou niet weten waarom niet,' zegt Clara. 'Het kan ook van de wijn komen. Hé, sta eens op en trek die broek uit.'

Ze glimlacht lief naar hem en hij doet wat er van hem wordt gevraagd. Hij is een jongetje van tien dat vanmiddag opeens weer vijf is en Clara is als een soort moeder voor hem. Ik hoop dat hij niet naar de aardige verpleegster vraagt. Ik ben denk ik niet zo goed in liegen.

Als we zijn broek uittrekken, zien we de lichtrode strepen in de plas die langs zijn benen loopt. Will begint weer te huilen, en dan spons ik zijn benen af en zeg dat het niets ergs is. Clara spoelt zijn spijkerbroek uit in het bad en Louis gaat op zoek naar een schone broek. Will heeft zijn hoofd afgewend en ziet niet dat er iets roods uit hem komt, maar Clara kijkt bezorgd en Louis staat te trillen op zijn benen. Het huis lijkt opeens weer heel erg groot en dreigend.

'Komt goed,' zegt Clara tegen Will, als hij weer is aangekleed. 'Wees maar niet bang.'

'Ik wil niet dat de verpleegsters me meenemen. Denk je dat ze naar ons kijken hoe we veranderen voordat ze ons vermoorden? Denken jullie dat de verandering pijn doet?' Zijn stem klinkt hol en hij moet steeds slikken. Ik weet niet of dat komt omdat hij zo bang is of omdat de Defectie nu actief is. 'Ik wil niet dat mijn ogen gaan bloeden. Ik wil naar mijn mammie.'

'Dat heb ik ook een keer gehad,' zegt Louis plotseling luid en uitdagend. 'Bloed in mijn plas. Dat was gewoon een ontsteking.'

Hij liegt, dat weet ik zeker, maar hij wil zichzelf er met alle geweld van overtuigen.

'Hé kom op, gedraag je niet als een kleuter en laten we onze sneeuwpop afmaken.' Hij pakt Will bij de hand en trekt hem mee. Als ze de trap af lopen blijft Louis voortdurend tegen hem praten. Ik weet niet met wie ik meer medelijden heb, de jongen die zal verdwijnen of de jongen die achterblijft. Ik voel me beroerd. Na alles wat er vannacht is gebeurd kan ik dit er niet meer bij hebben. Ik wil niet wakker zijn als ze Will weghalen.

Even later begint Clara te snikken en terwijl we elkaar stevig vasthouden in de badkamer, lopen ook bij mij de tranen over mijn wangen.

Tijdens het avondeten valt het Tom op dat Will zit te knoeien met zijn bestek. Hij houdt zijn vork heel raar vast als hij een hap probeert te nemen. Niemand van ons heeft zin in eten.

'Wat is er met je?' vraagt Tom. 'Ben je ziek?'

We kijken hem allemaal kwaad aan.

'Niks aan de hand,' zegt Clara. 'Komt wel goed.'

Tom kijkt mij aan. Hij weet dat het niet goed komt met Will, en ook dat hij aan mijn gezicht kan zien dat hij gelijk heeft. Eleanors blik schiet van de kinderen naar de 'volwassenen' op zoek naar de waarheid. We kunnen allemaal niet wachten tot we weer van tafel kunnen. Louis ratelt maar door over de sneeuwpop en hij stelt Eleanor vragen over het Narnia-boek dat Jake heeft kapotgescheurd. Ze zegt dat ze Will en hem straks de rest van het verhaal zal vertellen. Ik heb pijn in mijn kaken van de spanning en mijn hoofd doet zeer van het huilen. Ik wil dat het nacht is. Ik wil over die muur klimmen en net zo lang blijven rennen tot ik erbij neerval.

Het ergste is nog dat er aan de andere tafels ook naar ons wordt gekeken. We hebben geleerd om ons te gedragen als haaien die bloed ruiken. De tafel van Slaapzaal 4 is nu een bezienswaardigheid. Alsof we allemaal aangetast zijn. Ze hebben Wills onhandige bewegingen gezien en dat hij heeft gehuild. Ze vragen zich af: hoe lang zal het duren? Wanneer zullen de verpleegsters het merken? En denken: gelukkig is hij het en niet ik. Dit soort dingen dacht Jake vast ook toen Ellory ziek werd. Maar in Slaapzaal 4 zijn we anders. We laten elkaar niet barsten. Will hoort nog steeds bij ons.

Als het tijd is om naar bed te gaan, vraagt Ashley aan Will of hij de volgende dag naar de kerk wil komen, waardoor Will weer begint te huilen. Zijn in een pyjamajasje gestoken schoudertjes schokken van het snikken.

'Hou je stomme kop.' Tom kijkt Ashley woedend aan. 'Hem mankeert niks.'

'Ik heb het niet over zijn gezondheid,' zegt Ashley. 'Hij is overstuur en bang. Misschien wordt hij iets rustiger als hij naar de kerk gaat, dat is alles wat ik wilde zeggen.'

Louis is in de badkamer en ik lig op mijn bed en heb niet de energie om ruzie te maken, maar Tom zit vol opgekropte woede.

'Je bent gewoon een arrogante lul. Je bent een strontvlieg die geniet van deze shit met je bijdehante liedjes en die stomme gebeden. Je doet net alsof je Jezus bent en als je nu niet je bek houdt, dan sla ik je zo in elkaar dat je zou willen dat je al in het sanatorium bent. Je bent een kakkerlak. Een waardeloze kwal.' Tom blijft maar razen en ik zie dat Ashley achteruitdeinst. Het is de eerste keer dat hij zenuwachtig wordt. Ik geniet.

'Ik wil alleen maar helpen,' zegt Ashley zwakjes. 'Meer niet.'

'Hou je mond,' zegt Will. 'Houden jullie allemaal op. Mijn hoofd doet zeer.'

Hij begint weer te huilen en we horen hem zachtjes snikken onder de dekens. De tranen prikken in mijn ogen en mijn maag draait zich om. Ik wil er iets aan doen, maar dat kan ik niet. Ik ben ook kwaad op mezelf dat ik wil dat Will ophoudt met huilen, alleen maar omdat ik er niet aan wil denken dat mij over niet al te lange tijd hetzelfde zal overkomen. Op een gegeven moment staat Louis op. Hij kruipt bij

Will in bed en begint verhaaltjes te vertellen om hem af te leiden.

Ik kan niet wachten tot bij de anderen de slaappil begint te werken. Ik wil rust aan mijn kop en ik wil bij Clara zijn.

’s Middags heeft het gedooid en is de sneeuw gesmolten, maar later op de dag is de temperatuur weer gedaald en is alles in ijs veranderd. Toch klimmen we over de muur. Dat moet. We gaan snel naar het haventje, waar we zo stilletjes mogelijk over de pier sluipen. We zeggen niet veel, maar we houden elkaar wel stevig vast. We proberen allebei niet meer aan het huis te denken, maar dat lukt niet erg. Ik weet dat Clara aan Will denkt, want dat doe ik ook. Aan Will en de verpleegster en Moeder en het idee dat alles nu anders is. We proberen ons te concentreren op onze vlucht. We kunnen niet ontsnappen aan wat er binnen in ons zit, maar wel aan het huis.

We lachen niet en al mijn spieren zijn gespannen als we ons voorzichtig in het roeibootje laten zakken, om te kijken of het ons zal houden. Het hout kraakt, maar het breekt niet en het lijkt wel of de planken waarop we zitten van ijs zijn. Clara kijkt naar de plek waar de bevoorradingsboot binnenkort zal aanleggen.

‘We maken de roeiboot los en peddelen erheen,’ zegt ze zachtjes. ‘Met onze handen als het niet anders kan.’

Ik snuf. ‘En dan klimmen we aan boord van het schip en zijn we weg.’

‘Ja, als er tenminste een manier is om aan de zijkant naar boven te klimmen. Anders moeten we het proberen vanaf de pier zodra de vrachtwagen naar het huis gereden is.’

‘Was het maar zover,’ zeg ik. Ik ril en mijn tanden klapperen van de kou. We worden omringd door de zwarte zee; het water lijkt net dikke olie en er staat een snijdende wind. Ik verlang naar de warme, lieflijke oceaan waar we altijd over praten. ‘Als je mij een paar haarspelden geeft, kan ik morgennacht proberen in het kantoor van Moeder te komen. Misschien hangt er ook een schema van de vrachtwagen.' Ik heb de waarheid maar een klein beetje verdraaid. Om het gammele bootje in evenwicht te houden zijn we tegenover elkaar gaan zitten, maar ik zou het liefst mijn armen om haar heen slaan. Ze kijkt naar de hemel.

'Ik wou dat het licht werd.'

Aan de horizon is een roze streep te zien, maar meer ook niet. Ik kijk snel ergens anders naar, want het herinnert me aan de strepen bloed op de benen van Will, aan de verpleegster en Moeder.

'Ik heb nog eens nagedacht over de pillen,' zeg ik. 'Zou er soms iets in zitten waardoor de Defectie wordt versneld?'

Ze kijkt me aan. Ze heeft geen kippenvel en het verwondert me dat ze het niet koud heeft. Maar ik verwonder me over zo veel dingen van Clara, het mysterie, de Meerminkoningin.

'Denk je dat?' Haar stem klinkt hoger, hoopvol. Ze maakt zich net zo veel zorgen als ik, alleen kan zij het beter verbergen.

'Ik weet het niet zeker, ik vroeg het me gewoon af.' Na wat er met de verpleegster is gebeurd, zou het me niet verbazen dat Moeder tot zoiets in staat is. En hoewel het een afgrijselijke gedachte is dat we door de pillen eerder Defect worden, heeft het ook iets positiefs. In ieder geval voor Clara en mij, omdat we geen pillen hebben genomen. Misschien hebben we in plaats van een paar maanden nog wel jaren te leven.

'Wanneer was de laatste keer dat een Defecte de verandering onderging?' vraagt ze.

'Weet ik niet. Honderd jaar geleden? Tachtig?' Ik heb geen idee. In ieder geval een hele tijd terug. De bloedtests bestonden al toen mijn oma nog een klein meisje was, dus het moet daarvoor zijn geweest. Toen waren er meer Defecten.

'Ik weet niet eens waarin we zullen veranderen. Op school had iemand een oude horrorfilm daarover, die was nog uit de tijd voordat

dat soort films werden verboden. Maar ik heb die nooit gezien.'

Ik kijk naar het inktzwarte water. 'Het is in elk geval niet goed, wat het ook is. We zouden dan niet meer onszelf zijn.'

'Misschien moeten we samen een onbewoond eilandje zoeken. Je weet maar nooit. Ik wil niemand kwaad doen. En we moeten een geweer hebben. Wanneer een van ons begint te veranderen, kan de ander ingrijpen.'

'Bedoel je dat je me dan gaat vermoorden?' Ik probeer er maar een grapje van te maken. Ik wil niet denken aan de foute genen in ons bloed.

Ze glimlacht lief, als een lichtje in het donker van de nacht. 'Daarna pleeg ik zelfmoord. Meteen.'

'Ik ook,' zeg ik. Ik weet niet of ik dit wel meen. Ik hou van Clara. Ik kan me niet voorstellen dat ze niet meer bij me is. Maar ik kan me ook geen voorstelling maken van het eindeloze niets. Het zou best kunnen dat ik Ashley zo haat omdat ik niet kan geloven in een eeuwig leven.

'Als we in de aarde worden begraven, vliegen onze atomen samen de wereld over. Helemaal vrij.'

Het is een mooie gedachte, maar mijn angst wordt er niet minder om. Ik wil blijven zoals ik ben en ik weet dat ik zal knokken tot ik niet meer kan om zo lang mogelijk in leven te blijven. Ik weet niet of ik wel een pistool tegen mijn hoofd kan zetten en de trekker overhalen. Ik vind het waardeloos van mezelf, want ik hou zielsveel van Clara en ik wil niet zwak zijn. Ik wil niet dat mijn angst sterker is dan mijn gevoel voor haar.

Ze haalt haar neus op. 'Ik had gedacht dat de sneeuw alles goed zou maken.'

'Twee dagen lang was dat ook zo. De eerste dag was echt fantastisch.'

'Arme Will,' zegt ze.

Niet veel later klimmen we weer de pier op en praten over alles wat we later zullen gaan doen: wat we zullen eten en welke kleren we zullen dragen en hoe we aan geld moeten komen als we eenmaal hier weg zijn. Maar het klinkt allemaal nogal onwerkelijk. Will blijft in onze gedachten. Ik heb het idee dat ik op mijn ene schouder hem meetors en op de andere de verpleegster. We gaan terug naar het huis en vrijen met elkaar in de keuken, maar het heeft allemaal iets wanhopigs, alsof we willen bewijzen dat we nog leven. En daardoor is het ook een beetje treurig. Maar Clara's huid voelt warm tegen mijn koude lijf, en dat is fijn. Naderhand moet Clara even huilen en ik weet niets te zeggen waarmee ik haar kan troosten. Het is allemaal zwaar shit. Alles is shit, behalve wij. Morgennacht ga ik uitzoeken wanneer de boot komt.

18

Ik had niet gedacht dat ik kon slapen, maar voordat het tijd is om op te staan, ben ik toch een paar uur zo ongeveer bewusteloos geweest. Ik heb de gong niet eens gehoord en Tom moet me wakker schudden. Het is een prachtige dag. De zon schijnt en alles glinstert en fonkelt als de sneeuw en het ijs smelten. Ik kijk ernaar terwijl ik me aankleed, maar op een gegeven moment moet ik me toch omdraaien.

Louis helpt Will met zijn kleren aantrekken en het is wel duidelijk dat Wills toestand vannacht is verslechterd. Hij kan bijna niet op zijn benen staan en hij lijkt magerder. Zijn ogen liggen diep in hun kassen en er spreekt pure angst uit zijn blik.

'We moeten hem helpen om naar de eetzaal te komen,' zegt Louis en hij kijkt mij aan. Ik wilde dat ze niet altijd míj aankeken. Ik hou van Will, maar ik wil nu liever bij hem uit de buurt blijven.

'Tuurlijk.'

'Hoeft niet hoor.' Will probeert zijn schoenen vast te maken, maar zijn vingers werken niet mee. Louis gaat op zijn hurken zitten en maakt de tweede schoen vast. 'Ik voel me goed. Niks aan de hand.'

Hij kijkt Tom aan, dan mij en uiteindelijk Louis, wanhopig op zoek naar iets wat hem kan geruststellen. Dat krijgt hij alleen van Louis, die een grijns op zijn gezicht tovert.

'Weet ik,' zegt Louis. 'Maar je hebt een of ander virusje en we willen niet dat de verpleegsters aan je gaan zitten frutselen terwijl we nog buiten in de sneeuw kunnen spelen en onze schaakpartij moeten afmaken.'

Ik kan niet naar Will kijken. Het doet me zo'n pijn.

Tijdens het ontbijt moet ik echt mijn best doen om niet mijn stoel uit zijn buurt te schuiven. Nu snap ik pas hoe dat in de andere slaapzalen is gegaan. Het is niet uit wreedheid, maar het is te pijnlijk om het van dichtbij mee te maken. Dit is niet onze Will. Onze Will eet te veel en ziet overal de zonnige kant van in. Onze Will denkt nog steeds dat onze ouders toestemming zullen krijgen om ons te schrijven.

'Ik wil niet dat mijn ogen gaan bloeden.'

Dat is het enige wat hij zegt als we onszelf dwingen iets te eten. Will laat zijn schouders hangen en kijkt verdrietig naar zijn boterham. Hij zegt het heel zacht en verloren. En dat maakt me banger dan wat dan ook.

Het is een lange, afschuwelijke dag en ik word steeds gestrester, totdat ik het gevoel heb dat mijn zenuwen het zullen begeven. Ik zou willen dat de nieuwe leraren er al waren, zodat we in ieder geval een paar uur in de klas moeten doorbrengen. We gaan de tuin in en hoewel de zon schijnt, is het toch nog behoorlijk koud. Louis en Eleanor proberen Will bezig te houden. Ik denk dat ze geen van beiden kunnen geloven dat Will echt ziek is. Ze willen het gewoon niet zien en dat maakt het eigenlijk alleen maar schrijnender. Nu zijn er dus drie kinderen om me zorgen over te maken.

'Gaat-ie?' Jake is naast me op de andere schommel komen zitten. Ik moet denken aan de weddenschap die Louis en ik hebben afgesloten of Joe de volgende zieke zou worden. Joe en Daniel zijn aan het voetballen in de blubberige sneeuw. Ze zien er allebei kerngezond uit.

Ik knik. 'Het kon niet altijd goed blijven gaan.'

Jake houdt verder zijn mond, wat een opluchting is. We hebben weliswaar vrede gesloten, maar nu is alles anders. Op dit moment hoort hij niet bij ons. Dit is iets van Slaapzaal 4 en we sluiten de gelederen.

's Middags hoest Will bloed op. Op dat moment weten we allemaal – ook Louis en Eleanor – dat het afgelopen is. We kunnen nu alleen nog maar afwachten. Op de smeltende sneeuw tekent zich een helderrode plek af en Clara en ik schoffelen die snel met onze voet onder. Will klampt zich als een kleutertje aan mijn hand vast en kijkt verdrietig naar de grond.

'Ik wil niet in mijn eentje naar het sanatorium.' Hij moet weer huilen. 'Ik wil naar huis. Kun jij niet vragen of ik naar huis mag? Zorg ervoor dat ze me niet naar boven brengen. Alsjeblieft.'

We gaan met hem naar binnen om het bloed van zijn mond te wassen. Daarna lopen Clara en ik met hem naar de slaapzaal. Zelfs Louis en Eleanor mogen niet mee van ons. Hij smeekt ons hem niet alleen te laten en dat beloven we. Na een tijdje valt hij eindelijk in slaap. Clara en ik blijven bij hem zitten en naarmate de minuten verstrijken merken we dat zijn ademhaling steeds onregelmatiger wordt. Hij verzwakt snel, maar niet snel genoeg om aan zijn vreselijke lot te ontkomen. Clara en ik houden elkaars hand vast en haar warme vingers sluiten zich stevig om de mijne.

'Hij gaat niet naar het sanatorium,' zegt ze op een gegeven moment. 'Dat mag niet gebeuren. Hij is er zo bang voor. Hij is nog zo jong.'

'Misschien halen ze hem niet vannacht op. Volgens mij hebben ze het nog niet in de gaten.' Wij merken het veel eerder als er met een van ons iets aan de hand is dan de verpleegsters. Maar het kan ook zijn dat ze gewoon weten wanneer het juiste moment is aangebroken. We hebben echt geen flauw idee wat ze boven doen. Misschien laten ze het eerst verdergaan voordat ze ons afmaken, om te kijken hoe het verloopt. Of voeren ze experimenten op ons uit. Gebruiken ze onze lichamen om een manier te vinden de Defectie compleet uit te roeien. Maar uiteindelijk maakt het geen bal uit, het betekent hoe dan ook onze dood.

'We moeten ervoor zorgen dat hij nog een avontuur beleeft. Een prachtige nacht,' zegt ze. 'We moeten hem naar de grot brengen. Daar zal hij van genieten.' Ze klinkt verdrietig, maar ik hoor ook nog iets anders in haar stem. Iets wat ik niet helemaal begrijp.

'Daar zal hij niet bang zijn,' zegt ze. 'Ik wil niet dat hij bang is.'

Ik kijk haar aan en probeer te bedenken wat ze bedoelt. En dan nemen we een besluit hoe we het gaan doen. Als Will uiteindelijk zijn ogen opendoet en weer zachtjes begint te snikken, weet ik dat we de juiste beslissing hebben genomen. In ieder geval hóóp ik dat dit de juiste beslissing is.

Zodra alles stil is in huis hoef ik Will niet wakker te maken. Hij is al wakker en hij is er klaar voor. Toen we hem hadden verteld dat we hem een geheim moesten vertellen en hij niet zijn vitamines in moest nemen of het aan iemand vertellen – zelfs niet aan Louis – kikkerde hij een beetje op, er verscheen weer die oude schittering in zijn ogen. Hij keek ons met een grijns aan tijdens het avondeten en zelfs Louis leek opgelucht. Hij had weer hoop dat Will beter zou worden, net als Joe. Misschien was het toch een gemeen virus.

'Waar gaan we naartoe?' fluistert Will.

'Dat is een verrassing.' Ik help hem zijn schoenen aantrekken en hij leunt op me als we de trap af lopen. De treden werken mee door niet te kraken. Ik denk dat ik hem straks toch een eindje zal moeten dragen.

'Slaap je daarom de hele dag? Omdat je 's nachts wakker blijft?'

‘Soms wel.’

‘Waarom heb je ons niks over de pillen verteld?’ Hij ziet zo bleek in het halfduister. ‘Waarom heb je dat geheimgehouden?’ Hij voelt zich duidelijk gekwetst.

‘Weet ik niet. Ik was bang dat ze me zouden pakken als iedereen het wist.’ Dat klopt wel, maar ik ga hem niet vertellen dat ik het deed om een poosje van hen bevrijd te zijn en de druk van het huis niet meer zo te voelen. ‘Ik heb het aan niemand verteld. Niet eens aan Clara. Zij heeft op haar eigen houtje besloten de pillen niet in te nemen.’

Hij knikt en haalt zijn neus op. Ik denk dat hij hier wel genoegen mee neemt. Will koestert geen wrok. Hij denkt altijd het beste van iedereen.

Clara wacht ons op onder aan de trap. Ze heeft twee thermosflesjes in haar tas en een deken over haar schouder. Will grijnst naar haar als ik hem de laatste paar treden af help. Ze geeft me twee dikke haarspelden van Harriet.

‘We moeten de sleutel van de achteringang hebben,’ fluistert ze. ‘Ik neem Will mee. Zullen we een paar boterhammen maken, Will?’ Ze lacht naar hem voordat ze mij weer aankijkt. ‘We zien je straks in de keuken. Weet je zeker dat de sleutel er is?’

Ik knik. Ik heb haar verteld dat ik de verpleegsters een keer over een sleutelrek heb horen praten. Het is een leugen, maar ik kan onmogelijk tegen haar zeggen dat ik die sleutels aan de muur heb zien hangen toen ik mijn bloed weer moest laten testen.

Even later sta ik in mijn eentje voor de deur van Moeders kantoor en na even diep adem te hebben gehaald stop ik de ijzerdraadjes in het slot zoals Jake me heeft geleerd en probeer mijn handen niet te laten trillen. Mijn vingertoppen zijn een beetje glibberig van het zweet, maar ik concentreer me en na een paar missers hoor ik een klik. Nu is er geen weg terug meer. Voorzichtig doe ik de deur open, en verwacht min of meer dat er een alarm af zal gaan en lichten beginnen te knipperen, maar niks daarvan. Alleen stilte en mijn eigen raspende ademhaling.

Ik tuur door het halfduister, doodsbenauwd dat ik de donkere gestalte van Moeder achter haar bureau aantref, met scherpe tanden en monsterlijke glimmende ogen, maar er zit niemand op haar stoel. Alles is heel gewoon. Nadat ik zachtjes de deur heb dichtgedaan, sluip ik naar het bureau en doe de bureaulamp aan. Ik knipper even tegen het felle licht, loop snel naar het sleutelrek en kijk op de labels om de juiste sleutel te vinden. Het is een oude sleutel, lang en zilverkleurig met een ronding aan de bovenkant. Hij ziet eruit alsof hij toegang geeft tot een magische plek of geschikt is om een schatkist mee te openen. Hij ligt koud in mijn hand en ik word misselijk als ik ernaar kijk. Als ik hem straks terugbreng, is alles anders.

Ik stop de sleutel in mijn zak en werp nog snel een blik op de schema's aan de muur. Helaas kan ik niets over de boot ontdekken en even slaat de paniek toe als ik naar namen en tijdstippen kijk waaruit ik niks kan opmaken. Dan kijk ik op de kalender die aan de muur hangt. Mijn hart gaat tekeer als ik me op één woord concentreer, zorgvuldig opgeschreven met een blauwe viltstift, in het hokje van zaterdag de tiende: *Bevoorrading.*

Dan dringt het tot me door dat ik geen idee heb wat voor dag het is. Snel ga ik op zoek naar iets wat me daarbij kan helpen, en dan zie ik 'Leraren' staan. De dag dat de leraren zijn vertrokken. Vanaf die datum begin ik te tellen en dan blijkt het vandaag zaterdag te zijn. Volgens de kalender komen er morgen weer nieuwe leraren en de boot komt precies over een week. Mijn hart bonst. De boot komt eerder dan we dachten. Na deze nacht wil ik hier zo ver mogelijk vandaan zijn. Ergens waar we alles kunnen vergeten.

Ik draai me om naar de bureaulamp om hem uit te doen en dan

zie ik een formulier liggen, met mijn naam en die van Louis erop in hoofdletters. Met trillende handen pak ik het op en probeer wijs te worden uit de medische termen. Pas bij de laatste korte alinea snap ik het. Ik lees het nog drie keer over, alsof ik denk dat er iets anders zal gaan staan. Ik kan nauwelijks ademhalen. Ik weet niet wat ik moet voelen. Ik kan gewoon niet geloven wat er staat.

Clara en Will wachten op me, en ik besluit snel een fotokopie van het formulier te maken. Nerveus wacht ik tot het kopieerapparaat opwarmt en ik schrik toch nog als het lawaai maakt. Als het klaar is, leg ik het origineel terug op zijn plek. De kopie is nog warm als ik haar opvouw en in mijn broekzak stop. Er gaan allerlei gedachten door mijn hoofd. Clara en ik. Louis en ik. Alle andere kinderen. De boot. Ontsnappen. Ik wil gaan zitten om op adem te komen, maar daar is geen tijd voor.

Eerst deze nacht, denk ik als ik het licht uitdoe en in het donker mijn weg zoek door de gang. Het stuk papier in mijn zak heeft er niets aan veranderd dat ik eerst deze nacht door moet zien te komen.

Ze staan al bij het keukenraam. Will is zo klein, zelfs in die dikke trui en jas. Clara heeft twee paar sokken over zijn handen gedaan tegen de kou. Maar zijn ogen stralen als we voorzichtig met hem de vrieskou in lopen. Het is helder weer en behoorlijk koud, maar Will heeft er zo te zien geen last van. Zijn mond valt open als we de poort opendoen, die godzijdank lang niet zo hard piept en knarst als ik had verwacht. Als ik zie hoe blij hij is, moet ik denken aan het gevoel van vrijheid dat ik had toen ik de eerste keer met Clara over de muur klom. Dat ik me springlevend voelde, voor het eerst sinds mijn komst hier in dit huis.

We doen er behoorlijk lang over om op het strand te komen. Will kan alleen maar schuifelen en om de paar meter zakt hij bijna door zijn knieën. Maar hij zet door, want hij wil niet dat ik hem op mijn rug neem.

'De zee!' zegt hij als we boven aan het kronkelige pad staan en de wind in ons gezicht blaast. 'Kijk nou!'

'Mooi hè?' Clara glimlacht. Op het donkere water wordt het licht van de glinsterende, knipperende sterren weerkaatst. Will knikt met een brede grijns. Hij denkt niet meer aan het bloed. Hij denkt niet meer aan wat er aan de hand is. Hij is alleen maar bezig met dit avontuur.

'Kom,' zeg ik. 'Er is nog meer.' Behoedzaam gaan we voetje voor voetje naar beneden, hoewel Clara en ik de weg zo goed kennen dat we hem geblinddoekt zouden kunnen lopen. We zeggen tegen Will waar hij zijn voeten neer moet zetten en houden hem stevig bij de hand zodat hij niet kan vallen.

Als we bij het kiezelstrand komen, hijgt hij van de inspanning. Ik hoor een soort vochtig gereutel als hij ademhaalt, maar Will lijkt het niet te merken. Ik ben blij dat we hem mee hebben genomen. De verpleegsters zullen hem morgen komen halen, dat weet ik zeker.

'Wat een wind!' roept hij tegen me. Zijn ogen tranen. Ik heb een druipneus en knik terug en we moeten lachen omdat het zo idioot is om zo gegeseld en geduwd te worden door moeder natuur.

'We gaan naar de grot.'

Deze geheime rotskamer is inmiddels een veilig huisje voor Clara en mij geworden. Terwijl Clara de kaarsstompjes aansteekt zet ik Will neer op het rotsblok bij de ingang en wikkel de deken om hem heen. Ik zie aan zijn gezicht dat hij diep onder de indruk is van alles. Ik ben best trots, hoewel de grot eigenlijk helemaal niet van ons is.

'Wat doen jullie hier de hele nacht?' vraagt Will. 'Naar de zee kijken?'

Clara kijkt mij aan en ik zie dat ze een beetje moet lachen. Will is nog zo jong dat het niet bij hem opkomt dat we hier met elkaar vrijen. Dit soort dingen horen bij een toekomst die hem niet is gegund.

'O, van alles,' zegt ze en ze pakt de boterhammen uit. Ze heeft sandwiches in driehoekjes gesneden en de korstjes eraf gehaald zodat hij het makkelijker kan kauwen. Het ziet eruit als iets wat bij een chique theevisite hoort. Waarschijnlijk heeft Clara dat vaak genoeg meegemaakt *hiervoor*. 'We kletsen en kijken naar de zee. En Toby vertel me over de zeemeerminnen.'

'Welke zeemeerminnen?' Hij bijt een klein stukje van zijn boterham af en probeert te kauwen.

'Die wonen in de zee,' zegt Clara. 'En af en toe komen ze naar het strand om te dromen hoe het zou zijn om als een mens op het land te lopen. Maar dat doen ze alleen 's nachts. Dan wachten ze tot de zon opkomt en het weer vloed wordt en de zee hen mee terug neemt naar de diepte.' Will kijkt haar aan. Clara heeft zo'n mooie, lieve stem. Ik ben bang dat ik ga huilen als ik naar hen blijf kijken. Dat mag niet. Ik kan me niet herinneren dat ik veel huilde *hiervoor*. In ieder geval niet sinds ik een klein jongetje was. Ik denk dat ik vooral moet huilen om het rapport over Louis en mij. Dat heeft iets in me losgemaakt. Mijn gedachten en gevoelens gaan alle kanten op in deze donkere nacht. Mijn keel zit dicht. Ik dwing mezelf iets te eten, maar ik krijg alleen maar een droge mond als ik op het koude brood kauw. Ik wil iets drinken, maar dat kan straks pas.

'Dit is een meerminnengrot,' gaat Clara verder en ze slaat haar arm om Will heen. 'En jij zit op een meerminnenstoel.'

'Meerminnen bestaan niet.' Hij glimlacht en haalt zijn schouders op. 'Maar het is wel een mooi verhaal.'

'O, ze bestaan echt wel. En weet je wat?'

'Wat dan?'

En dan zie ik het. Het eerste groene schijnsel aan de horizon, dat omhoogschiet in neonkleurige flarden. Ik denk niet meer aan eten en mijn tranen zijn ook verdwenen. Het licht is er weer. Het is perfect. Het kan gewoon niet mooier. We wilden Will een fantastische nacht bezorgen en nu is de hemel onze bondgenoot en geeft ons dit geschenk.

'Op de bodem van de zee hebben ze prachtige feesten. Dan drinken ze meerminnenwijn uit hoornschelpen.'

'Clara, kijk,' onderbreek ik haar. 'Het is er weer.'

Het groen heeft nu gezelschap gekregen van een roze en geel schijnsel dat zich vanaf de horizon naar de hemel uitstrekt. Het is alsof je het universum in kijkt. Heel even vergeet ik het stuk papier in mijn zak dat alles verandert. Ik vergeet dat Will stervende is, en ik vergeet wat Clara en ik van plan zijn. We worden totaal in beslag genomen door de kleuren die boven ons dartelen. Het is zó mooi.

Will zit met open mond te kijken. Ik zie het half opgegeten stukje brood op zijn tong. Ik kan niet zien of er ook bloed bij zit. Daarvoor is het te donker. Ik wil het ook niet weten. Het doet er niet meer toe.

'Wat is dat?' fluistert hij. Ik trek hem overeind en we lopen naar de ingang van de grot. Clara haalt de thermosflesjes uit haar tas en komt met ons mee.

'Dit is meerminnenmagie,' zeg ik. 'Ze maken plezier en ze hebben iets te vieren.' Ik weet niet of Will wel luistert en dat maakt ook niet uit. We staan daar zonder iets te zeggen. Will tussen ons in op zijn wiebelige beentjes. Af en toe gaat er een spiertrekking door hem heen, maar hij merkt het niet eens. Hij is helemaal in beslag genomen door de kleuren. Even zijn we dat alle drie. De tijd staat stil

'Ik heb nog nooit zoiets moois gezien,' zegt hij uiteindelijk. 'Het lijkt wel een andere wereld, helemaal van ons. Alsof we in Narnia of zoiets zijn.'

'Zie je nou?' zegt Clara. 'Meerminnen bestaan wel. Magie bestaat. Misschien bestaat Narnia zelfs wel.'

'Het is zo mooi, zo ontzettend mooi.'

Terwijl Will als betoverd naar het schouwspel staat te kijken, kijkt Clara me aan. Mijn hart klopt in mijn keel.

'Ik heb het koud,' zeg ik en ik probeer mijn stem niet te laten trillen. 'Heb je koffie meegenomen?'

'Ja, hoor. Hier.' Ze geeft me de thermosfles. Ik maak hem open en neem een klein slokje. Dan proef ik de bittere smaak en weet dat ik de goede fles heb.

'Will, voor jou heb ik warme chocolademelk meegenomen. Heb je daar zin in?'

'Ja, lekker.' Hij kijkt haar met een brede grijns aan. Hij is blij, zorgeloos. Hij geniet van deze schitterende nacht, zeg ik tegen mezelf, maar toch heb ik het gevoel dat het licht boven me is gedoofd. Met trillende handen draait Clara de dop van de thermosfles en ik help Will met zijn in sokken gestoken handen de fles vast te houden. Hij zet hem aan zijn mond. Ik vraag me af of hij het zal merken. Clara houdt de onderkant van de fles vast voor het geval die uit zijn handen glijdt. Ik zie dat haar handen nog steeds trillen.

Er gaat een steek door mijn hart. Ik hou van Will. Niet op de manier zoals ik van Clara hou, maar hij is net een klein broertje van me. In het huis hebben we elkaar nodig en hij is de eerste van onze slaapzaal die weggaat. Ik denk aan het formulier in mijn zak en zou willen dat ik het niet had gevonden.

'Drink maar op,' zeg ik zacht. 'Dan word je lekker warm.'

Will neemt nog een flinke slok en heeft nu een chocoladesnorretje.

'Dank je wel voor alles, Toby,' zegt hij. Ik zie de liefde in zijn ogen en mijn hart breekt. 'Het was top.'

Dan houden we allebei onze mond. Will drinkt de chocolademelk op en ik slik met moeite de koffie door. Clara en ik delen de thermosfles. We kijken naar de hemel, maar ik weet dat Clara en ik niet meer echt naar de kleuren kijken. Dat kunnen we niet, ook al zouden we dat willen, want we zien alles wazig door de tranen in onze ogen.

Na een tijdje glijdt de fles uit Wills handen en hangt hij als een zoutzak tussen ons in. We gaan op de rotsen bij de ingang van de grot zitten en zetten hem met zijn gezicht naar de kleuren die vrolijk door de lucht dansen. Ik zorg dat hij warm blijft als hij tegen me aan leunt. Hij heeft zijn ogen dicht en zijn hoofd wiebelt een beetje, maar hij ademt nog wel, langzaam en onregelmatig, maar toch. Ik wil dat deze schitterende nacht voor hem voor altijd zal duren. Ik wil dat hij naar die betoverende hemel kijkt. Al is het dan niet voor eeuwig, dan toch zo lang als hij kan.

Het duurt langer dan ik had verwacht tot hij eindelijk ophoudt met ademen. Eerst wordt zijn ademhaling oppervlakkiger, dan steeds langzamer en dan houdt die op. Hij zakt tegen me aan en plotseling lijkt hij zwaarder en tegelijk ook leger. Ik had helemaal niet door hoe aandachtig ik naar die kleine ademteugjes heb geluisterd tot die ophielden.

Alles begint te draaien en ik word misselijk. Clara laat haar tranen de vrije loop en snikt. Met de mouw van mijn jas veeg ik voorzichtig het chocoladesnorretje van Wills gezicht. Ik wil dat hij er netjes uitziet als ze hem vinden.

We blijven daar nog wat langer zitten. Clara en ik hebben onze armen om Wills schouders geslagen. We willen hem allebei niet loslaten, ook al is hij niet meer bij ons. Clara's vingers raken de mijne.

'Het was toch het beste wat we konden doen?' fluistert ze. Ik hoor de angst in haar stem. Het is onvoorstelbaar wat we hebben gedaan. Ik moet echt even nadenken voordat ik antwoord geef.

'Ja,' zeg ik, en ik meen het. 'Het is verschrikkelijk, maar het was het beste.'

In de knop van mijn bed zitten geen slaappillen meer. Nadat we hadden besloten wat we gingen doen, hebben we de pillen van Clara en mij bij elkaar gedaan toen Will 's middags sliep. Ik vraag me af of ik die pillen misschien onbewust heb opgespaard voor mezelf, als ik aan de beurt zou zijn voor het sanatorium. Maar dat denk ik eigenlijk niet. Ik zou net als de anderen steeds zieker worden en hopen dat ik me vergiste. Het voelt wel raar met Will die dood naast me zit en het formulier in mijn zak. Ik kan het niet aan Clara vertellen. Ik kan het haar nooit vertellen. Weer een schakel in een keten van geheimen. Maar ik hou van haar. Met alles wat ik ben, zeker nu, zeker na wat we hebben gedaan. Ik wil niet dat iets dit kapotmaakt. Ik wil dat ze net zo dicht bij me is als ik bij haar. Ik wil niet dat ze me anders gaat zien.

'We moeten maar gaan,' zegt ik als de kleuren beginnen te vervagen. Ze knikt en pakt onze spullen terwijl ik Will optil. Hij is zwaarder dan ik had gedacht. Maar dat is niet erg. Ik vind het een eer en een voorrecht om hem terug naar het huis te dragen. Het is ook een soort boetedoening voor de keuze die Clara en ik hebben gemaakt. Ik moet daarvoor een prijs betalen.

Als we door de achterpoort komen, staat het zweet op mijn voorhoofd. Mijn kleren plakken aan mijn lijf en mijn armen trillen. Ik heb pijn in mijn rug, maar ik blijf Will vasthouden tot we bij de grote eikenboom komen. Dan zet ik hem zo voorzichtig mogelijk neer zodat hij tegen de stam blijft zitten. Hij zakt opzij, en om hem rechtop te houden zetten we de lege thermosfles met chocolademelk naast hem. De boom is sterk en geeft hem steun. Opeens kan ik mijn tranen niet langer bedwingen. Clara slaat de deken om Will heen en dan blijven we nog even naar hem kijken. Clara heeft haar arm om me heen geslagen en ik sta te snikken. Op een gegeven moment trekt ze me met zich mee.

Ik wil Will niet hier alleen buiten laten, maar het wordt al ochtend. Ik zou hem eigenlijk mee moeten nemen en in zijn bed leggen zodat het lijkt alsof hij daar is gestorven. Maar dat wil ik niet, ook al zou dat veiliger zijn en minder achterdocht wekken. Ik wil dat Moeder denkt dat Will in opstand is gekomen. Dat hij op eigen houtje de tuin in is gegaan om onder de bescherming van de boom dood te gaan, in de openlucht, weg van het huis. Het is maar een klein teken van rebellie, maar ik wil dat ze respect hebben voor Will, ook al is hij dood.

'Welterusten, Will,' fluister ik door een waas van tranen. 'Slaap lekker.'

Clara pakt mijn hand vast en neemt me mee naar binnen. Ze ruimt de boel op in de keuken en ik leg de sleutel terug en doe dan de deur van Moeders kantoor weer op slot. Ik heb geen moeite met de haarspelden, het gaat gemakkelijk. Mijn handen beven niet meer. Ik ben alleen doodmoe, maar niet omdat ik Will zo'n eind heb gedragen. Zijn gewicht was niets vergeleken met de wetenschap dat we deze daad vanaf nu met ons mee moeten torsen.

Het was het beste, zeg ik tegen mezelf als Clara en ik in bed kruipen in een van de lege slaapzalen en samen huilen tot we pijn in onze buik krijgen en we helemaal leeg en uitgeput zijn. Het was het liefste wat we konden doen. Ik kon hem niet alleen in het sanatorium laten doodgaan. Ik kon het gewoon niet.

Hij had nog steeds de kleverige, zoete smaak van de cola in zijn mond toen hij het pad naar zijn huis op liep en even bleef staan naast de bestelwagen die daar geparkeerd stond. Zijn moeder had waarschijnlijk werklui over de vloer of zoiets. Misschien liet ze eindelijk de douche repareren, want het water werd om de paar minuten koud. Zijn schooltas was zwaar van al het huiswerk dat hij niet van plan was te gaan maken dat weekend en hij rommelde in zijn zak om de sleutel te vinden. Misschien zou hij een poosje zijn boeken inkijken, maar hij zou hoofdzakelijk bezig zijn met denken aan het feest op zaterdag en hoe hij indruk op Julie McKendrick moest maken zonder voor paal te staan. En wat hij tegen Jonesy moest zeggen. Hij had vanavond met hem afgesproken en dan moest hij besluiten of hij hem meenam of niet. Eigenlijk wilde hij hem liever niet meenemen, maar als hij eraan dacht hoe Jonesy zou kijken als hij dat zei, dan kreeg hij een knoop in zijn maag. Bovendien wilde hij zijn vriendschap met Jonesy niet verpesten als zou blijken, en dat gebeurde vast, dat Julie hem helemaal niet leuk vond. Het was lastig. Het leven van een tiener was echt fucking ingewikkeld.

Hij hoorde niet dat de deur van de bestelwagen achter hem openging. Hij wilde alleen snel naar binnen waar het lekker koel was om iets kouds uit de ijskast te pakken en die zoete smaak in zijn mond weg te spoelen. Hij hoopte dat zijn moeder nog wat sap had gekocht.

Pas toen hij in de gang stond en zijn schooltas bij het rijtje schoenen had laten vallen, wist hij dat er iets ergs aan de hand was. Hij hoorde iemand huilen, een wanhopig, afschuwelijk geluid, en het duurde even tot het tot hem doordrong dat het zijn moeder was. Toch bracht hij de dingen nog steeds niet met elkaar in verband: de bestelwagen voor de deur, de bloedtest, zijn huilende moeder. Eerst dacht hij dat het om zijn vader ging. Een auto-ongeluk tijdens de lange rit naar zijn werk. Zijn hart bonkte.

'Mam?' Snel liep hij naar de keuken. Hij was nog niet bij de deur toen ze naar buiten stormde.

'Ga ervandoor, Toby! Ga er alsjeblieft...' Ze werd door twee armen teruggetrokken en hij bleef daar staan zonder het te snappen. Werd er bij hen ingebroken? Wat gebeurde er? Een man hield zijn moeder vast en praatte rustig tegen haar terwijl ze maar bleef schreeuwen dat Toby ervandoor moest gaan. Een andere man had wat kleren van Toby bij zich. Spijkerbroek, T-shirt, gympen.

'Je kunt je in de auto omkleden,' zei hij. Het ging allemaal langs Toby heen. Hij hoorde alleen dat gruwelijke, wanhopige huilen van zijn moeder, die de mannen smeekte hem niet mee te nemen, om haar kind niet mee te nemen. Het moest een vergissing zijn

Ze schreeuwde dat ze heel veel van hem hield, dat ze altijd van hem zou blijven houden, terwijl hij als een mak lammetje meegenomen werd naar de bestelwagen die in de zon stond. Pas toen hij naar binnen keek drong tot hem door wat er aan de hand was en riep hij om zijn moeder.

19

Als we wakker worden is het heel stil in de slaapzaal. Het bed van Will is weg. Ik probeer net zo geschrokken te kijken als de rest, hoewel ik weet wat er is gebeurd. Ik lag in bed met bonzend hart en mijn ogen stijf dicht toen ze zijn spullen kwamen halen en die in de lift mee naar boven namen. Ik hoorde het gespannen en verraste gefluister van de verpleegsters. Het was een bitterzoete overwinning. Ik vraag me af wie er uit het raam heeft gekeken en Will tegen de boom heeft zien zitten. Ik hoop dat het Moeder was. Ze hadden niet veel tijd om alles te regelen, maar tegen de tijd dat iedereen wakker werd, was alles weer normaal. Nou ja, zo normaal als het kan zijn wanneer iemand uit jouw groep 's nachts is verdwenen.

'Arme Will,' zegt Ashley. 'Ik had gedacht dat het pas over een dag zou gebeuren.'

Louis staart een hele tijd naar de lege plek en begint dan onbedaarlijk te snikken. Ik wil hem troosten, maar hij duwt me weg. 'Laat me met rust.' Hij klinkt als een gewond dier, boos en overstuur. 'Blijf van me af. Laat me met rust.' Hij kijkt me vuil aan en ik deins achteruit. Dit had ik niet verwacht. Louis keek altijd tegen me op. Tom kijkt me aan en haalt zijn schouders op. Louis heeft gewoon verdriet, dat is alles.

'Ik ben er voor je als je me nodig hebt,' mompel ik maar. Ik heb een soort band met Louis. We delen samen een geheim, al weet hij dat nog niet. Ik voel het formulier zo ongeveer branden in mijn zak. 'Laten we straks even met elkaar praten,' zeg ik als we naar beneden gaan om te ontbijten. Hij negeert me en als we aan tafel gaan, gaat hij in zijn eentje aan het eind zitten en eet mechanisch.

Clara ziet bleek, en als Eleanor merkt dat Will er niet is, barst ze in tranen uit. Iedereen kijkt naar ons. Ik heb het idee dat ze dwars door me heen kijken. Het is afschuwelijk. Ik voel me ellendig. Het is alsof ik oneindig ver weg ben van de grot. Ik probeer me Wills gezicht voor de geest te halen, de uitdrukking van verwondering toen hij naar de kleuren keek en de chocolademelk opdronk. De anderen zullen het nooit te weten komen, maar wat Clara en ik hebben gedaan, was goed. Daar klamp ik me aan vast als aan een stuk drijfhout in deze duisternis. Nog één week, denk ik. Eén week, dan zijn we vrij. Ondanks al het andere dat er aan de hand is, voel ik een soort opluchting. Clara en ik gaan op avontuur. Een warm strand. Zorgeloos en lachend. Maar zodra ik naar Louis kijk, voel ik me schuldig. Het heeft wel wat weg van Jonesy en het feestje. Neem ik hem met ons mee of niet? Mijn ogen prikken van vermoeidheid. Ik zal er later over nadenken. Met hem praten als hij zich ietsje beter voelt.

Het duurt niet lang of Ashley heeft een poster opgehangen met de mededeling dat er 's avonds een herdenkingsbijeenkomst voor Will wordt gehouden. Ik snap niet waarom hij de moeite neemt om die dingen op te hangen. Hij zou net zo goed bij iedereen langs kunnen gaan om het te zeggen. Het geeft alleen maar aan dat hij zichzelf heel belangrijk vindt. Ik vraag me af wat Will ervan zou vinden. Ik kan me niet herinneren dat Will net zo de pest had aan de kerk als ik. Volgens mij was hij er niet zo mee bezig. Plotseling besef ik hoe weinig ik van Will weet.

Clara heeft zich over Eleanor ontfermd en ze zijn nu ergens anders in huis. Dat komt me wel goed uit, want ik wil even alleen zijn terwijl het huis weer tot rust komt en het gat dat Will heeft achtergelaten langzaam verdwijnt. Als ik door het huis loop, voelt het een beetje zoals tijdens de eerste paar dagen. Ik merk dat ik bepaalde dingen in mijn geheugen prent, hoewel ik alles zo snel mogelijk wil vergeten als we eenmaal weg zijn. Dat is het vreemde van dit huis, dat geen thuis is, deze plek van verloren dingen.

Louis is in het handwerklokaal, samen met Harriet. Voor hem ligt een groot vel geel papier en het puntje van zijn tong raakt bijna zijn neus terwijl hij met een potlood zorgvuldig de omtrekken van letters tekent. Naast hem staat een bakje met viltstiften met een dikke punt. Hij maakt iets voor op de muur in Ashleys kerk. De volgende grafsteen. Het liefst zou ik hem willen zeggen dat hij er een dun laagje groene en roze verf overheen moet doen, de kleuren die we aan de nachtelijke hemel hebben gezien, maar dat gaat natuurlijk niet. Op een gegeven moment trek ik me terug in de slaapzaal en slaap tot de lunch.

’s Middags kunnen we vanuit het raam in de slaapzaal de nieuwe leerkrachten en verpleegsters zien aankomen. Zelfs Louis wil het zien. Hij is heel stil. We zijn trouwens allemaal een beetje bedrukt, want ze kijken streng en praten niet met elkaar als ze met hun koffertjes de trap voor het huis op lopen. De mooie witte deken is verdwenen. De laatste restjes sneeuw vormen grijze plakkaten tussen het grind. In de tuin piept het gras er al doorheen. De sneeuwpoppen staan er verloren bij. Ik zou ze het liefst kapotschoppen, om maar niet te hoeven zien dat ze smelten en verdwijnen. Door iedereen vergeten en verlaten. Ze zijn niet langer wollig en vriendelijk, maar ijzig en mismaakt, alsof ze ons haten omdat we hen tot leven hebben gewekt en daarna in de steek hebben gelaten. We zijn snel aan de sneeuw gewend geraakt, en op een gegeven moment boeide het ons niet meer. We weten inmiddels dat er wel vreemdere dingen zijn dan extreme weersomstandigheden.

Na het avondeten zitten Clara en ik zitten in haar slaapzaal en dan horen we opeens zachte voetstappen aankomen. Eleanor steekt haar hoofd om de hoek van de deur. 'Gaan jullie ook naar de dienst voor Will?' vraagt ze. 'Het word vast druk. Tom, Louis en Joe gaan ook.'

'Misschien strakjes,' zegt Clara.

Eleanor knikt en gaat weg.

'Tom en Louis geloven niet eens in God,' zeg ik. Het klinkt nogal zuur, hoewel dat niet mijn bedoeling is. Tom heeft een bloedhekel aan de kerk. Waarom zou hij gaan? Denken ze soms dat Ashley hen allemaal beter kan maken? We zijn een soort melaatsen, maar hij is geen Jezus en verder is dat hele gedoe totale bullshit.

'Het gaat niet om God,' zegt Clara en ze friemelt aan mijn vingers. 'Ze willen gewoon afscheid van Will nemen.'

'Dat hebben we al gedaan.'

'Misschien moeten we toch maar gaan,' zegt ze. 'Voor de anderen.'

Ik kijk haar in de ogen en fantaseer dat ze dezelfde kleur hebben als de warme oceaan. 'Ze moeten er maar aan wennen dat we niet de hele tijd in de buurt zijn. Over een week zijn we foetsie.'

Ze lacht. Dat is haar eerste echte lach vandaag. Haar witte tanden blinken tegen haar sproetige huid. 'Ik kan niet wachten.'

'Vanavond moeten we onze pillen innemen,' zeg ik. 'En morgen ook, voor de zekerheid.' We hebben de thermosfles waar de chocolademelk in zat bij Will laten staan. Als ze die gaan onderzoeken, denken ze misschien dat hij zijn pillen heeft opgespaard en toen hij ziek werd ze vervolgens allemaal tegelijk heeft ingenomen. Natuurlijk gaan ze dan controleren of er niet nog andere kinderen 's nachts wakker zijn. Het zou kunnen dat ze ons allemaal gaan onderzoeken. Daarom moeten we de pillen in ons lijf hebben. Ik vertrouw Moeder niet. Ik denk aan het formulier in mijn zak en zou willen dat de boot eerder kwam. Ik weet dat Moeder iets tegen mij of Louis gaat ondernemen, net zoals ze met de verpleegster heeft gedaan. Daarom heeft ze ook de verpleegster uit de weg geruimd. Maar met ons heeft ze blijkbaar niet zo'n haast. We kunnen toch nergens heen. In ieder geval niet voor zover zij weet. Ik ga tegen Clara zeggen dat we Louis mee moeten nemen.

Clara knikt. 'Ik zal onze nachten missen.' Ze buigt zich naar me toe en geeft me een zoen. 'Maar binnenkort zijn die helemaal van ons en hoeven we niet meer zo geheimzinnig te doen.' Ze nestelt zich tegen me aan. Dit is het fijnste gevoel van de wereld. We blijven even liggen en dan horen we de saxofoon. Het gevoelige geluid zweeft door de gangen en over de trappen. Het lijkt alsof het huis zingt. Een oude blues uit warme, zuidelijke staten, hier heel ver vandaan. Ik weet zeker dat het uit de kerk komt en dat Albi daar is. Ik zou willen dat Will dit kon horen.

Clara gaat rechtop zitten en kijkt me aan. Ze hoeft niets te zeggen. We moeten erheen. Wij zeker. Om afscheid te nemen van Will én het huis.

'Oké, we gaan.'

Nog voordat we bij de deur zijn, zien we al de gloed van de kaarsen die de kille duisternis verlichten. De schaduwen bewegen op de muziek. Clara gaat voor en ik kom nerveus achter haar aan. Het verbaast me hoeveel kinderen aanwezig zijn, maar we zien geen Jake. Gek genoeg vind ik dat fijn. Je kunt van alles en nog wat van Jake zeggen, maar hij voelt feilloos aan als iets flauwekul is. Ik heb het gevoel dat ik een of ander verbond heb verbroken door hiernaartoe te gaan. Tegelijkertijd heb ik het idee dat Will hier heel sterk aanwezig is. Alsof hij in de lucht om ons heen zweeft. Ashley staat voor de halve kring van stoelen en glimlacht als hij ons ziet. Ik kan niet zo goed zien of het hartelijk of triomfantelijk bedoeld is. Ik negeer het maar. Ashley doet er nu niet toe.

Albi staat in de hoek en blaast een laatste noot, en terwijl die wegsterft knikt Ashley naar Louis. 'Wilde jij iets zeggen?'

Louis lijkt zo klein zoals hij daar tussen de anderen staat, maar ik heb het gevoel alsof hij mij met zijn blik doorboort. 'Niet met hen erbij. Ik wil dat ze weggaan.'

Mijn keel wordt dichtgesnoerd. Clara kijkt naar Louis en dan naar mij. Ze begrijpt er duidelijk niets van. Ik zie de paniek in haar ogen. Het bestaat niet dat hij het weet. Dat kan gewoon niet.

'Iedereen is hier welkom,' zegt Ashley. Ik zou hem het liefst een dreun verkopen met zijn arrogante gedoe. Ik ben niet welkom hier, al is Louis de enige die dat vindt. Ik ben een buitenstaander en Louis ook.

'Maar zij niet. Ze moeten oprotten.' Louis is razend. Ik heb hem nog nooit zo meegemaakt.

'We gaan wel,' zegt Clara opgelaten.

Te laat.

'Jullie hebben het helemaal verpest. Blijf maar. Ik ga wel weg. Ik heb die zooi hier niet nodig.' Louis gooit het vel papier dat hij in zijn hand heeft op de grond. Hij stormt langs ons heen en loopt me bijna omver. Zijn gezicht is vertrokken van woede.

'Ik ga wel achter hem aan,' fluister ik. 'Blijf jij maar hier.' Clara's onderlip trilt, maar ze knikt. Ashley stelt voor een lied te zingen. Natuurlijk voelt hij net als ik de spanning die in de lucht hangt. Mijn maag draait zich om als ik de deur uit loop en achter de stampende voetstappen aan de trap afren.

Ik tref Louis aan in de badkamer – dezelfde badkamer waarin we Wills met bloed besmeurde benen hebben gewassen. Even zie ik Will daar weer zitten, nog maar een schim van zichzelf, en dan ga ik op dezelfde plek zitten. Will is hier niet meer. Hij is voor altijd weg.

Ik kijk Louis aan. Hij zit op de wc-bril en kijkt me zo angstig aan dat ik er naar van word. Denkt hij soms dat ik hem iets zal aandoen?

'Hij heeft het me verteld,' zegt hij. Hij trilt van angst, woede en gloeiende verontwaardiging, en dat is mijn schuld. 'Dacht je soms dat hij het me niet zou vertellen? Ik was zijn beste vriend.'

'Wat zei hij dan?'

'Hij had het over een avontuur.' Zijn woede is intens en de woorden snijden dwars door me heen. 'Clara en jij hebben tegen hem gezegd dat hij zijn vitamines niet in moest nemen en dat jullie op avontuur gingen.'

'Het zijn geen vitamines.' Eigenlijk ben ik te moe om tegen hem in te gaan.

'Dat weet ik al heel lang.' Hij kijkt me aan alsof ik niet goed snik ben. 'Ik wil alleen niet wakker zijn, want dan heb ik nog meer tijd om na te denken.'

Ik zeg niets. Ik weet wat voor een groot verstand hij heeft en wat een last dat moet zijn. Natuurlijk wilde hij slapen en nergens aan denken.

Na een tijdje zakt zijn woede en begint hij te snikken, hete tranen die rechtstreeks uit zijn ziel komen. 'Jij hebt hem vermoord, Toby. Je hebt hem 's nachts meegenomen en hem vermoord. Hoe kon je dat doen?'

'Ik wilde niet dat hij bang was.' Ik ben bijna niet te verstaan als ik de woorden fluister die ik niet hardop wil zeggen. 'Ik wilde niet dat hij naar het sanatorium ging.'

'Hij vertrouwde je. Ik vertrouwde je. Ik dacht dat je hem weer terug zou brengen. Ik stond voor het raam toen je hem tegen de boom zette. En zelfs toen snapte ik het niet. Wat was ik stom.'

'Hij was niet bang. Hij was gelukkig.' Ik denk aan Jake en de tedere manier waarop hij de veertjes van Georgie aaide en hem daarna doodde door zijn nekje te breken. 'We waren...' Ik struikel over mijn woorden. Ik voel me zo onzeker. Wat hebben we gedaan? 'We wilden hem helpen. Ik wilde niet dat hij bang was.' Nu ik dat herhaal klinkt het nog lulliger. Ik heb een warm hoofd en klamme handen. 'We wilden dat hij een schitterende nacht meemaakte. Iets wonderbaarlijks beleefde. Iets waardoor het voor hem makkelijker zou zijn. We wilden niet dat hij naar het sanatorium ging.' Ik gooi het er allemaal uit. Het is een bekentenis, alsof de dood van Will hierna niet meer zo zwaar op me zal drukken.

'Dat snap ik.' Hij zucht. 'Ik ben niet achterlijk.'

Dit had ik niet verwacht. Ik begrijp het niet. Hij kijkt me aan alsof ik een of andere idioot ben die een bord voor zijn kop heeft. Er staan weer tranen in zijn ogen en zijn schouders schokken.

'Ik had erbij moeten zijn. Je had mij ook moeten meenemen.' Hij klinkt diep gekwetst, zielig. Het doet me pijn.

'Ik wist niet... ik...' Wat moet ik nu zeggen? Ik vertrouwde je niet? Ik dacht dat je het verder zou vertellen? Dat is allebei niet waar. Clara en ik hebben er gewoon niet aan gedacht. We waren zo bezig met onze eigen zorgen om Will. We hebben niet beseft wat dit voor Louis zou betekenen. Ik zou de klok willen terugdraaien. Het goedmaken.

'Ik heb niet eens afscheid van hem kunnen nemen.' Er hangt een snottebel aan zijn neus, maar hij veegt hem niet af. 'Ik moest naar die stomme kerk om afscheid te nemen en nu is dat ook verpest. Ik hoorde erbij te zijn. Ik was zijn beste vriend, Toby.' Hij staart me zo indringend aan dat ik even denk dat de tijd werkelijk de andere kant op loopt zodat ik het weer goed kan maken. 'Jij niet, Clara niet. Maar ik.'

'Ik heb er spijt van.' Meer kan ik hem niet bieden en dat is net zo lullig als het klinkt. 'Ik heb er heel erge spijt van.'

Dan pakt hij eindelijk een paar velletjes wc-papier van het stapeltje naast hem en snuit luidruchtig zijn neus. 'Ja ja, dat zal wel. Maar dat maakt geen reet uit.' Hij staat op. Eindelijk heeft hij zichzelf weer in de hand. 'Ik wil niet dat je ooit nog tegen me praat. En ik praat ook nooit meer met jou. Begrepen?'

'Maar ik moet je nog wat vertellen,' zeg ik. 'Het is belangrijk.'

'Rot op, Toby,' zegt hij en hij doet de deur open. 'Donder op en val dood.'

Nadat hij weg is gegaan blijf ik nog even op de rand van het bad zitten, en ik jank als een klein kind. Ik huil om iedereen. Ik huil omdat ik niet meer weet wat ik moet voelen. Ik huil omdat ik te veel voel. Ik hoop dat het huilen me oplucht, maar dat is niet zo. In me draag ik een loodzware last mee.

Ik wacht tot mijn huilbui over is en dan wacht ik nog een paar minuten langer. Ik wil niet dat iemand merkt dat ik heb gehuild. Ik was mijn gezicht met koud water. Mijn roodomrande ogen vallen niet zo op naast de beurse plekken op mijn gezicht. Ik laat het water net zo lang over mijn gezicht stromen tot ik afgekoeld ben. Louis trekt wel weer bij. Ik ken hem. Ik hoop tenminste dat hij dat doet. Ik moet hem kunnen vertrouwen als ik het plan van Clara en mij aan hem vertel. En ik kan niet vertrekken zonder het hem te vertellen. Ik vraag me af of hij uit wraak alles aan Moeder zal doorbrieven. Dat kan ik me niet voorstellen, maar ik had ook nooit kunnen denken dat Louis 'rot op en val dood' tegen me zou zeggen. Niemand hier zegt zoiets. Rot op en val dood. Dat is te beladen. Slecht karma.

Als ik de badkamer uit kom, zie ik Jake met Daniel de trap op lopen. Ik hoop dat ik er weer een beetje normaal uitzie. Jake is één ding, maar ik word niet goed bij het idee dat die vette Daniel een rotopmerking tegen me zal maken omdat hij weet dat ik overstuur ben. We knikken een beetje onwennig tegen elkaar. Will is nog niet uit onze gedachten. Zijn bed en spulletjes zijn wel verdwenen, maar pas als Ashley ophoudt met die stomme herdenkingsdienst, wordt het hier weer een beetje normaal. Dat geldt tenminste voor de anderen, want ik heb nog met Louis en mijn schuldgevoel te maken. Misschien zal ik me, als ik ervoor kan zorgen dat het weer goed komt met Louis, op een dag minder schuldig voelen. Ik wil niet dat de geest van Will voor altijd om me heen blijft zweven. Zo zou ik niet kunnen leven. Ik wil hem achter me laten. Ik móét hem achter me laten.

'Weet hij het?' vraagt Clara angstig als de dienst eindelijk is afgelopen.

Ik knik.

'Gaat hij het verder vertellen?'

'Denk het niet.' Ze kijkt zo bezorgd. Ze denkt natuurlijk ook aan de boot. We zijn zo dicht bij onze ontsnapping. 'We hadden Louis mee moeten nemen,' zeg ik zacht. 'Hij had erbij moeten zijn. Daarom is hij zo overstuur en kwaad.'

Dat lucht haar blijkbaar op, en dan besef ik dat zij zich ook schuldig voelt. We hebben misschien wel iets gedaan wat noodzakelijk was, maar het was ook verschrikkelijk en ik weet nog steeds niet wat het zwaarst weegt. Maar als Louis erbij had willen zijn en Louis ook een genie is, dan is het toch goed wat we hebben gedaan? Ik herinner me nog hoe Wills lichaam ineenzakte toen hij stierf. Dat zal me nooit meer loslaten. Ik probeer me zijn gezicht voor de geest te halen toen hij vol verwondering naar het licht keek. Het gewicht van zijn lichaam was zo aards, maar de uitdrukking op zijn gezicht tijdens die laatste minuten was hemels. Donker en licht. Gruwel en schoonheid. Alles bestaat uit uitersten. Het enige wat ik wil is slapen, en dat deze dag voorbij is.

'Wat is er met jullie aan de hand?' vraagt Tom als Louis naar de badkamer is om zijn tanden te poetsen.

'Niks.' Ik haal mijn schouders op.

'Nou, zo lijkt het anders niet.

'Hij is overstuur en kwaad.'

'Ja, dat snap ik, maar is hij ook kwaad op jou?'

'Het gaat wel weer over.' Zonder antwoord te geven op Toms vraag draai ik me om en stap in bed. Als de verpleegster komt met de pillen neem ik die dankbaar in. Ik denk dat Louis dat ook doet. We willen allebei niet alleen zijn met onze gedachten.

20

In de loop van de volgende dagen keert de rust weer. De sneeuw is eindelijk weg en de zon komt terug met zijn vertrouwde warmte. Na het ontbijt hebben we les van onze nieuwe leraren. Ze zijn stuk voor stuk even streng en saai, waardoor ik me afvraag of de vorige ploeg misschien voortijdig moest vertrekken omdat Moeder niet wilde dat er werd gerookt en gedronken, en wat er nog meer werd gedaan in hun deel van het huis. Ik blader ijverig door de grammaticaboeken en sommen, maar ik kijk ook met een half oog naar het stralende weer buiten. Hoewel ik de gedachte aan Will niet van me af kan schudden, heb ik kriebels in mijn buik van opwinding als ik eraan denk dat ik binnenkort hier ergens ver vandaan zal zijn.

Ik stel me Clara voor als ze in een afgeknipte spijkerbroek over het strand rent en me dan lachend in zee duwt. In mijn fantasie is ze zo wild en vrij als ze hoort te zijn. Ik kan me nog herinneren hoe onhandig en stuntelig ik was *hiervoor*. Hoe ik me gedroeg tegenover Julie McKendrick. Door Clara ben ik veranderd. Ik ben ook door het huis veranderd, maar het meeste nog door Clara. Zonder haar was ik nooit over de muur geklommen. Dan zat ik nog steeds binnen, treurig, angstig en zonder enige hoop. Dan had ik nooit een plan bedacht om te ontsnappen. Nooit aan de boot gedacht. Dat komt allemaal door Clara. Zonder Clara had ik nooit het rapport op het bureau van Moeder gevonden.

Ik heb het formulier dat ik heb gefotokopieerd nu zo vaak gelezen dat ik het langzamerhand begin te geloven. Het houdt mij nog meer bezig dan de gedachte aan Will. Ik ben zowel opgewonden als bang. Vanwege dit formulier heeft Moeder dat met de verpleegster gedaan. Ik probeer niet aan het woord 'moord' te denken, omdat ik dan Will weer voor me zie – *dank je wel voor alles, Toby* – en dat doet pijn. Ik vraag me af of Moeder afwacht of de dood van Will nog gevolgen heeft voordat ze Louis en mij aanpakt. Het papier en wat er zwart-op-wit op staat, is gevaarlijk. Dat weet ik wel.

Louis ontwijkt iedereen steeds meer. Hij kijkt me niet aan en zegt geen woord tegen me. Als hij iets nodig heeft op tafel, dan vraagt hij niet aan mij of ik het wil doorgeven, maar aan iemand anders. In de klas zit hij met gebogen hoofd en doet alsof hij zich concentreert, maar ik denk dat hij zomaar wat opschrijft. Louis hoeft zich trouwens niet te concentreren. Zijn hersens werken zo snel dat hij aan honderd dingen tegelijk kan denken. 's Middags speelt hij een potje schaak tegen zichzelf of gaat op een schommel zitten. Af en toe praat hij zachtjes in zichzelf.

Zo nu en dan wil ik naar hem toe gaan, maar ik durf het steeds niet. Ik moet hem vertellen wat er in het rapport staat, maar ik ben bang dat hij dan iets raars gaat doen. Ik zou willen dat hij weer zichzelf was, maar tegelijkertijd weet ik niet of Louis zonder Will weer zichzelf kán zijn. Ik heb niet de indruk gekregen dat hij veel vrienden had voordat hij hier in huis kwam. En als dat wel zo was, dan hij heeft hij dat alleen aan Will verteld, en Will is er niet meer.

Clara en ik zonderen ons op onze eigen manier af. We bemoeien ons niet meer met de anderen en er wordt ook niet aan ons gevraagd of we met iets mee willen doen. We gaan naar de bibliotheek waar we in atlassen en encyclopedieën kijken en bedenken hoe we op vrachtschepen moet komen om aan ons avontuur te beginnen. We moeten eerst in Frankrijk zien te komen, want daarna zal het allemaal een stuk makkelijker gaan, in ieder geval volgens Clara.

Na drie nachten stoppen we weer met pillen innemen. Clara zegt dat slapen zonde van de tijd is en hoewel ik het best eng vind, ga ik toch met haar mee. Ze geeft me een knipoog en zegt lachend dat ik haar serieuze kant ben en zij mijn gekke kant is. Sinds Wills dood is ze vol nerveuze energie, en dat wordt alleen maar erger naarmate de komst van de boot nadert.

Zoals altijd heeft ze gelijk. Ik lig een hele tijd wakker voordat ik eindelijk de moed bijeen heb geraapt om uit bed te stappen en haar te gaan zoeken. Ik kijk nog even naar Louis, maar ik weet zeker dat hij slaapt. Hij heeft zijn armen boven de dekens en ik dek hem toe. Weliswaar schijnt overdag weer de zon, maar 's nachts is het nog steeds behoorlijk koud.

We gaan niet naar buiten – zelfs Clara vindt dat nu te riskant. We kruipen samen in een bed in een slaapzaal die zich halverwege Clara's slaapzaal en die van mij bevindt. Als we iets horen bewegen zijn we zo weer terug in onze eigen bedden. Die eventuele dreiging maakt het extra spannend, en het duurt dan ook niet lang of ze begint me heftig te zoenen en trekt me boven op haar.

'Ik hou van je, ik hou van je,' fluistert ze telkens weer. Haar adem is warm en ik kus haar. Ze maakt alles goed. Als we daarna naast elkaar liggen, duizelt het me van al het heerlijke en verrukkelijke dat we net hebben gedaan, en voor het eerst sinds die bewuste nacht ben ik ontspannen en gelukkig. Ik zou wel willen weten wat Jonesy ervan zou vinden dat ik verliefd ben op een beeldschoon meisje en dat zij ook verliefd is op mij, en dat ik het met haar gedaan heb en daar nog goed in ben ook na de eerste paar klungelige keren. Voor mij is Jonesy nu nog een kind. Net zo goed als Julie McKendrick helemaal uit mijn hoofd verdwenen is.

Ik strijk met mijn vinger over Clara's zachte huid en hoop dat alles goed is met Jonesy. Hij heeft niet veel andere vrienden. In mijn hoofd worden Jonesy en Louis één persoon. Plotseling krimpt Clara in elkaar en ik buig me over haar heen. Op haar heup zit een grote blauwe plek.

'Wat heb je gedaan?' vraag ik en ik wil er een kus op geven.

'Ik ben ergens tegenaan geknald. Niks bijzonders.'

De plek tekent zich als een zwarte roos af op haar lichte huid.

'Nou, dat was dan een harde klap. Probeer een keer gewoon te lopen in plaats van te rennen.'

'Sorry, pap.'

Ik trek een gezicht. 'Dat is helemaal niet stom, hoor, wat ik zeg.'

Ik denk aan mijn vader en moeder en of ik hen zal bellen als we zijn gevlucht. Zouden ze zich niet doodschrikken? Misschien doe ik het als we in veiligheid zijn. Later. Mijn ouderlijk huis voelt niet meer als mijn thuis.

'Ik denk dat Will het wel eens was met wat we hebben gedaan,' zegt ze als we naar het plafond liggen te staren en doen alsof we kijken naar de flonkerende sterren boven een zandstrand. 'Dat denk ik echt.'

Ik laat haar praten en houd mijn mond. Ik weet dat het er niet om gaat of Will het ermee eens zou zijn, maar of ík er vrede mee kan hebben. Ik wil niet dat ze daar zo mee bezig is. Dat ben ik zelf al genoeg.

'Ik zou dat zelf ook hebben gewild,' gaat ze op ernstige toon verder. 'Als ik wist dat ze me naar het sanatorium gingen brengen.'

Ik ben een beetje jaloers op haar dat ze er zo snel vrede mee heeft. Voor mij is zij net als het noorderlicht – schitterend en fascinerend. Ik ben zwaar, aards, donker.

'We moeten van elke minuut genieten. Als eerbetoon aan Will. We moeten gelukkig zijn.'

'Ik ben gelukkig.' Dat is waar. Al heb ik allerlei geheimen die ik niet kan vertellen, toch ben ik op dit moment gelukkig. 'Jij maakt me gelukkig.'

'Zelfs hier?' vraagt ze.

'Ja.'

Ze draait een haarstreng om haar vinger en denkt na. 'Ik kan me niet meer indenken dat ik je niet zou kennen. Ik kan me niet voorstellen dat ik nog het leven van vroeger leidde, zonder jou.'

'Ik ook niet.' Dat klopt ook. De tijd verloopt hier anders. Ik heb het gevoel dat ik haar altijd heb gekend en dat mijn leven *hiervoor* een droom was.

'Het is het lot, vind je niet?' zegt ze zacht, lief. 'Jij en ik zijn allebei Defecten. Alsof het de bedoeling was dat we elkaar hier zouden ontmoeten.'

'Misschien wel.'

'Niks misschien.' Ze geeft me plagerig een tikje tegen mijn hoofd en dan zucht ze. 'Door jou ben ik niet meer bang.'

Mijn hart slaat een slag over. Ik had nooit kunnen bedenken dat Clara bang was. Ik kus haar weer, teder en zacht. Ik wil voor haar zorgen.

'Voor altijd samen?' zegt ze.

'Voor altijd samen.' Ik denk aan het rapport in mijn broekzak en ik voel me verscheurd. Ik dwing mezelf te glimlachen. 'Ik ben toch met je getrouwd?'

'Ga je nooit meer bij me weg?'

'Ik ga nooit meer bij je weg.'

'In ieder geval zullen we niet oud en lelijk worden,' zegt ze. 'En jij wordt nooit kaal en dik, zoals mijn vader. We zullen niet op een gegeven moment genoeg van elkaar krijgen. Onze liefde zal niet verflauwen.'

'Jij kunt helemaal nooit lelijk worden.' Ik glimlach. 'En onze liefde zal nooit verflauwen. Het is het lot, weet je nog?'

Ze slaat haar armen om me heen en drukt me tegen zich aan. ‘Ik kan niet wachten om hier weg te gaan,’ fluistert ze met haar mond tegen mijn wang. ‘Ik kan niet wachten.’

21

De bestelwagens komen weer, en nu zijn het er zeven. Net als de vorige keer kijken we uit het raam van de slaapzaal en zien de nieuwe kinderen uitstappen. Omdat ik zo vervuld ben van het idee dat ik binnenkort zal weggaan, heb ik er geen seconde bij stilgestaan dat er weer nieuwe kinderen zouden komen. Maar dit huis is een wereld op zich en alles blijft gewoon doorgaan.

'Zouden wij er op onze slaapzaal ook iemand bij krijgen?' vraagt Tom. Aan zijn gezicht te zien heeft hij er niet veel zin in om een indringer in ons midden te krijgen. Ik moet bijna lachen omdat we nog niet zo heel lang geleden ook zo over hem dachten.

'Misschien zitten er wel een paar meisjes bij,' zeg ik. Ik hoop min of meer dat er voor hem of Jake iemand bij zal zijn, als troost dat ik Clara heb ingepikt. Al werkt dat natuurlijk niet op die manier. Clara en ik horen bij elkaar. Ik kan me niet voorstellen dat andere mensen hetzelfde gevoel hebben als wij. Maar het zou wel fijn zijn als ze het leuk konden hebben met een paar meisjes. Verder ben ik niet zo blij met de komst van de nieuwe kinderen. Ik ben veel te bang dat er iemand bij zit die het plan van Clara en mij in de war zal sturen. Ik hoop maar dat ze allemaal hun pil innemen. Ik wil weg. Hoe langer ik hier nog ben, hoe groter mijn angst wordt dat er iets mis kan gaan.

Louis staat ook bij het raam, maar na een poosje loopt hij weg en gaat in kleermakerszit op zijn bed zitten. Hij pakt het zelfgemaakte kartonnen schaakbord en verzet een van de kartonnen schaakstukken. Intussen mompelt hij iets en produceert een raar lachje. Het klinkt akelig.

'Is het nodig dat je zo tegen jezelf zit te lullen?' zegt Tom. 'Dat doe ik toch ook niet?'

Louis kijkt hem verrast aan, met grote ogen. 'Ik heb het helemaal niet tegen mezelf.'

'Wel waar.'

'Nietes.'

'Tegen wie praat je dan?'

Louis glimlacht, het is bijna zijn oude, vertrouwde, glimlach. Bijna, maar toch anders. 'Tegen Will natuurlijk,' zegt hij en hij verdiept zich weer in het spel.

Tom blaast zijn adem uit. 'Iedereen is hier knettergek,' zegt hij vol afschuw.

Daarna blijft het een hele tijd stil. Wat er buiten gebeurt, boeit me niet en ik ga op bed liggen. Ik vraag me af of Louis dit doet om mij gek te maken, om het me in te wrijven. Eigenlijk hoop ik dat dat de reden is. Maar het zou ook best kunnen dat de geniale Louis is ingestort. Hij kon alles aan: Defect zijn, het huis, maar het verlies van zijn vriend is te veel voor hem. Dat hij me haat vind ik oké, maar ik kan hem natuurlijk niet vertellen wat we van plan zijn als hij helemaal gestoord is. Na een poosje horen we voetstappen op de gang, maar er komt niemand bij in Slaapzaal 4. Ik denk dat iedereen opgelucht is. We hebben al genoeg shit aan ons hoofd zonder een nieuweling.

Tijdens het avondeten heeft Jake het hoogste woord bij de opgewonden gesprekken aan zijn tafel. Aan de tafel van Slaapzaal 7 zitten twee nieuwe jongens, en Jake laat duidelijk merken wie daar de baas is. Ik schenk nauwelijks aandacht aan de nieuwe kinderen en ik vraag ook niet hoe ze heten. Al die onbekende gezichten geven me het gevoel dat er een nieuwe tijd is aangebroken, maar ik weet dat ik daar niet meer bij hoor.

'Geen meisjes,' gromt Tom, die met zijn toetje bezig is. Louis heeft tijdens het eten niet één keer opgekeken. Hij is ook nog bezig met het verleden.

Voor zover we kunnen nagaan, nemen de nieuwe kinderen allemaal hun vitamines in, en in de stilte van de nacht lopen Clara en ik als geesten in een spookhuis door de slaapzalen om naar ze te kijken. Ze liggen allemaal roerloos in hun bed. Volgens mij is de doses van de slaappillen verhoogd na wat er met Will is gebeurd. In Slaapzaal 9 ligt een jongetje wiens gezicht nog nat is van het huilen. Ik kan me niet herinneren dat ik heb gehuild. Ik weet dat Will dat wel heeft gedaan. Ashley misschien ook. Ik herinner me eigenlijk niet meer zoveel van die eerste dagen. We zijn inmiddels allemaal een stuk harder geworden.

'Ik zei je toch het ons lot was,' fluistert Clara als we hand in hand naar de speelkamer sluipen. 'Jij en ik 's nachts wakker en verder niemand.'

'Wil je naar de grot?' vraag ik. Best gek eigenlijk, maar voor we weggaan wil ik afscheid nemen van die rotsige schuilplaats. Die plek is van Clara en mij, met zowel fijne als nare herinneringen.

'Ik wil dansen,' zegt ze. 'Laten we binnen blijven.' Het is vannacht helemaal niet zo koud, maar toch heeft ze in plaats van haar nachthemd een spijkerbroek, sokken en een lange, wijde trui aan. Dat verbaast me, want ze vindt het altijd fijn om binnen met blote benen rond te lopen. Ze zoekt een grammofoonplaat uit en sluit de koptelefoon aan.

'Zet jij hem maar op,' zeg ik. 'Ik wil het kunnen horen als er iemand aan komt.'

'Wat ben je toch altijd verstandig, Toby.' Ze komt naar me toe, geeft me een kus en komt in mijn armen. 'Laten we doen alsof we op een strand zijn,' fluistert ze en ze doet haar ogen dicht. 'Het is middernacht, er wordt een groot vuur aangestoken, een oude man speelt gitaar en wij zijn aan het dansen.'

'Straks hoeven we niet meer te doen alsof.' Ze hoort me niet, want ze luistert naar de muziek. Ik hoor alleen een zacht gezoem. Ik volg haar bewegingen zo goed mogelijk, maar dansen is niet mijn sterkste punt. Mijn armen en benen doen nooit wat ze moeten doen en ik heb geen ritmegevoel zoals Clara. Dat vindt ze helemaal niet erg en ze gaat helemaal op in de muziek. Ze heeft haar mond halfopen en met haar lijf zo dicht tegen me aan kan ik het niet weerstaan om haar te kussen. Ik wil met mijn hand onder haar trui gaan, maar dan deinst ze achteruit en zet de koptelefoon af.

'Niet doen. Laten we daarmee wachten tot we hier weg zijn.'

'Oké.' Ik word onzeker en denk dat ik iets verkeerds heb gedaan. Blijkbaar ziet ze dat aan me, want ze legt haar beide handen om mijn gezicht en geeft me weer een zoen.

'Goed zo? Je vindt het toch niet erg?'

'Tuurlijk niet.' Ik glimlach een beetje stroef. Ik vind het best wel erg. Dat kan ik niet helpen. Ik wil graag met haar vrijen, dat wil ik altijd wel, dus dat telt niet, maar ik heb het gevoel dat ze me afwijst en dat komt hard aan. Heeft ze genoeg van me? Wacht ze alleen maar tot we hier weg zijn om me dan te dumpen? Maar hoe zit het dan met wat ze zei over het lot? Het kan toch niet dat ze niet meer verliefd op me is?

'Laten we alleen dansen,' fluistert ze, en ze zet de koptelefoon weer op. 'Ik hou zo van dansen.' Ze sluit haar ogen en trekt me tegen zich aan. Ik krijg het benauwd bij het idee dat ze me misschien niet meer wil. En ik word bijna misselijk als ik eraan denk dat ze misschien ooit met iemand anders zal dansen, hoe gek dat ook klinkt.

We gaan eerder naar bed dan normaal, omdat Clara zegt dat we onze energie moeten sparen voor onze onderneming. Maar ze knuffelt en kust me en zegt dat ze van me houdt, waardoor ik me meteen weer een stuk beter voel.

'Voor altijd samen,' zeg ik, en ik hoop dat het niet al te wanhopig klinkt. Als ze naar haar slaapzaal loopt kijkt ze nog even met een brede grijns achterom. 'Voor altijd samen, Meerminkoning.'

Ik ben helemaal gelukkig.

22

'Waarom heb je me niet wakker gemaakt?' fluistert Clara woedend als we naar de eetzaal lopen om te ontbijten. Het is de laatste ochtend voordat de boot komt. Ik loop zo ongeveer te stuiteren van opwinding en het verbaast me dat ze zo kwaad is. Met een strak gezicht en opeengeperste lippen kijkt ze me pissig aan. Zo heeft ze nog nooit tegen me gedaan en de angst dat ze eindelijk doorheeft dat ik een watje ben komt weer bij me boven.

'Sorry, hoor. Ik dacht dat je moe was en vanwege komende nacht leek het me beter om je maar te laten slapen.' Ik vind het vervelend dat ze kwaad op me is. Ik moet haar straks nog vragen wat ze ervan vindt om Louis mee te nemen, en daar zal ze ook wel van schrikken. Ik weet niet wat ik moet doen als ze nee zegt. Waarschijnlijk Louis gewoon maar meenemen en dan zien we later wel weer. Als hij tenminste mee wil. Ik neem een risico door het hem te vragen, maar ik heb geen keus. Anders zou ik het mezelf nooit vergeven.

'Het was onze laatste nacht,' zegt ze, en ik zie dat het haar verdriet doet. 'Het was belangrijk.'

'Sorry.' Het klinkt slap. Ik zou tegen haar willen zeggen dat ik haar bijna wakker had gemaakt en naar de grot wilde gaan. Ik wilde samen met haar afscheid van de grot nemen en óók van het huis. Ik vond het hier gruwelijk, maar tegelijkertijd hebben Clara en ik hier een heleboel geweldige dingen meegemaakt. Ik zou haar willen vertellen dat ik ook een beetje de pest in had dat ze op zo'n belangrijke nacht in slaap was gevallen. Dat ik op een gegeven moment even naar haar ben gaan kijken toen ze sliep en daarna volgens mijn oude gewoonte iets te eten heb gehaald in de keuken en naar de speelkamer ben gegaan om naar de hemel te kijken. Ik voelde me eenzaam zonder haar, ook al vond ik het best prettig om even rustig in mijn eentje na te kunnen denken. Om op mijn eigen manier afscheid te nemen. Ik ben hier al langer dan zij, en ik had ook een ander *hiervoor* om afscheid van te nemen. Niet het *hiervoor* van ons oude leven, maar de tijd in het huis toen Clara er nog niet was. Maar het lukt me niet om dit allemaal tegen haar te zeggen. Ik wil niet dat we ruzie hebben. Die nacht krijgen we toch niet meer terug. 'Ik dacht alleen... je weet wel... dat je moe was.'

Ze zucht en als we gaan zitten zijn haar schouders nog steeds gespannen. Maar dan knijp ik onder de tafel in haar hand en ze knijpt terug. Ik kan me niet voorstellen dat ze lang kwaad zal blijven. Daar is het allemaal veel te spannend voor.

'Sorry,' zeg ik weer.

'Ja, dat is nu al de derde keer dat je dat zegt.'

'Ik zal het niet meer doen.' Ik lach en geef haar een knipoog. De laatste nacht is voorbij. Ik kan gewoon niet geloven dat we morgen om deze tijd op het vasteland zijn. Ik maak me geen zorgen om de boot. We vinden wel een plekje om ons te verstoppen. In een reddingsboot bijvoorbeeld. Ik heb dat ooit in een film gezien en dat liep heel goed af. Dit huis is niet onze lotsbestemming.

Na het ontbijt hebben we nog tien minuten voor we naar de klaslokalen gaan. Ik zie Clara uit een van de wc's beneden komen en trek haar mee naar de muziekkamer, die aan dezelfde tochtige gang ligt.

'Wat is er?' Ze zet grote ogen op. Ze ziet bleek en kijkt zorgelijk. Ze staat natuurlijk ook te popelen om hier weg te komen. Ik haal diep adem. Dit zal niet het laatste lastige gesprek van vandaag worden en ik kan al zo slecht uit mijn woorden komen als ik iets serieus moet bespreken.

'Het gaat om Louis.'

'Wat is er met hem?'

Mijn hart klopt in mijn keel. 'Ik vind dat we hem met ons mee moeten nemen. Ik bedoel natuurlijk niet naar dat strand en zo, maar wel dat hij hier weg komt. Sinds de dood van Will gaat het niet goed met hem. Als wij nu ook vertrekken...' Ik begin te stotteren en te stamelen, omdat ik de waarheid niet kan vertellen. 'Ik ben bang dat hij dan helemaal instort.'

'Tuurlijk,' zegt ze. 'Ik vind het een goed idee.'

'Ik wilde eigenlijk met z'n tweeën vertrekken, maar ik kan hem niet achterlaten. Ik kan het echt niet.' Ik ben zo bezig met haar ervan te overtuigen dat het niet tot me doordringt wat ze net zei.

'Ik zei dat ik het goed vind.' Ze knijpt in mijn arm. 'Ik vind het eigenlijk een ontzettend goed idee.' Ze gaat op haar tenen staan en geeft me een kusje zo zacht als vlindervleugeltjes op mijn mond. 'Echt waar.'

'Weet je het zeker?' Ik had verwacht dat ze in ieder geval een paar vragen zou stellen. We hebben het er nooit over gehad iemand mee te nemen, zelfs niet de kleine Eleanor.

Ze knikt en glimlacht en loopt dan de deur uit. Ik vraag me af of ik haar ooit helemaal zal begrijpen. Maar het is wel een pak van mijn hart, en ik heb niet eens hoeven liegen. Alle redenen die ik opgaf waren waar, al was het niet de echte waarheid. Ik besluit nog even te wachten om met Louis te gaan praten.

Het is een vreemde dag. Al zolang ik in dit huis ben, wil ik dat de tijd langzamer gaat en nu kan hij voor mij niet snel genoeg gaan. Tijdens de les kan ik bijna niet stilzitten en ik heb kriebels in mijn benen. Het is helder en zonnig weer en ik hoop dat het vannacht zo blijft. Het draait allemaal om vannacht. Ik probeer me op de opgaven voor begrijpend lezen te concentreren, maar de tekst danst voor mijn ogen. Ik weet alleen dat het voor Ralph en Piggy volkomen shit is op hun eiland en dat het Clara en mij niet zal gebeuren. Ik schrijf maar wat op als antwoord. Ik wil niets doen waardoor ik de aandacht trek en het maakt niet uit dat ik niet de juiste antwoorden opschrijf. Er geeft toch niemand een cijfer.

Hoewel voor mijn gevoel de tijd zo ongeveer stilstaat, wordt het eindelijk toch lunchtijd en ik dwing mezelf een stukje quiche te eten. Clara eet ook maar een paar hapjes en zegt dan dat ze geen trek heeft. Vervolgens verdwijnt ze samen met Eleanor. Ik vind het prima. Eleanor zal haar missen, zeker nu Will weg is. Ik voel me rot daarover. Terwijl ik met lange tanden zit te eten vertelt Tom over de nieuwe kinderen en dat er eentje steeds maar moet huilen. Ik luister niet echt. Jake is helemaal in zijn element en de twee nieuwe jongens in Slaapzaal 7 nemen al iets over van zijn arrogante gedrag. Daniel is weer helemaal onder aan de groep beland. Ik kijk ernaar, maar het dringt allemaal niet echt tot me door. Mijn oren suizen. Dit is onze laatste lunch hier. Het voelt heel onwerkelijk.

Jake komt naar me toe als ik in de speelkamer voor het raam zit en naar de tuin kijk. Clara zit op een tak boven in de boom en tuurt naar de zee. Ze strijkt met haar hand over de bast van de boom en hoewel ik het niet goed kan zien, weet ik dat ze de plek aanraakt waar ze onze initialen in heeft gekerfd. Ik word helemaal warm vanbinnen. Het is een prachtige dag. Alles is even mooi.

'Je hebt het dus ook gemerkt,' zegt Jake.

Ik kijk hem aan. 'Wat bedoel je?' Ik verwacht voortdurend dat iemand erachter is gekomen wat Clara en ik van plan zijn, ook al weet ik dat het nergens op slaat.

'De dominee.' Hij knikt naar de tuin. 'Hij is ziek. Joe zegt dat hij stinkt.'

Dan pas zie ik Ashley op een van de schommels zitten.

'Dat is dus min twee voor jullie.' Hij grijnst triomfantelijk. Door de nieuwe kinderen heeft hij weer praatjes gekregen. Hij is weer helemaal de oude Jake, leider van de roedel, en hij is aan het winnen. Al het gevoel dat hij voor de bewoners van het huis mocht hebben, heeft hij weer weggestopt. Ik hoop voor hem dat het zo blijft. 'Wij zijn er nog maar één kwijt.'

'Ashley is er nog, hoor.'

Jake lacht me uit en loopt weg. Het kan me niet schelen dat hij zichzelf als winnaar beschouwt. Ik doe niet mee met zijn spelletje. Dat heb ik eigenlijk nooit gedaan. Ik kijk weer naar Ashley en plotseling zie ik alleen maar een mager jongetje in plaats van een stomme eikel. Jake mag er dan wel om lachen, maar als Ashley echt ziek is, dan maak ik me zorgen. Het is zo snel na Will. Ik denk aan Moeder, de pillen en de nieuwe 'huisgenoten'. Misschien zorgt ze er wel voor dat het aantal kinderen niet uit de hand loopt.

Ashley ziet er eenzaam uit op de schommel. Misschien moet ik maar naar hem toe gaan. Hij hoort tenslotte bij Slaapzaal 4.

'Gaat het goed met je?' Wat een stomme vraag. Zelfs met het lichte briesje dat over het gras danst, kan ik hem ruiken. Bedorven melk. Hij heeft zich vast heel goed gewassen in de badkamer om het voor ons te verbergen. Stank is niet goed. De verpleegsters merken het natuurlijk al snel als iemand stinkt. Hij schommelt heen en weer en heeft zijn bijbel op zijn schoot liggen.

'Gaat wel,' zegt hij. Zijn blik schiet naar de ramen van de bovenste verdieping. Het sanatorium. Hij is bang. Met of zonder zijn God, hij is toch bang. Iedereen hier is bang en hij vormt geen uitzondering.

'Ik hoop dat ze toch blijven komen,' zegt hij zacht.

'Wie bedoel je?' vraag ik.

'De kinderen die naar de kerk gaan. En ik hoop dat ik ze niet zal teleurstellen. Ik wil niet op Henry lijken.' Hij kijkt me aan. 'Waarom vraag je dit eigenlijk?'

Ik denk aan al die keren dat ik gemeen tegen hem ben geweest, al vanaf het begin. En waarvoor? Hij heeft me nooit iets gedaan. 'Je hoort bij Slaapzaal 4,' is het enige wat ik weet te verzinnen. Ik zou wel sorry willen zeggen, maar dat is niet genoeg. 'Jij bent niet zoals Henry.'

Ik probeer niet door mijn neus te ademen, en ik hoop dat hij het niet merkt. Aan de stank te merken is hij snel ziek aan het worden. Vannacht heeft hij vast niet zo gestonken, anders had je het in de hele slaapzaal geroken toen we opstonden. Met Will ging het heel snel en nu gaat het met Ashley ook die kant op. Ik denk weer aan de vitamines. Moeder ziet ons niet als mensen, dat weet ik zeker. Want Moeder is geen normaal iemand. Ik twijfel eraan of ze wel een mens is. We zijn een soort winkelvoorraad en nu ze weer nieuwe aanvoer heeft, moet een deel van de oude spullen weg. Na wat ze met onze verpleegster heeft gedaan, geloof ik zonder meer dat ze in staat is om onze Defectie te versnellen.

'Iedereen lachte me altijd uit,' gaat hij verder met zijn blik op de grond gericht. 'Mijn vader was dominee. Een heel goede. De mensen luisterden echt naar hem. Maar hij maakte ze bang.' Hij zwijgt even en haalt zijn neus op. 'Ik heb nooit gesnapt waarom het geloof altijd met angst te maken moet hebben. Er is al genoeg om bang voor te zijn. Ik vond altijd dat het om liefde ging. Op school werd ik door de jongens uitgelachen. Ze maakten mijn spullen kapot en scholden ze me uit. Toch heb ik altijd geprobeerd om Jezus in mijn hart te houden.'

Ik krijg hier de kriebels van, maar dat ligt aan mij, niet aan hem. Ik moet gewoon niks hebben van die onzin, ook al ben ik nog zo bang geweest. Ik voel meer voor Clara's idee van atomen die over de hele wereld zweven.

'Ik was niet eens verbaasd toen ik Defect bleek te zijn. Het zat er gewoon dik in dat het mij zou overkomen. Ik hoorde toch nooit ergens bij.' Nu hij eenmaal aan het praten is, kan hij niet meer stoppen. Ik zie de benen van Clara in de boom heen en weer bungelen. Ik wilde dat ik bij haar zat.

'Toen ze me kwamen halen, was mijn moeder ergens boven bezig en ze wilde niet eens afscheid van me nemen. Mijn vader was er wel. Het was net alsof hij blij was. Dat is toch ziek? Hij gaf me een bijbel en zei dat ik moest ophouden met huilen en het woord van de Heer moest gaan verspreiden onder de weerzinwekkende vervloekten.' Hij kucht en moet dan heel hard slikken. 'Hij zei dat ik vervloekt was.' Hij kijkt me weer aan. 'Denk je dat het verkeerd is om je vader te haten?'

'Je vader lijkt me wel een lul, eerlijk gezegd.' Ik kan nog steeds horen hoe mijn moeder naar me schreeuwde en ik weet zeker dat mijn vader het zichzelf nooit heeft vergeven dat hij niet thuis was toen de bestelwagen me ophaalde. Ik denk aan de leugens die ik heb verteld toen ik hier kwam, de vreselijke verhalen die ik over mijn ouders heb verzonnen. Alleen maar omdat ik een harde indruk wilde maken. Ik schaam me dood.

'Ja,' zegt Ashley met een flauw glimlachje. En nu ziet hij er zo gewoontjes uit. 'Dat was hij ook. Maar ik heb me weten te redden en ik heb niemand bang gemaakt. En ik geloof nog steeds. Maar ik heb het wel op mijn manier gedaan.'

'Dat heb je zeker. En nu nog.' Ik wil iets aardigs tegen hem zeggen.

'Ik hoop dat ik ze niet teleur zal stellen,' zegt hij. 'Ze mogen niet zien dat ik bang ben.'

Dan houdt hij zijn mond, en ik kan niks bedenken waarmee ik

hem kan opvrolijken. Ik voel me waardeloos. Ik weet zeker dat ik me nog steeds wild kan ergeren aan Ashley, om niets, maar nu heb ik alleen maar medelijden met hem. Ik zie dat hij weer helemaal in zijn eigen wereldje is en ik laat hem verder maar met rust. Gelukkig hoef ik niet mee te maken dat zijn bed morgen verdwenen is als ik wakker word. Misschien kan Tom naar Slaapzaal 7 verhuizen als Louis en ik weg zijn.

Ik loop naar de andere kant van de tuin. Het frisse windje is gaan liggen en ik voel de zon op mijn rug. Ondanks Ashleys treurige verhaal en angst kan ik er toch van genieten. Door de warmte ontspannen mijn spieren. Ik denk aan het rapport dat ik altijd bij me draag. Ik stop bij Georgies grafje en hoor dan achter me de bladeren en takken bewegen. Clara komt naar beneden en gaat bij me staan. Het vogeltje is het enige waarvan we samen afscheid nemen. Ik voel nog steeds de snelle hartslag van Georgie in mijn handen. De zachte, warme veertjes. Zijn donkere kraaloogjes waarmee hij ons aankeek.

'Ik had hem zó graag weg zien vliegen,' zegt Clara. Ze kijkt heel verdrietig en ze pakt mijn hand vast.

'Straks vliegen wij weg. Voor hem,' zeg ik. 'Voor iedereen.'

Ze knikt met gebogen hoofd, haar dikke haar valt langs haar gezicht.

'Zie ik je vanavond in de keuken?' zeg ik. 'Ik heb nog niet met Louis gesproken. Dat doe ik wel vlak voordat we naar bed gaan. Ik wil niet dat hij zich verspreekt of zoiets.' Plotseling ben ik weer helemaal opgewonden.

'Kom me maar ophalen in de slaapzaal als je zover bent,' zegt ze. Ze glimlacht naar me. Ze is anders vandaag. Stiller. Nadenkend. Ik denk dat we het allebei vreemd vinden om overal afscheid van te nemen. 'Ik hou van je, Toby.'

'Ik nog meer van jou.'

'Dat bestaat niet.'

'Ik ga kotsen als we zo doorgaan.'

Ze schiet in de lach en dat is een heerlijk geluid, hier in de zonnige tuin. Ik kan me niet herinneren dat ik ooit zo gelukkig ben geweest.

23

'Ik moet met je praten.' Na afloop van de film lopen alle kinderen naar hun slaapzalen, en ik houd Louis tegen op de trap. Tom klaagt al over de stank in onze slaapzaal sinds Ashley terug is uit de kerk en ik kan het hem niet kwalijk nemen. Als een vieze wind kruipt de stank de gang in. Ik hoop maar dat er een paar van Ashleys Gelovigen zijn komen opdagen. Ik weet dat in ieder geval Harriet is geweest. Zij heeft een band met hem, zoals we allemaal een verschillende band met elkaar hebben. En daar ben ik blij om. Daar gaat het nu eenmaal om in het leven. Liefde. Daar heeft Ashley gelijk in.

Louis trekt zijn arm los.

'Donder op.' Hij probeert zich langs me heen te wringen. 'Ik heb gezegd dat je moest oprotten. Hou je mond tegen me.'

'Het gaat over de test.'

Dan blijft hij staan en kijkt me bezorgd aan.

'Wat dan?'

'Ik moet je iets laten zien. Maar niet hier.'

Hij kauwt op zijn onderlip. Zijn haat ten opzichte van mij is groot, maar zijn nieuwsgierigheid ook. 'Oké dan.' Hij loopt snel naar de dichtstbijzijnde badkamer en ik ga met bonzend hart achter hem aan. Ik doe de deur dicht en haal het opgevouwen formulier uit mijn zak. Zonder iets te zeggen geef ik het hem te lezen.

Hij blijft er een hele tijd naar staren en fronst een paar keer zijn wenkbrauwen. Het is heel wat om te verwerken. Als je zo lang in angst hebt geleefd, wordt dat vanzelf iets vertrouwds. De enige zekerheid die we hadden, was hoe onze toekomst eruit zou zien. Op een gegeven moment kijkt hij op.

'Waar heb je dit vandaan?'

'Uit het kantoor van Moeder.'

Hij kijkt er weer naar. Hij trilt. 'Maar... maar ik snap het niet. Waarom heeft ze niks gezegd?' Hij kijkt me aan. 'Waarom zijn we hier nog?'

'Je herinnert je toch wel de verpleegster die Will zo aardig vond? Ze had het nog over zijn boek.'

Zijn gezicht verstrakt als ik Wills naam noem. 'Wat is er met haar?'

'Ze wilde iets voor ons doen. En toen heeft Moeder haar naar het sanatorium gebracht.'

'Wat?' Zijn ogen worden groot. 'Hoe weet je dat?'

'Dat weet ik gewoon.' Ik word een beetje ongeduldig, ook al heb ik dagen de tijd gehad om de inhoud van het rapport tot me door te laten dringen en Louis maar een paar minuten. 'Ik heb gezien dat ze dat deed.'

Dan beseft hij het. 'Wat gaat ze nu met ons doen?'

'Dat doet er niet toe.' Ik ga op de rand van het bad zitten en doe mijn best niet Wills geest te zien. Will had dit trouwens prima gevonden. 'We gaan hier weg.'

'Dan stuurt ze ons naar het sanatorium.' De paniek in zijn ogen is duidelijk zichtbaar.

'Daar krijgt ze de kans niet voor. Luister, ik heb een plan.' Ik schud aan zijn arm. 'We gaan hier weg.' Eindelijk kijkt hij me aan en hoort hij wat ik zeg.

'Waarheen dan?'

'Vannacht komt er een boot aan op het eiland, dan worden er allerlei goederen bij het huis afgeleverd. Als de boot weer vertrekt zorgen Clara en ik ervoor dat we aan boord zijn. We hebben het allemaal uitgestippeld.' Zoals ik het nu zeg lijkt alles tot in de puntjes geregeld, maar dat is niet zo. Ik vraag me af of Louis niet met een eenvoudiger oplossing was gekomen als we hem er eerder bij hadden betrokken. 'Je moet met ons meekomen.'

'Weet Clara hiervan?' Hij kijkt weer naar het formulier.

'Nee.' Mijn maag knijpt samen, maar ik probeer het niet te laten merken. 'Ik vertel het haar later wel. Maar jij moet met ons mee. Dat snap je best.'

Hij blijft me aankijken terwijl zijn hersens op volle toeren draaien. Hij klemt zijn vingers om het stuk papier. 'Gewoon weggaan?'

'Ja. Vannacht. Je moet niet je pil innemen, maar doen alsof je slaapt. Dan vertrekken we vlak voordat ze hier opstaan om de goederen in ontvangst te nemen.'

'Een avontuur,' zegt hij zacht. 'Dat heb je ook tegen Will gezegd.'

Ik buig me naar hem toe en pak zijn handen vast. 'Dit is niet hetzelfde. Dat weet je heus wel. Will was ziek.' Ik kijk hem aan. 'Je moet met ons mee, Louis. Echt.'

'Waarom?' Hij trekt zijn handen terug en nu heb ik het formulier vast. Hij is nog steeds woedend op me. Hij is in staat het voor zichzelf te verpesten. Misschien wel voor ons alle drie. 'Omdat je je dan minder schuldig voelt over Will?'

'Nee,' zeg ik, en wat ik nu zeg, meen ik uit de grond van mijn hart. 'Omdat Will dat had gewild.'

Hij begint weer onbedaarlijk te snikken. Dit heeft niet alleen met Will te maken, maar met alles. Met het formulier, met mij, met zijn leven, met Moeder, de verpleegster, alles. Ik zou het liefst mijn arm om hem heen slaan, maar dat doe ik niet. Hij moet dit eruit gooien en dat kan ik niet voor hem doen. Hij lijkt opeens een klein jongetje.

'De laatste ronde is altijd om te controleren of we slapen, dus tot dan moet je doen of je slaapt. Ook niet tegen me fluisteren. Daarna moeten we heel snel en stil zijn. Ik weet niet of Moeder opblijft om op de bezorging van de goederen te wachten. Dus doe je gympen aan. En iets warms. Oké?'

Hij knikt. Zijn gezicht is nat van de tranen.

'En alsjeblieft tegen niemand iets zeggen.'

Hij glimlacht flauwtjes. 'Tegen wie zou ik iets moeten zeggen?'

Ik laat hem achter in de badkamer en terwijl elke ader in mijn lijf klopt en bonkt ga ik naar mijn slaapzaal om mijn toilettas te pakken zodat ik mijn tanden kan poetsen. We gaan het doen. Het gaat echt gebeuren.

Het is koud want Tom heeft een raam opengezet, maar de stank heeft zich toch tot in elke hoek van de slaapzaal verspreid. Zelfs wanneer ik mijn gezicht in de lakens druk, ruik ik de ranzige weeïge geur, alsof de stank van verrotting in de dekens is getrokken. De verpleegster die de pillen komt uitdelen, trekt een vies gezicht. Natuurlijk is het erg voor Ashley, maar voor Louis en mij is het een meevaller omdat de verpleegster er nu helemaal niet oplet of we de pillen wel innemen. Ze probeert erachter te komen wie van ons die stank verspreidt. En dat ontdekt ze al snel.

Niemand klaagt wanneer Ashley 's avonds naast zijn bed zit te bidden. Ik geloof niet in die God van hem, maar toch vraag ik stilletjes of die goed voor Ashley wil zorgen. Het kan geen kwaad, ook al zal het niet helpen. Als het licht uitgaat denk ik aan Clara, die in haar bed ligt en net als Louis en ik wacht op wat komen gaat. Mijn hele lijf tintelt van de opwinding en de zenuwen. *Zorg dat er niets misgaat,* vraag ik aan het lot, of de natuur of zoiets. *Laat het ons alsjeblieft lukken.*

Louis en ik liggen roerloos in bed terwijl Tom en Ashley in slaap vallen en we houden onze ogen stijf dicht als de verpleegsters hun laatste ronde doen. Ik wacht tot ik de bijna onmerkbare overgang voel als alles in huis doodstil wordt. De verpleegsters zijn weer naar hun kamers. De kinderen slapen allemaal. Clara zit waarschijnlijk al rechtop in bed, klaar om te vertrekken, en tikt ongeduldig met haar voet op de grond.

Geen enkel wezen verroerde zich, zelfs geen muis.

Ik weet niet uit welk gedicht dit is, maar het gaat steeds door mijn hoofd als ik de dekens terugsla. De muizen gaan ontsnappen. Of misschien zijn we wel de ratten die het zinkende schip verlaten. Maakt niet uit. We gaan hier weg. Ik tik op Louis' schouder. Binnen een tel staat hij naast zijn bed en dan kleden we ons heel stilletjes aan. Ik zie de gespannen, vastberaden uitdrukking op zijn gezicht. Bij mij zal het wel hetzelfde zijn.

'Ben je klaar?' fluister ik als hij zijn gympen heeft aangetrokken. Hij knikt. Ik werp nog een blik op Tom en Ashley en dan verlaat ik Slaapzaal 4 voor de laatste keer. Het stemt een beetje treurig, maar dan draai ik me om en denk aan wat komen gaat. Ik moet niet meer terugkijken. De toekomst wacht op ons. Mijn hart klopt snel, vanwege de zenuwen, maar ook van pure blijdschap.

Het is kil en donker in de gang, maar de vloerplanken kraken niet als we naar Clara's slaapzaal sluipen. 's Nachts is het hout van de planken altijd onze stille bondgenoot geweest en misschien is het wel stom, maar ook hiervan neem ik stilletjes afscheid. Ik zie nergens licht branden en verder is het doodstil. Alleen het kantoor van Moeder kan nog een probleem vormen. Ik ben als de dood dat ik de keuken in loop en haar daar aantref, of dat de deur van haar kantoor openvliegt en ze ons vastgrijpt als we langslopen. Maar zover is het nog niet. We moeten eerst naar Clara. Met haar erbij durf ik altijd meer.

Ik sluip naar de slaapzaal van de meisjes. Louis loopt vlak naast me, zoals een kind in de buurt van zijn vader of moeder blijft. Heel voorzichtig doe ik de deur open en grijns verwachtingsvol bij het vooruitzicht dat ze daar zit met een stralend gezicht, klaar om te vertrekken. Ik verheug me zo op de toekomst dat het even duurt voordat ik zie dat er iets mis is.

Clara is er niet. Mijn grijns verdwijnt en maakt plaats voor een frons. Is ze al naar beneden gegaan? Heb ik haar verkeerd begrepen? Als ik daar als verstijfd blijf staan, loopt Louis langs me heen naar haar keurig opgemaakte bed.

'Toby,' fluistert hij. 'Kijk eens.' Hij pakt een opgevouwen stukje papier van het bed en houdt het omhoog. 'Jouw naam staat erop.'

Ik vouw het open en ik had alles verwacht, maar dit niet.

Lieve Toby,

Ik heb wel duizend manieren geprobeerd te bedenken om dit makkelijker en beter onder woorden te brengen, maar ik kan niets verzinnen. Ik wil het niet eens opschrijven, maar het moet. Het lukt me niet om het uit te spreken en zeker niet tegen jou.

Ik kan niet met je mee.

Ik zou niets liever willen, maar het gaat niet. Het zou niet eerlijk zijn tegenover jou of tegenover wie dan ook in de prachtige, wijde wereld.

Ik ben ziek en ik kan niet meer doen alsof dat niet zo is.

Ik vind het heel erg dat ik geen afscheid van je kon nemen, maar dat zou te veel pijn doen. Ik kan dit niet eens opschrijven zonder te huilen, dus ik hoop dat je het begrijpt. Er zijn nog zo veel dingen die ik tegen je wil zeggen, maar dat zou een lang leven in beslag nemen (Ha! Af en toe moet je ook ergens de grap van kunnen inzien) om die allemaal op te schrijven, en dan nog zou het niet voldoende zijn, dus zeg ik alleen maar: ik hou heel, heel veel van je, en met heel mijn hart.

Ik dank je dat je me zo gelukkig hebt gemaakt. Ik zou het niet anders hebben gewild.

Ga op zoek naar de zon, Meerminkoning. Ik zal altijd bij je zijn. Ik ben in de golven en het water en de bries van de zee.

Ik hou van je.

Clara

Ik blijf er een hele tijd naar kijken en kan het maar niet tot me door laten dringen. Waarom gaat ze niet mee? Waar is ze? Ik denk aan de eigenaardige stemming waarin ze de afgelopen twee dagen verkeerde. Dat ze zoveel sliep. Dat ze overstuur was dat ik haar niet wakker had gemaakt op onze laatste nacht. Dat ze het prima vond dat Louis met ons meeging. Nu weet ik waarom. Ze wist dat ze niet mee zou gaan. Ze had haar eigen geheim. *Ik ben ziek en ik kan niet meer doen alsof het niet zo is.* Ik zie wat er staat, maar het blijft onwerkelijk. Het kan gewoon niet. En dan herinner ik me de blauwe plek op haar heup en dat ze terugdeinsde toen ik haar aanraakte en pas weer wilde vrijen als we ontsnapt waren. Dat ze haar kleren had aangetrokken in plaats van haar nachthemd. Mijn knieën knikken en ik krijg het ijskoud.

'Is ze ziek?' vraagt Louis. Hij strijkt nerveus met zijn tong over zijn lippen.

'Nee,' zeg ik, en ik prop het papiertje in mijn zak. Dat is nu in evenwicht met het stuk papier in mijn andere zak. Yin en yang. Ik ben misselijk.

'Kom,' fluister ik. 'We gaan haar zoeken.' We kunnen niet zonder haar vertrekken. Onmogelijk. Het was tenslotte haar idee. Ik besteed verder geen aandacht aan Louis' vraag. Ashley is ziek, Clara niet. Ze heeft zich vergist, dat is alles. We doorzoeken de lege slaapzalen. Daar is ze niet en ook niet in de speelkamer. Ik weet niet waar ze is.

Uiteindelijk sluipen we langs de kamer van Moeder, en hoewel er een dunne streep oranje licht onder de deur te zien is, ben ik niet bang. Het kan me niet schelen of ze wakker is. Niks is belangrijk. Ik moet alleen Clara zien te vinden. Ook in de keuken is ze niet. Ze is weg.

Ik voel me beroerd. Mijn hart gaat tekeer. De boot komt zo aan en ik weet niet wat ik moet doen.

'Gaan we nog, Toby?' Louis kijkt benauwd. Ik heb hem hoop gegeven en nu zou ik die in één klap weer de grond in kunnen boren. Louis kan niet zonder mij vertrekken, want hij weet niet hoe hij bij het huis en de pier moet komen. Maar zou ik zonder Clara kunnen vertrekken? En ook nog zonder afscheid te nemen? Kan ik samen met Louis in de richting van de zon reizen? Louis is de slimste mens die ik ooit heb ontmoet. Als iemand een manier zal weten te vinden om aan geld te komen en grenzen te passeren, dan is hij dat wel. Louis verdient zo'n leven. Ik kijk een hele poos naar de achterdeur terwijl ik dit allemaal tegen elkaar afweeg.

'Ja,' zeg ik opeens. 'Ja, we gaan.' Mijn besluit staat vast. Ik voel me onmiddellijk een stuk beter en we komen in actie. Binnen enkele minuten zijn we via de vuilniscontainer over de muur geklommen. Het is donker en hoewel het onbewolkt is wordt het pad maar op sommige plekken verlicht door de maan. We blijven even staan en ik kijk met gemengde gevoelens achterom naar het huis. Ik zal het nooit meer zien, ik zal er nooit meer naar binnen gaan. De ramen glanzen als donkere vogelogen en ik weet bijna zeker dat het huis me bemoedigend toeknikt en aanspoort om door te gaan. Een huis is ook een thuis en als het een ziel heeft of atomen of wat dan ook, dan is het gebouwd ter bescherming. Het huis wil dat we vrij zijn, dat weet ik zeker. Ik denk aan de initialen die gekerfd zijn in de bast van de boom waarvan de takken zachtjes ruisen in de nachtbries. Ik hoop dat de boom nog heel lang zal leven.

'Toby?' fluistert Louis.

Mijn gedachten worden onderbroken en ik pak zijn hand vast, net zoals ik altijd Clara's hand vasthield, alleen ben ik nu degene die zelfverzekerd de ander leidt. Hijgend gaan we de laatste bocht om en lopen in de richting van de zee.

In het huisje brandt licht op de bovenste verdieping en ik gebaar naar Louis dat hij stil moet zijn als we verder sluipen. De boot is er nog niet, dus we hebben nog voldoende tijd. Ik ben vreselijk opgelucht. Ik neem Louis mee naar de rand van de pier.

'En wat gaan we nu doen, Toby?'

Louis lijkt wel een klein jongetje, met de rits van zijn jack opgetrokken tot zijn kin, en hij ziet er verward en ontdaan uit. Hij moet heel veel verwerken. En het is nog niet afgelopen. Hij zal snel volwassen moeten worden, maar dat gaat hem lukken. Dat weet ik zeker. Het is tijd om hem los te laten.

'De roeiboot.' In elkaar gedoken sluipen we verder zodat degene die in het huis woont ons niet ziet terwijl we over de krakende planken lopen. Ik werp een blik over de rand van de pier en zie het bootje, dat vastgebonden aan een paal op het water dobbert. De zee ziet er koud uit. Daar wil ik niet aan denken. 'Stap erin.'

Louis doet wat hem wordt gezegd en ik ga op mijn hurken zitten en kijk naar beneden. 'Als de boot komt, dan moet je naar de achterzijde peddelen en er dan op klimmen. Mocht er een reddingsboot aan boord zijn, dan moet je je daarin verstoppen. Zo niet, dan moet je ergens anders een goed plekje vinden en je niet verroeren.'

'Wat bedoel je?' Hij kijkt me verbaasd aan. 'Waarom vertel je me wat ik moet doen?'

'Je kunt soms behoorlijk stomme dingen zeggen voor iemand die zo slim is.' Ik glimlach en haal het formulier met de uitslag van de test uit mijn zak en geef dat aan hem. 'Doe hier iets mee. Kopieer het en stuur het naar de kranten. Je bent slimmer dan wie dan ook, je kunt vast wel wat verzinnen.'

'Maar je gaat toch met me mee?'

'Nee, Louis.' Ik schud mijn hoofd. 'Ik ga niet met je mee.'

'Maar, Toby...' Hij staat op het punt te gaan huilen en daardoor krijg ik een brok in mijn keel. Maar ik houd me in.

'Ga voorlopig niet naar huis. En schrijf ook geen brief naar je ouders. Dat is gevaarlijk.'

'Maar...'

'Begrijpt je dat? Zeg dat je het snapt.'

Hij kijkt me aan. 'Ik snap het,' fluistert hij.

'Je moet zorgen dat het lukt, Louis. Voor ons allemaal. Leef je leven. Zul je dat doen?' Ik moet echt mijn best doen om niet te gaan janken. Hij knikt.

'En het spijt me, Louis. Het spijt me van Will. En het spijt me van alles.'

'En ik heb er spijt van dat ik zo kwaad werd.' Hij steekt zijn arm uit en pakt mijn hand. Hij houdt me zo stevig vast dat ik denk dat hij me niet meer los zal laten. 'Ga alsjeblieft met me mee.'

Ik trek voorzichtig mijn hand terug, voordat ik van gedachten verander en bij hem in het bootje spring. 'Dat gaat niet, Louis. Dat kan ik niet.'

Ik grijns en het verbaast me hoe makkelijk en vanzelf dat gaat. De laatste flinters van de bal van angst in mijn buik vliegen weg op de wind. Ik ben zo vrij als een vogel. Ik bepaal mijn eigen lot 'Veel geluk, Louis. En blijf niet je hele leven een nerd.'

Hij glimlacht terug en heel even is alles perfect.

'Vaarwel, Louis,' zeg ik.

'Vaarwel, Toby.'

En dan ren ik zo snel als ik kan weg van de pier en het huisje, de weg op. Ik weet waar ik naartoe moet. Ik moet naar huis.

24

Ik zie een kaarsvlammetje als ik over het strand ren, het natte zand en de kiezels knarsen onder mijn voeten. De zee ruist en de golven breken op het strand. Ik heb het gevoel alsof er voor me wordt geapplaudisseerd. Buiten adem kom ik bij de ingang van de grot.

'Je hebt me niet wakker gemaakt,' zeg ik grinnikend. 'Het is onze laatste nacht en je hebt me niet wakker gemaakt.'

'Toby?' Clara staart me aan. Totaal verbluft. 'Wat doe je hier? Je hoort op de boot te wachten. Ga naar de boot.' Boos en ontdaan staat ze op. 'Je mag hier niet komen!'

'Louis is daar,' zeg ik. 'En ik mag hier wel komen. Ik hoor hier.'

'Maar je kunt niet... Ik wil niet dat je hier bent...'

Ik sla mijn armen om haar heen en dwing haar met een kus om stil te zijn. Het geeft niet dat ze vreemd smaakt, ziekig, ze is Clara en ik hou van haar. Zij is mij en ik ben haar. We kunnen niet gescheiden worden.

'Ik wil hier zijn,' zeg ik.

'Het spijt me.' Ze is niet kwaad meer, maar ze klinkt triest.

'Waarom?'

Ze doet een stap achteruit en trekt haar trui omhoog. Haar hele bovenlijf zit onder de zwarte vlekken. De plek op haar heup is waarschijnlijk de eerste geweest. Er is niets meer over van haar bleke huid.

Ik buig me voorover en geef tedere kusjes op haar navel. Ik vind het niet erg dat ze haar ziekte voor me verborgen heeft gehouden. Ik denk aan het geheim dat ik voor haar verborgen houd. Het formulier dat nu in de zak van Louis' jas zit. De laatste alinea. De laatste zin:

De test heeft uitgewezen dat geen van beide patiënten drager is van het Defect-gen. De eerdere testen zijn waarschijnlijk vervuild geweest. Dit zijn beiden gezonde, normale personen.

Sommige geheimen kunnen beter bewaard blijven. Het doet er nu trouwens niet meer toe. Ik heb een beslissing genomen. Ik heb voor Clara gekozen.

'Ik ga niet meer terug naar het huis,' zegt ze. 'Ik ga niet naar het sanatorium.'

'Dat weet ik, dat had ik al bedacht.' Ik ga op een stuk rots zitten en zij komt naast me zitten. 'Ik ga ook niet meer terug naar het huis.'

'Maar als je nu weggaat kun je nog steeds de boot halen,' zegt ze. 'Er is nog tijd genoeg.'

Ik glimlach en schud mijn hoofd. Ik ga niet met Louis mee. En ik ga niet terug naar het huis. Ik blijf hier, bij haar, waar ik hoor.

'Ik blijf gewoon hier bij jou zitten.' Ik bepaal mijn eigen lot, ik hoor bij haar. Dat is steeds zo geweest.

'Maar je begrijpt niet…' begint ze.

'Jawel.' Ik strijk een lokje van haar prachtige haar uit haar ogen. 'Voor altijd samen,' zeg ik.

Dat zijn best gewichtige woorden, maar ze voelen zo licht als sneeuwvlokjes als ik ze uitspreek. Waarschijnlijk is dat altijd het geval met de juiste woorden.

Haar ogen worden iets groter en ik zie er een heleboel dingen in opflikkeren: verbazing, angst en dan, als het eindelijk tot haar doordringt wat ik wil, blijdschap en opluchting. Geluk. Ze glimlacht ook.

'Blijf je hier bij me?'

'Voor altijd samen,' herhaal ik en ik geef haar een knipoog. Mijn hart loopt zo over van liefde dat er geen ruimte meer is voor de donkere bal in mijn buik.

'Voor altijd samen.' Ze leunt tegen mijn schouder.

In de verte hoor ik het gedreun van de motoren van de boot, bijna spookachtig maar wel echt. Mooi. We hadden de datum goed.

'Ik denk dat het Louis wel gaat lukken,' zeg ik en ik kijk uit over het water. Hij is slim. Hij zal me niet teleurstellen. Het gaat hem lukken.

'Ik hoop het,' zegt Clara, en ik weet dat ze het meent. Er klinkt geen enkele jaloezie of verbittering in haar stem door.

Ze heeft iets in haar handen en ik kijk ernaar. Het lijkt op een stuk zwart leer met op alle vier hoeken een zwart uitsteeksel. Ik glimlach weer. Dat gaat me goed af nu de angst is verdwenen.

'Waar heb je dit gevonden?'

'Vlak voor de grot. Vreemd hè?'

'Mijn moeder heeft me ooit zo'n ding laten zien. Het is een meerminnentasje.' Ik geef een kus op haar kruin. 'Een meerminnentasje voor een Meerminkoningin.'

'Dat meen je niet!' Ze grijnst en begint dan te lachen. Haar lach weerkaatst van de wanden en het lijkt alsof de grot ook meedoet.

'Dat meen ik wel!'

We kijken een poosje naar het water met onze armen om elkaar heen geslagen en haar hoofd op mijn schouder. Vannacht zijn er geen kleurige lichten aan de hemel, maar toch is het allemaal ontzettend mooi. Ik denk dat het water koud zal zijn als het komt.

'Het is fantastisch geweest, vind je niet?'

'Ja,' zeg ik. 'Nou en of.'

We kussen weer en genieten van het feit dat we bij elkaar zijn. We zeggen niet veel. Er valt niet meer zoveel te zeggen. Het huis bestaat niet meer. *Hiervoor* bestaat niet meer. *Hierna* bestaat niet meer. Het enige wat bestaat zijn wij, de grot en het nu. Maar Clara en ik hebben geschitterd en dat is het enige wat telt. We blijven hier zitten en wachten op het aanbreken van de dag, wanneer de nieuwsgierige golven steeds dichter bij de grot zullen komen. Ik ben benieuwd hoe lang de grot ons onderdak zal bieden voordat de vloed ons als meerminnen meeneemt naar de diepte. Het is niet belangrijk meer, als we maar bij elkaar zijn.

Na een tijdje gaat de kaars sputterend uit.

'Mijn moeder was geen rotwijf,' zeg ik op een gegeven moment. Mijn benen zijn gevoelloos van de kou. Het strand voor de grot is bijna onder water verdwenen en al heel snel zal het pad over de klif onbereikbaar zijn. Het is nu de laatste kans om nog van gedachten te veranderen, maar dat doe ik niet. Ik denk er niet eens over na. Ik wil alleen tegen iemand zeggen dat ik over mijn moeder heb gelogen. Plotseling is dat erg belangrijk voor me. 'Ik heb dat alleen maar gezegd om stoer te doen.'

'Lief van je, dat je me dit vertelt,' zegt Clara.

Ze slaat haar armen om mijn hals en kust me. We houden niet op met kussen, zelfs als het ijskoude water tegen de pijpen van onze spijkerbroeken begint te klotsen. Huiverend ademen we elkaar zo lang mogelijk in. Ik neem haar warme dikke haar in mijn handen en geniet van het gevoel. Haar lippen zijn zacht en ik voel haar liefde zich met de mijne vermengen. Ze lacht even, onze gezichten zijn vlak bij elkaar. Ik zie haar witte tanden en de sproeten die als sterretjes over haar gezicht zijn gestrooid.

'Ik hou van je, Toby,' fluistert ze klappertandend terwijl de zee steeds hoger komt.

'Ik hou ook van jou, Clara,' fluister ik terug.

Ik glimlach, al heb ik tranen in mijn ogen. Ik houd haar stevig vast en kus haar. Ik zal haar blijven kussen zolang ik kan. Ik denk niet aan de zwarte oneindige duisternis van het water. Ik denk aan meerminnen. Ik denk aan de boot. Ik hoop dat Louis heeft kunnen ontsnappen. Ik hoop dat hij een lang en heerlijk leven tegemoet gaat. Ik hoop dat hij net zo volmaakt gelukkig wordt met iemand als ik met Clara. Ik denk aan alle atomen die over de wereld zweven, alle mensen die ooit hebben geleefd en nu overgegaan zijn in bomen, golven en de wind. Ik denk aan onze initialen die in de bast van de oude eik gekerfd zijn en die daar nog honderden jaren zullen staan. Maar terwijl de zee aan ons trekt en mijn hart bonst en we ons aan elkaar vastklampen, denk ik aan Clara en mij en wat een geluk we hebben gehad dat we elkaar hebben gevonden en hoe schitterend het leven is geweest. Hoe schitterend zij is. Hoe schitterend de liefde is.

We houden elkaar nog steeds vast als de golven zich boven onze hoofden sluiten. Als mijn laatste adem in mijn longen brandt, houd ik mijn lippen op de hare terwijl haar meerminnenhaar als zeewier om ons heen deint.

Ik ben niet bang.

DANKWOORD

Wederom wil ik Gillian Redfearn en het hele team van Gollancz bedanken voor hun steun bij de totstandkoming van dit boek, en natuurlijk ook mijn lieve agent Veronique Baxter. Mijn speciale dank gaat uit naar Lee Thompson, die mijn geworstel tijdens het schrijven maar moest verdragen en als geen ander weet dat de meeste problemen op dat gebied opgelost kunnen worden met een stevige partij zeuren, een glas wijn en een stuk chocola. Hij is een topper.